岳麓山新时代文艺丛书

致敬岳麓山三部曲

百年群英

王开林　著

岳麓書社·长沙

总 序

长沙乃三千年历史文化名城，南接衡岳，北枕洞庭，湘水为带，洲渚棋布。更有西山岳麓，形若卧虎，造化独钟，卫护星城。山水洲城，山列其首，非独因其自然生态雄奇秀美，更因其承载数千年湖湘文化精魂。从禹王碑的洪荒天书到爱晚亭的枫火霞天，从岳麓书院的儒风浩荡到辛亥枪声的裂帛惊雷，从新民学会的同志砥砺到橘子洲头的苍茫之问，湖湘文化源远流长，生生不息。悬挂于岳麓书院讲堂檐前的"实事求是"匾额，既是湖湘文化一脉相承的精神内核，也是岳麓山千年文脉的生动体现。"十步之内，必有芳草"，既是革命年代湖南做出巨大牺牲的生动诠释，也是岳麓山丰碑矗立的真实写照。今天的岳麓山早已超越了地理上的标志意义，它是一部以风雨、墨香与热血写就的山河史书，一幅湖湘文化的精神图腾。

由长沙市岳麓山风景名胜区管理局组织出版的岳麓山新时代文艺丛书《致敬岳麓山三部曲》，以"万年之风、千年之雅、百年之颂"为经纬，将岳麓山的自然肌理、文脉传承与精神魂魄层层剖解，为湖湘文化立心、立言、立传，以文学形式深度挖掘岳麓山的自然与人文价值，全面塑造岳麓山文化品牌，意义非凡。这不仅是对湖湘精神的生动描述，更是对岳麓山历史与文化的崇高致敬。长沙市岳麓山风景名胜区管理局延请黄耀红、谢宗玉、王开林三位作家分别负责《万年青翠》《千年弦歌》《百年群英》的创作。这三位作家均在散文创作领域成绩斐然。他们既是湖湘文化的资深研究者和书写者，也是岳麓山的深情讴歌者。

黄耀红的《万年青翠》以心之大爱聚焦岳麓山地理生态之美，视野阔大，用笔深情，篇篇中有“我”，写得格外扎实细腻。一山一水，一泉一石，视之，听之，嗅之，手之摩之，脚之踏之，莫不有作者的亲自勘察和考据。行文如铺霞织锦，华美流丽，却字字不虚。一气读来，满耳满眼江声云气、粉墙黛瓦、香樟滴翠、曲涧鸣泉，满心满肺六朝松的馨香、岳麓茶的甘美、爱晚亭的热烈、赫曦台的明亮。字里行间，处处清词丽句，诗情画意，沁人心脾。这是献给岳麓山核心生态圈的立体音画交响诗，有湘江北去的磅礴壮阔，有麓山峰壑的蔚然深秀，有橘子洲头的江天暮雪，有对山石地质基因的严谨考古，有对“树之长者”的殷情叩问。自然的风雨清音、人文的诗书碑刻，共生共长，既古老，又年轻。

《万年青翠》的书写结构颇有讲究。从空间上来说，全书如作一幅大画，笔墨从容。开篇以云气江声布局，把岳麓山置于巍巍南岳与浩渺洞庭之间，连贯一脉，气势夺人。次写麓山周边的山水风物，写湘江、流泉、橘子洲、亭台楼阁，写麓山下的桃子湖，写麓山西边的桃花岭、南边的靳江河。如此铺垫，才把笔落到画布中心。写岳麓山，也不急于写岳麓山的生态草木，而是先考据禹王碑、麓山寺碑，其形态、其来历、其价值，立碑者、书碑者，钩沉索隐，层层设色，铺陈岳麓山的文化生态，又写自江边的道岸牌坊往自卑亭而上，过清风峡至山顶，正是岳麓山由书院、古寺勾勒出的一条中轴线。再写爱晚亭、风雩亭、自卑亭、道中庸亭、极高明亭，笔笔细描，点出其处处契合中国文化的人生美学和哲学境界。再写两侧的穿石坡、赫石坡，又回写岳麓八景与一脉文泉，以湖湘文化底蕴为这一幅“万年青翠”图布好底色。接下来才写麓山草木：有菊有兰，有古树名木，种类繁多；又专篇写枫香、香樟、银杏、六朝古松，特别写到一棵孤品树——苦槠钩锥，至此已是一部麓山草木志。佳木树之，良禽必栖，笔墨自然又一转，写鹤，写鹭，又写岳麓山上的蟒蛇与老虎，我们仿佛在现场观摩一位丹青高手作画。整部《万年青翠》的最后部分，又回到人，写人在麓山中的诗意栖居。我们看见那位画家手拈画笔，以焦墨点睛：一位高士正在品茶，时抚无弦之琴。整部书由广大而精微，由历史而当下，由自然、山水、草木而建筑、诗碑、楹联。《万年青翠》正是以其清丽而精巧的诗性之笔，完成了对岳麓山生态人文的生动叙写。

谢宗玉的《千年弦歌》堪称一部厚重的岳麓思想史、岳麓教育史、岳麓文化史、岳麓文人评传、岳麓诗话、岳麓胜迹考之大集合，完全可称之为一部综合性极强的岳麓文化专著。这部书能写出来，不知作者要收集多少史料，读透多少文献，坐多久的冷板凳，磨薄多少双鞋底。所用功夫，令人喟叹！读者万不可被这部书中深厚的思想与学术含量吓退，也万不要误以为这部书都是些板着面孔的冷漠文字。恰恰相反，这部书视野广阔，节奏自由，或追索求证，紧锣密鼓；或信马由缰，时缓时驰。其文字亦庄亦谐，灵性跳脱，自由自在。有时自问自思，锋芒毕露，直指真相，如福尔摩斯探案；有时引经据典，旁征博引，又收束有力，万流归宗。谢宗玉一如既往，将敏锐的思辨性、严谨的学术性与文学的诗性、灵性浑然融合，读来甚有美感，甚有趣味。读《江天暮雪的打开方式》，你会击掌而叹：是哦，潇湘八景真都在朦胧晨昏，要的就是这一点虚无缥缈的惆怅。读《杜甫：四时麓山疾采薇》，你会惊讶地发现，作者从杜甫的一首长诗中，敏锐地推导出诗人晚年在长沙恬然的生活状态，竟让人觉得合情合理。作者认为是麓山草木成全并拯救了杜甫。当然，最能看出谢宗玉性情的是他在《罗典、欧阳厚均及曾国藩的师生情》一文中，对自己的乡党、曾任岳麓书院山长的欧阳厚均大书特书。他认为，曾国藩受老师欧阳厚均影响极深，而正是因为曾国藩所带领的湘军崛起，使得潇湘大地由迁客诗文渲染的愁怨气质为之一变，后来的革命风云也由此铺天盖地。这个观点，也很是新颖。

《千年弦歌》中非常厚重的一部分，在于作者对岳麓书院文化独到的研究与发现。无论是梳理道法源脉，还是刻画人物风骨，无论赏析岳麓山的诗词楹联，还是描绘岳麓山建筑地标，皆可与岳麓书院有关的人和事、与岳麓书院丰厚的文化内涵相勾连。《名山大麓下的湖湘本色》一文，谢宗玉从岳麓书院系官员共有的“传道济世”“经世致用”“以天下为己任”的情怀入手分析，进而揭示出这些官员能抱团取暖、相互提振的内在逻辑。正是基于这样的精神纽带，自晚清后，湖南人才群体崛起，湖湘文化始为大观，湖湘人物的精神气质卓然而立。这是对岳麓书院精神和湖湘文化颇有意义的深度解读。正如谢宗玉自己所说：“岳麓山本就是一座八面来风、人群熙攘的山冈，在新的时代，必须有新视角、新思维、新观念，为游客提供新的精神能量，才能永葆青春，永葆魅力。”

王开林的《百年群英》分为六辑，精选百年来与岳麓山有过深厚缘分的数十位湖湘人杰，多为一人一篇，以时代先后定顺序，兼以人物身份分类别。其中，有晚清名臣，有共和英雄，有革命先驱，有妇女英杰，有教育宿儒，人物涵盖众多领域。作者在《跋》中自述：“整个写作过程环环相扣，步步为营，初始阶段讨论选题，中间阶段调整篇目，末尾阶段增删内容，几度整合，反复打磨，最终定型。”足见材料审度之严，斟酌之用心。

王开林本以写历史文化散文见长，对湖湘人物、湖湘文化精神研究匪浅，此次写数十位湖湘人物，别有新法，别开生面。文体上有新创：每篇题下均有一小段源自正文的题记，大约能概括所写人物的精神面貌，这一段往往又正在人物性格塑造的关键处，更重要的是，这段题记必点出人物与岳麓山之间的关系。这样写人物，大开大合，支点稳健，能以短章见命运，纵横人物一生，又紧系岳麓母题。王开林写历史人物有严谨的史料考据，所引正史、稗史、碑文、书信、日记，无一字无出处。王开林刻写人物，力写人物的德才胆识，尤重刻画人物情感。笔下人物，或满怀豪情，气吞山河；或一腔痴爱，生死相许。人之为人，唯情珍贵。要知道人的思想之生发，往往基于情之所系。大先生、大英雄情感之丰富深沉，更过于常人。英雄皆为情种，此言不虚。王开林又善将人物置于广阔纷繁的社会风云中，由命运最危紧处下笔，由一人而见社会，由一事而见历史。写曾国藩，从帮办团练的困窘开笔，接着引《清史稿》为其画像，再写其在岳麓山李邕的《麓山寺碑》前悟到解困之法，从而移军衡州。从靖港战败投水，到湘潭大捷，其间皆有鲜活的细节，生动的人物对话，逼真的场景描摹，细腻的心理描写，使读者有在场感，有代入感。作者亦无惧有损人物形象的完美，重笔分析曾国藩投水自杀的心理动机，融入自己的思辨，力求深度还原历史人物的真实面目。

读完皇皇三卷，深觉《万年青翠》的草木、《千年弦歌》的文脉、《百年群英》的肝胆，皆是铺湖湘河山为纸、蘸历史人文为墨的岳麓山自述。凭此山立此卷，并非仅仅为了追怀过往，更是邀约当代人共赴“文化寻根”之旅。今天的人们看爱晚亭红叶燃天，看到的何止是风景？那是杜甫未写完的诗稿，那是先烈未酬的壮志，那是千年文脉在今日的涌动。

岳麓山新时代文艺丛书《致敬岳麓山三部曲》的出版，离不开长沙市委、市政府及湘江新区党工委、管委会的关心和支持，体现了新时代长沙城市管理者的高瞻远瞩与文化情怀。长沙市委宣传部、湘江新区宣传工作部的具体指导和帮助，为丛书出版提供了有力保障。长沙市岳麓山风景名胜区管理局为丛书出版所做的组织服务工作，充分展示了岳麓山当代“守护者”的责任与担当。

是为序。

王躍文

目录

蔣公翊武之墓

辑三　共和之基

辑四　神勇之举

辑五　信念之旗

2024.10

辑六 良师之范

引　言

诚然，岳麓山总是能够对湖湘人杰产生经久不衰的“虹吸效应”。

其主要原因和显著特征有以下几点：

其一，岳麓山的地理优势非常明显。它濒临湘江，近接省城，往来便捷之极，且海拔不高，登览时毋庸透支体力。任谁呼朋唤友，至此一游，都会心旷神怡。

其二，思想磁场的吸引力和文化道场的感召力源源不绝。岳麓山堪称儒、释、道三教合一的名山，儒家有岳麓书院，释家有麓山古寺，道家有云麓仙宫。远的不说，自清代以来，在岳麓书院及其附属的湘水校经堂深造过的湖湘俊杰便不计其数，王夫之、陶澍、何凌汉、贺长龄、贺熙龄、李星沅、魏源、汤鹏、曾国藩、胡林翼、左宗棠、刘蓉、郭嵩焘、刘长佑、李元度、曾国荃、刘坤一、王先谦、唐才常、杨昌济、杨毓麟、陈天华……岳麓书院培养了众多显宦名士，个个彪炳史册。我们将岳麓书院称作湖湘文化和湖湘人杰的头号“孵化器”，殆不为过。

其三，岳麓山的林薮有利于掩蔽秘密活动。清末，湖南地区的会党（洪门、哥老会、三合会、洪江会等）与革命党通力合作，由谭人凤组织的岳麓山游山会脱颖而出，后续的反清活动卓有成效。1918 年，在岳麓山下刘家台子沩痴寄庐，由青年毛泽东、蔡和森等人发起成立了新民学会，爱晚亭被选作会员的常聚地点，他们探讨国是，切磋学术，激扬文字，交流读书心得，提出改造社会的新主张，商榷向外发展的方略。

其四，群英墓葬形成独特的历史景观。晚清英豪左宗棠暮年极想归葬岳麓山，写信嘱咐过老部下刘典："死便埋我，湘山湘水，乐哉斯丘！"可惜老帅未能得偿所愿。

近代以来，岳麓山上总共安葬过二十二位将军，依筑墓先后为序，名单如下：禹之谟、焦达峰、陈作新、阎鸿翥、蒋翊武、蔡锷、黄兴、刘昆涛、李仲麟、林修梅、张国威、龚宪、杨特、张辉瓒、张镜远、齐学启、刘千俊、莫国璋、谭嘉范、李恒华、田君健和陈明仁。需要说明的是，其中有多位将军的军衔含有身后追赠、追授、追认成分。

岳麓山上的三座公墓同样令人瞩目，它们是辛亥援鄂汉阳阵亡将士公墓、辛亥援鄂民五护国阵亡将士公墓和陆军第七十三军抗战阵亡将士公墓，纪念碑巍然耸立，足证浩气长存。

抗战时期，长沙乃四战之地，会战空前激烈。多年前，曾有人在岳麓山上找到一块第七十三军第七十七师阵亡将士题名碑，上面镌刻着六百余名阵亡将士的姓名，也曾有人在云麓宫前护栏上寻觅到第一次长沙会战五千多名阵亡将士的名录，细细摩挲那日益漫漶的笔画，仿佛轻轻碰触一个个青春久已凝固的生命！历史未必能够精确地记录每一位抗日英雄的姓名、籍贯和部队番号，所幸在岳麓山上有一座抗战文化园，它始终以醒目的存在年复一年地纪念着抗日阵亡将士的英魂，唤起后人对那段峥嵘岁月的追思和缅怀。

除开这些将军墓和三座将士公墓，安葬于岳麓山的风云人物还有许多：陈天华、姚宏业、刘道一、杨卓林、谭馥、易本羲、彭遂良、彭昭、童健吾、黎尚雯、黄爱、庞人铨、丁文江、胡元倓、谢祖尧、覃振、高继青、刘人爵、任凯南、杜心武、方叔章、易鼎新、杨树达、董纯……群英之灵不灭，雄魂永远萦系于岳麓山，引人凭吊，令人景仰。

古人云："山不在高，有仙则名。"

岳麓山包罗万象，自然风光，宗教色彩，文化底蕴，英雄气概，均彰显无遗，它能够长期对湖湘人杰产生"虹吸效应"，就一点也不奇怪了。

本书以数十位英才、英雄、英烈为描述对象，他们一生中或早或晚与岳麓山有过交集：一些人在岳麓书院求过学，一些人从岳麓山上警策的碑文、联语、诗词中获得过至关重要的启迪，一些人与岳麓山周边的建设相关联，一些人最终安葬于岳麓山。总而言之，他们都与这座名山结下过不解之缘。

本书共分六辑，每辑由四篇或六篇文章组成。

第一辑是"功名之路"，集合的人物为曾国藩、左宗棠、胡林翼、郭嵩焘。

曾、左、胡、郭是晚清数得着的"中兴名臣"，均在岳麓书院求过学。

在精神的迷茫日，在事业的低谷期，他们接受过岳麓山的启迪和抚慰。

第二辑是"侠义之行"，集合的人物为谭嗣同、唐才常、熊希龄、谭延闿。

浏阳谭、唐二壮士侠义并举，纵横多才，均接受过岳麓山的启迪；熊希龄告别政坛，悉心创办慈善事业；谭延闿辅佐孙文东山再起，亦可谓义薄云天。谭延闿膺任湖南都督时，做过许多对岳麓山大有裨益的事情。

第三辑是“共和之基”，集合的人物为黄兴、蔡锷、宋教仁、蒋翊武。

他们均为首造共和之人。蔡锷潜赴云南，率领护国军作战，推翻“洪宪王朝”，铲除帝制余脉，有再造共和之功。

岳麓山先后见证了蔡锷、黄兴、蒋翊武的国葬之礼。

第四辑是“神勇之举”，集合的人物为陈天华、姚宏业、禹之谟、刘道一、焦达峰。

陈天华和姚宏业为保全团体、警示同仁而蹈海投江，禹之谟为主持正义事业而英勇赴死，刘道一为组织萍浏醴起义而慷慨捐躯，焦达峰为保全辛亥革命成果而流血殒命，个个堪称神勇。最终，他们都安葬于岳麓山。

第五辑是“信念之旗”，集合的人物为新民学会这个奋发有为的青年团体和湘籍优秀女共产党员向警予、缪伯英、杨开慧，以及大将萧劲光、上将陈明仁。

他们莫不以信念为旗，亦莫不以革命事业和建国大业的成功为目标，甘愿奉献热血和赤诚。他们都在岳麓山中留下了浓墨重彩的一笔。

第六辑是“良师之范”，集合的人物为杨昌济、朱剑凡、任凯南、胡庶华、李达、柳士英。

“得天下英才而教育之”，是孟子所言“人生三乐”之一。这些良师无不苦心育才，甘心作嫁，杨昌济奖誉毛泽东、蔡和森这样的奇才弟子，朱剑凡创办周南女校，使湖湘女学猛然振作，任凯南、胡庶华、李达是湖南大学的名校长，在岳麓山下，他们为国家输送了大批栋梁之材。柳士英是建筑家和教育家，湖南大学建筑群的圆融之美与岳麓山风光带的自然之美交相辉映，彼此成全。

风云际会，方显群英本色；群英响应，激荡历史风云。

本书写到的这些百年以来的英才、英雄、英烈，深受湖湘文化的濡染和熏陶，既具备经世致用的务实精神，又具备敢为天下先的豪迈气概，在不同时期均彰显出勇毅、果敢、智慧、忠诚和担当，令人击节高赞。

幸有群英的护佑，岳麓山的文化之域乃可拓宽，长沙城的历史之册方能增厚。本书旨在表现群英的德智勇和精气神，表彰他们对祖国的大爱和挚爱、对民族的深爱和厚爱。

本书欲引导读者细览这些英才、英雄、英烈的精神和事迹，同时透解岳麓山这座神山、仙山、圣山的灵明和底蕴。群英与岳麓山既相互加持，相互撑拄，也相互陪伴，相互成全，真可谓相看两不厌，相守永不渝。

从岳麓山的角度去认识群英，或从群英的角度去了解岳麓山，这两条路径都是绿色通道，读者肯定会拥有许多不一样的体察和憬悟。

辑一

功名之路

『流传百代千龄后，定识人间有此人。』——郭嵩焘

“成功之母”绽露微笑

曾国藩在长沙城里帮办团练受困，岳麓山给予他及时的启迪。

“因差别而非法，随品类而得根。去二见而入流，率一心而办事”，麓山寺碑上这几句碑文瞬间照亮了曾国藩的认知盲区，使之脑洞大开。他恍然觉悟，当今之天下，兵戈扰攘，铁血横飞，生灵涂炭，官员行事务必捐弃个人私怨，同心同德，不可因意见分歧、情绪抵触而自乱阵脚。

一

咸丰三年（1853），曾国藩奉旨到省城长沙帮办团练，墨绖从戎，可谓难处多多。

咸丰皇帝给予他的职衔是“帮同办理本省团练乡民搜查土匪诸事务”，其关防大印居然是木质的，可见朝廷也没太当回事。回乡守制前，曾国藩膺任礼部侍郎，官阶从二品，如今帮办团练，算个什么职务？与湖南巡抚该如何协调？全无明文规定，因此他很快就步入了荆棘丛，“筹兵则恐以败挫而致谤，筹饷则恐以搜刮而致怨”，处处施展不开拳脚。

《清史稿》中曾国藩本传字字如画：“国藩为人威重，美须髯，目三角有棱。每对客，注视移时不语，见者竦然，退则记其优劣，

⊙ 曾国藩画像

无或爽者。”

曾国藩有鉴人之明，也有待人之诚，他选拔的将帅多为风云人物。

曾国藩编练湘勇，首重择将，此前久慕罗泽南学究天人，彼此偶有书信往还，自谓“万里神交”，知他喜阅兵书，便主动登门拜访，其时罗泽南在名宦贺长龄家设馆授徒。贺长龄已经病逝数年，曾国藩见到亲家母（曾纪泽是贺家女婿）和罗山先生（罗泽南是曾家与贺家联姻的月老），寒暄一番之后，涉及正题，不料罗泽南以授课无暇婉言谢绝。曾国藩更加敬重罗泽南的品格。第二天，曾国藩又到贺家等候，诚意十足，于是罗泽南答应辅佐曾国藩治军。曾国藩得将伯之助，底气便有了三两分。

其实，早在一年前，罗泽南就奉湘乡知县朱孙贻的命令，与刘蓉、王鑫等人在湘乡招募勇丁，加以训练，预防外来匪患。翌年，曾国藩奉诏督办湖南团练，湘勇各支皆隶属其麾下，罗泽南也就成为了他的部将。

曾国藩招募乡勇，喜欢挑选忠厚朴实者，游手好闲、心眼太滑的人均在摒除之列。忠厚朴实者听从号令，“不许独后，亦不许独先”，能够同进退，共生死。吃粮，人人欢喜；拼命，人人畏惧，这本是常情常理。曾国藩鼓舞有术，时不时讲点宿命论：“况人之生死，有命存焉。你若不该死时，虽千万人将你围住，自有神明护佑，断不得死；你若该死，就坐在家中，也是要死。可见与贼打仗，是怕不得的，也可不必害怕。”

古代军事家吴起有一句名言：“若法令不明，赏罚不信，金之不止，鼓之不进，虽有百万，何益于用？”曾国藩发布公告，列出赏罚明细，“杀贼三名以上者，除功赏银三十两外，随即奏请发营，以千把总补用”，“临阵退缩者，斩杀；假冒功者，枭首示众”，赏重罚严,均令人咋舌。曾国藩强调宿命论算不算大忽悠？这很难说，但他强调士卒操练好武艺才能够在战场上保命，倒是一点也不假。

曾国藩在长沙办团练，处境如何？薛福成以十六字形容：“众骇朋疑，綦挠笑侮，孑立寡助，进退交困。”

起初，曾国藩想与省城的官场人物和睦相处，这就难上加难。赵烈文在日记中揭示了症结所在：咸丰二年（1852）冬，曾督帅奉旨督练乡勇，抵达省城，三宪（巡抚、布政使、按察使）均轻视他。督帅自告奋勇，剿匪除患，于是设局敦劝各绅士、富家捐银，招兵买马。凡是百姓投诉遭到土匪劫掠的案子，督帅派人擒获强盗，立刻处决，总共杀掉数百人，乱民闻风丧胆。湖南境内的刑事案都归集到督帅的治所，州县长官无从过问。因此督帅更加遭到忌恨，上下掣肘。

在恶劣的环境中，曾国藩的生存能力和办事能力太强，捕杀盗匪，慑服乱民，审结大案要案，样样出色，这岂不是要把三宪和州县官员的分内活计抢光干尽吗？连曾国藩自己都承认，他在省城所办的事情“强半皆冒侵官越俎之嫌”，难怪布政使徐有壬、按察使陶恩培、提督鲍起豹都忌恨他，并且排斥他、打压他。

湘勇是杂牌中的杂牌，只要他们结伴进城，就准定会遭到标兵的歧视和欺凌，打骂是家常便饭，曾国藩的仆从进城也必遭标兵恶骂痛打。湘勇中有倔强勇猛的，双方狠狠地掐过几回死架，仇怨越积越深，大有火拼的危险。

《湘军志·曾军篇》中详细描述了标兵耍狠的情形，具体脉络是这样的：

长沙协副将清德颇为骄横，他认为武官按营规行事，就算是本省巡抚，照例不过问操练事宜，可是塔齐布为了讨好曾国藩，擅自操练士卒，败坏营制。湖南提督鲍起豹昏庸自喜，听清德有此一说，就扬言盛夏操练士兵是虐待军人，况且提督现在就驻扎在省城，我不传令操练，谁敢肆意妄为，用军棍伺候。塔齐布闻令，既沮丧，又恐惧，不敢坚持原议，地方官员窃喜，以为这样一来，城里没人再敢多事。提督府标兵原本就轻侮乡勇，现在有提督出面撑腰，更加骄纵。

刚巧湘勇试射火枪，不慎射伤了标兵，标兵被激怒了，吹号举旗，列队攻击湘勇。城楼上的守军也都跳下来，市面上顿时惊恐喧哗。曾国藩为了平息事端，只好当众鞭打试枪者以道歉，标兵这才罢休。

不久，辰勇与永顺兵发生私斗。辰勇是由塔齐布训练的。提督府的标兵更加傲狠狂怒，又吹号列队讨伐辰勇。于是曾国藩想到内斗没完没了，不治理标兵，官民会更加轻视他这位钦命团练使。由于无法入营抓捕真凶，他就移牒至提督府，指名要抓捕行凶的标兵。提督鲍起豹大怒，却假意应承："今天就按你的命令办，我派人将他们捆送辕门。"

满街标兵个个气势汹汹。曾国藩想处死那些违法的标兵以正军法，担心发生兵变，因此犹豫不决。标兵日夜在城中游行聚会，文武官员都闭门不肯出面调停，巡抚也是一副事不关己高高挂起的态度。于是标兵公然作乱，堵住曾国藩公馆的大门。公馆所在地位于又一村湖南巡抚署附近，曾国藩料想标兵虽在门外示威，不敢冲进公馆，没料到标兵抡着兵器就杀了进来，见人就砍，逢人就刺，险些伤到曾国藩。情势危迫，曾国藩去拍打抚署辕门，巡抚骆秉章震惊，赶紧去府外向标兵道歉，把捆绑的人放走，对乱兵一概不予追查。

在郁闷烦躁的时候，曾国藩的排遣法只有两个：一是读书，二是外出散心。这回，读书已然镇不住心头的愤懑和苦恼，他决定带幕僚渡江去岳麓山上转转。

曾国藩太熟悉岳麓山了。道光年间，他在岳麓书院附读，同舍的那位生员是官宦子弟，平日颐指气使，对曾国藩实施心理霸凌，仿佛烟瘾发作，就连他用湘乡口音小声念书都嫌聒耳，对方言语难听，面目可恶，曾国藩竟能够隐忍下来。那时，他常挟书去岳麓山中盘游，感觉累了，就在石头上坐坐，倾听鸟鸣溪潺，身旁无可憎之人，眼前有可观之景，心情就平复下来。

这回过江散心，幕僚极想见识下岳麓山的镇山之宝——盛唐文学家、书法家李邕亲撰亲书的麓山寺碑，这个提议足够风雅，曾国藩也是兴致勃勃。早年他读过杜甫的《八哀诗》，就知李邕“情穷造化理，学贯天人际”，可叹这位大师年至古稀，竟被奸相李林甫罗织罪状，迫害致死。“君不见李北海，英风豪气今何在”，诗仙李白缅怀李邕也是情见乎辞。麓山寺碑久已残损，但主体文字还在，幕僚仔细欣赏的显然是此碑的“三绝”——文采、书法、刻工，他盛赞李邕落笔坚实，谨严而开合有体，既具魏晋风韵，又现盛唐气魄。幕僚的评价是靠谱的，“四裔书名尊北海，百年拓本重长沙”，作为岳麓山的镇山之宝，麓山寺碑确实价值连城。曾国藩仔细琢磨的则是碑文的内容。“因差别而非法,随品类而得根。去二见而入流，率一心而办事”，这几句碑文瞬间照亮了曾国藩的认知盲区，使之脑洞大开。他恍然觉悟，当今之天下，兵戈扰攘，铁血横飞，生灵涂炭，官员行事务必捐弃个人私怨，同心同德，不可因意见分歧、情绪抵触而自乱阵脚。

回城后，曾国藩的想法一通百通。他决定顾全大局，努力办事，一心从公，此地不宜爷久留，自有宜爷久留处，将湘勇移驻衡州，既是下大棋，也是布妙着。他的祖籍在那里，岳父家也在那里。事后证明，这个决定极其明智。

二

咸丰四年（1854）正月，湘军水师集合大小战船二百四十艘，从衡州出发，顺江而下，军容雄壮。

当时，太平天国的西征军已经攻入湖北。湖广总督吴文镕仓促应敌，在湖北黄州堵截战败，投水身亡。太平军夺得长江上的船只，再渡洞庭湖区，溯至宁乡，长沙告急。湘军水师初战，收复了湘阴、岳州，然而在洞庭湖遭遇风暴横扫，战船漂损大半，太平军重又夺取岳州。

湘军水师被迫退回长沙休整，状况恓惶，情形狼狈，湖南巡抚骆秉章不准许湘军入驻省城，曾国藩也耻于依人，将水师十营驻扎在湘江边。不久，太平军进攻靖港和湘潭，成为湖南境内的心腹大患。

太平军从湘潭顺春水而下攻，或从靖港乘北风而上攻，都只需要一两天时间，省城长沙处于随时被太平军包夹的困境中，形势岌岌可危。湘军听见号角声，或者眺见火光，莫不惊恐，幸亏敌军行动迟缓，并未急于展开攻势，湘军水师获得了意外的喘息之机，重新调整战略部署。曾国藩原本奉旨援鄂，理应挥师北上，为湘潭解围并不在计划之中，幕僚陈士杰向曾国藩建策，保卫湘潭乃是稳固根本，若只图向北进取，就怕“一战俱死”。曾国藩斟酌再三之后，采纳了他的建议。

湘潭之战，副将塔齐布等人指挥湘军打败太平军。有太平军败兵说，自从广西起事以来，从没见过官兵这样能打仗。当年，没有电子设备，没有飞鸽传书，信息传递尚处于龟速阶段。湘潭捷报并未立即传到长沙，湘军水师中浓厚的紧张气氛已趋于饱和，大家都以为塔齐布的步兵陷入了重围。所幸军心未散，士气未落，将帅还留有后手。

集议军情时，以水师营官彭玉麟为谋主，定计全军进攻湘潭。

计划很周密：彭玉麟率水师四营先发，稍后，曾国藩率水师五营、陆勇八百接济。彭玉麟所部出发后不久，长沙乡团提供的新情报引起了曾国藩的注意，说是靖港敌营空虚，仅有数百人守巢，很难抵御住官军攻击。曾国藩立刻改变计划，决定率领水陆人马齐头并进，于四月初二日下午进攻靖港太平军大营。

三

发兵前，曾国藩将预备的遗疏和遗嘱交给李元度，对他说：

“我要是阵亡了，你就将遗疏呈递巡抚，请他代陈，将遗嘱交给我的几个弟弟，营中军械辎重，船百余艘，你要保全它们。”

曾国藩的作风就是如此，凡事先作最坏的打算，筹前善后，两不马虎。

靖港距离省城长沙大约六十里。靖港对面有一座铜官山，古时候是铜官置署之地，因此得名铜官渚。

湘军水师开至靖港，没有太多的耽搁，立即与太平军交战，此时才发现太平军大营并不空虚，太平军兵力充足，远不止数百人，顿时惊慌失措，纷纷夺路狂奔，只恨爹妈生的腿短。水上的浮桥是临时用门扉、床板搭就的，哪里经得起乱兵蹬踏？湘勇落水的落水，中枪的中枪，呼天抢地，哭爹喊娘。很快，靖港就变成一口沸腾的汤锅，湘勇沦为露馅的饺子。

曾国藩置身前线，督战出奇招，将一面令旗插在岸头，手持利剑，大声疾呼：

“过旗者斩！”

残兵败将见此情形，急中生智，绕过旗杆，逃得无影无踪。战局急转直下。

“申刻开仗，仅半顿饭久，陆勇奔溃，水勇亦纷纷奔窜。二千余人，竟至全数溃散，弃船炮而不顾，深可痛恨！”

这是曾国藩在家书中所作的现场还原描写。水手最胆怯，“红船之水手仅存三人，余船竟无一水手，实为第一可怪之事”。这样的完败极其丢人。

那时节，曾国藩到底是气昏了，还是吓蒙了，已无法求证。唯一可知的是，他羞愤交加，闭上双眼，咬紧牙关，纵身跳入湘江。

四月的江水还很凉，曾国藩不是钱谦益，没有顾忌那么多。

当年，安徽巡抚江忠源和湖广总督吴文镕都是战败之后投水自尽的，在他们的意识中，这样总好过沦为太平军俘虏或受朝廷处分。

所幸曾大帅命不该绝，幕僚章寿麟与陈士杰、李元度事先料到，曾国藩胜则无患，败必有忧，因此章寿麟藏身船尾，一直关注着湘军大帅的一举一动，以防意外发生。这才不过半顿饭工夫，曾大帅就不想活了，比预想的要惊险得多。

所幸章寿麟水性好，力气大，“至是掖公登小舟，逸而免”。他救起形似落汤鸡的大帅，登上小舟，终于摆脱追兵。这是章寿麟《铜官感旧图自记》中的现场还原，也不会有错。

曾国藩正在气头上抓狂，不禁对章寿麟大发雷霆，吼道：“你怎么跑来了！”章寿麟脑瓜子机灵，随即应答，好让曾国藩安心：“湘潭已获大捷，我来报喜！”其实，他并不清楚湘潭那边战况如何。

曾国藩获救后，于翌日中午抵达长沙，身上的湿衣服仍未干透，他蓬头跣足，神情阴郁沮丧。

部下劝他吃点东西，他也不碰碗筷。

省城的官员，布政使徐有壬、按察使陶恩培、提督鲍起豹与曾国藩积不相能，个个幸灾乐祸，对他多有揶揄，甚至表示要奏劾他，遣散湘勇。

所幸湖南巡抚骆秉章识大体、顾大局，不肯落井下石，仍然一如既往地支持曾国藩。抚署师爷左宗棠缒城而出，到江滨炮船中探望曾国藩，劝慰道：

“初战小负，大事犹可为，寻死绝非明智之举！”

曾国藩圆瞪两眼，一言不发，叫人拿来纸笔，开列军械、弹药详单，嘱托左宗棠保管。左宗棠写信告诉其夫人周氏：“惟涤公进攻靖港失利，回泊南湖港。仆缒城出视之，则气息奄然，盖愤而投水两次，皆得救以免，而其志仍在必死。仆以大义责之，又日日至其舟中絮聒之。此公忠诚笃实，正灭贼之人，偶遇挫折，殆天之所以玉成耳。”

此信内容揭示：曾国藩投水不止一次，而是两次；他羞于上岸，住在船中；左宗棠称赞曾国藩笃实，认定他就是太平军的克星，天将降大任于是人也，必先让他多受磨难，多尝苦头。

靖港兵败并不可怕，她真就是成功之母，瞧，那张饱满而慈祥的大圆脸上，已经绽露微笑。

四

在长沙城南高峰寺里，曾国藩重写了遗嘱，处分后事，依然打算于第二天自裁。以下为《曾国藩全集》中有据可查的白纸黑字：

一、作遗折，具陈办理军务不善，并抄檄文进呈御览。

一、赶紧送灵柩回家，愈速愈妙，以慰父亲之望。不可在外开吊。受赙内银钱所余项，除棺殓途费外，到家后不可剩一钱，概交粮台。

右二条求幕中诸友照办。

不成功则成仁，曾国藩打算将此精神表现得淋漓尽致。这也充分说明，靖港之战失利，对曾国藩的精神打击极大。

曾麟书在湘乡老家听闻消息，儿子吃了败仗后打算自杀，立刻派人送来家书，措辞严厉，撂下狠话："儿此出以杀贼报国为志，非直为桑梓也。兵事时有利钝，出湖南境而战死，是皆死所；若死于湖南，吾不尔哭也！"大意是：你堂堂男儿，报国捐躯，死哪儿去不行？现在吃了败仗，硬要在家门口弄死自己，岂非让祖宗十八代全陪你丢人现眼？要是你就这样领了盒饭，休想我为你流下一滴眼泪！

此外，另有麻辣调料：左宗棠探望曾国藩，见他身上残存污泥痕迹，笑道："好像猪子！"这并不是骂曾国藩蠢，而是调侃其狼狈样。

依左宗棠的脾气和做派，真要骂人就不是这样了。

日后，王闿运赋诗《铜官行，寄章寿麟，题感旧图》，其中就有出人意表的怪句："刘郭苍黄各顾家，左生狂笑骂猪耶。"刘是刘蓉，郭是郭嵩焘，左生是左宗棠。这个典故值得说道。

曾国藩初练湘勇时，盛邀金兰之交刘蓉、郭嵩焘辅佐，他们迟迟不肯出山。曾国藩在咸丰四年（1854）七月二十七日的家书中，讲得很清楚："霞仙定于本月内还家。渠在省实不肯来，兄强之使来。兵凶战危之地，无人不趋而避之。平日至交如冯树堂、郭云仙等尚不肯来，则其他更何论焉！"

刘蓉号霞仙，郭嵩焘号筠仙，又作云仙，云、霞二仙被曾国荃调侃为"云霞出海曙"，曾国藩却被左宗棠直接骂成胆怯的"猪"，这一骂，左宗棠的性情鲜活如画。

那个时期，刘蓉致书曾国藩，也在帮他找败因："窃怪老兄光明俊伟之识，豁达渊深之量，盖非时彦所及。而豪杰之士或反不乐为之用，虽夙昔有相知之雅者，亦或思引避而无景附之情，可不一思其故乎？求之不竭其诚，遇之不优其礼，用之不尽其才，三者古今所由失士之大端也。”

众人趋避的原因已经找到，忠言逆耳益于行，曾国藩照单全收，虚心采纳。没过多久，刘蓉就追随曾国藩从巴陵至九江，转战江西，屯军南康，“孟容皆辗转相从，三年奔走，夷险共之”。郭嵩焘也为曾国藩筹办厘金。

朋友们都希望曾国藩把湘军带到雄飞，怎忍心见他战事失利就自杀呢？

塔齐布、彭玉麟率领湘军陆师和水师主力收复湘潭城，大败太平军，取得了一场大捷，靖港的太平军随即撤退。

曾国藩喜获捷报，这才如释重负，如逢大赦，立刻派人收拾破旗烂鼓，整理军实。他感叹道：

“死生盖有命哉！”

曾国藩对靖港之战的描述见于奏折，其中提供了许多细节，却隐蔽和模糊了关键细节，那就是湘军主帅曾两次投水自杀，是不应写，还是不宜写？至于湘军溃散的情形也被他巧妙地处理为“撤队回营”。当然，曾国藩并未讳败，也并未冒功，他单衔呈递奏折，自责自疚，请求处分：“但微臣自憾虚有讨贼之志，毫无用兵之才，孤愤有余，智略不足，仰累圣主知人之明，请旨将臣交部从重治罪，以示大公。并吁恳皇上天恩，特派大臣总统此军。臣非敢因时事万难，遂推诿而不复自任，未经赴部之先，仍当竭尽血诚，一力经理。”

所幸有湘潭大捷垫底，湘军纵然在靖港失利，曾国藩引咎自责，满纸惶愧，仍可轻松过关。王闿运赋诗《铜官行，寄章寿麟，题感旧图》，表达相当到位：“岂料湘潭大捷来，千里盗屯汤沃雪。一胜申威百胜从，塔罗如虎彭杨龙。”

难得的是，咸丰皇帝明见万里，对上章请罪的曾国藩温诏抚慰，并无厉斥苛责；冒领军功的湖南提督鲍起豹则受到严谴，就地夺官；塔齐布功勋卓著，加官晋级，以副将署湖南提督。

最有意思的是，湖南布政使徐有壬本打算参劾曾国藩，这下惭愧不已，主动拜访曾大帅，向他顿首致歉。经湘潭大捷，湖南的局势转危为安。

靖港之战，是湘军早期在家门口打的一场窝囊仗，曾国藩投水天照应。后来，湘军水师在湖口大败，他情急心慌，又要纵身一跃，投水寻短见。较之往昔靖港的本色演出，湖口这回明显掺杂了几许真人秀的成分。两度自沉，均毫发无损，“跳水冠军”的头衔，曾国藩稳稳拿定。

当然，曾国藩兵败投水的“案底”也是形势使然，为曾国藩的人生增添了一抹传奇色彩。

长沙城里有位左师爷

及至暮年，左宗棠心心念念欲卜阴宅于岳麓山，将这处风水宝地珍视为上佳的归骨安魂之所。老帅屈指细数缘由，岳麓山近在长沙西郊，自然环境清幽，人文气息浓厚，全都是他的心头好。

“死便埋我，湘山湘水，乐哉斯丘！”

一

长沙古称潭州。左宗棠与长沙城，渊源很深。当他还是一条潜龙时，长沙城就是他的“龙潭”。

道光十一年（1831），湖南巡抚吴荣光仿照其座师阮元兴办学海堂的范例，在岳麓书院内创设湘水校经堂，以经史、治事、辞章分科试士，不课八股时文，成为湖南讲求汉学的重要基地。贫寒学子入此堂深造，可得膏火补贴，优等生可得额外奖励。左宗棠曾是湘水校经堂的头号“学霸”，于一年之内七次荣获头名，湘抚吴荣光对他赞赏有加。不久后，左宗棠年方弱冠，即被荐为醴陵渌江书院主讲。

在长沙城里，左宗棠读过书，做过塾师，当过抚署师爷，前后

⊙ 左宗棠画像

十多年时间。他名下有一座宅子，在城北司马桥。当初，师爷薪水薄，买屋的费用居然是由湖北巡抚胡林翼和湖南巡抚骆秉章合计支付的，乱世处处艰窘，五百两银子并非小数目。换个角度来看，湘鄂两省巡抚凑钱购房赠屋给左宗棠，这面子得有多大，人情味得有多足啊！

左宗棠收复新疆，万里封侯，一度回乡扫墓，在司马桥的大宅子里住过几天，这就比曾国藩从未踏进其毅勇侯府富厚堂半步要强胜不少了。

及至暮年，左宗棠心心念念欲卜阴宅于岳麓山，将这处风水宝

⊙ 左宗棠手迹

地珍视为上佳的归骨安魂之所。老师屈指细数缘由，岳麓山近在长沙西郊，自然环境清幽，人文气息浓厚，全都是他的心头好。

“死便埋我，湘山湘水，乐哉斯丘！”

在家书中，左宗棠有此欢言。观其行文，主意坚确；探其语气，心情宽舒。可惜最终受限于一品大臣极高规格的殡葬制度，他与岳麓山交臂而失恒久之缘，留下了不小的遗憾。

二

三十多岁的时候，左宗棠预感到乱世将临，真动过举家避难的心思，将行窝选定在湘阴县与长沙县交界的青山上，一个名为白水洞的地方。此处山高林密，人迹罕至，诛茅筑屋，适宜安家。

他有结寨的构想，在山中安置亲友社群，种地，联防，设社仓，筑碉楼。

道光二十六年（1846），左宗棠的隐居规划尚未落实，老师贺熙龄不幸病故。他越思量越清醒：入山避乱无万全之策。“避地愁无好林壑，桃源之说诚荒唐”，瞧他的诗句，已看破说破，逸民梦注定做不成。

咸丰元年（1851），左宗棠弃考孝廉方正科，他不想做官。好友胡林翼写信来劝：国难当头，如何安家？眼下盗贼多如牛毛，正是大丈夫建功立业之秋，千万不可坐失良机。

湖南巡抚张亮基正在上任途中，派专使赴湘阴，恭请左宗棠火速出山。同时，胡林翼再接再厉，写信苦劝：张亮基是文忠公（林则徐）一流的人物，肝胆血性，世间无几，值得贤者辅弼。

胡林翼以情动人，以理服人，以正道示人，以形势逼人，以可预料的后果惊人。乡土若有难，山中哪得安枕？林下岂可闲步？胡林翼教左宗棠出山只做军师，不经手银钱，便可独立不羁。

左宗棠尽可把好友的劝告当成耳旁风，但“保境安民”四字如施魔法，足以令他动情起兴。张亮基礼贤下士，也使他深受感动，于是毅然出山，与湖南巡抚张亮基强强联手。

左宗棠写信告诉胡林翼：“中丞开诚布公，集思广益，为近代所罕有。”

短期内，左宗棠与张亮基就结下了深厚的情谊。

局面极其棼乱，准备严重不足，长沙保卫战居然获胜，没有大的闪失，这就充分说明，他们的精诚合作确实相当高效。

身为兵马师爷，左宗棠在调配兵力方面颇具功力。

他看重江忠源的将才，把防守南城的首要任务交给他。

三个月前，江忠源率领一千多名楚勇，在广西全州蓑衣渡打了一场漂亮的伏击战，大获全胜，太平天国南王冯云山伤重身死。

正如左宗棠所料，太平军头号猛将、西王萧朝贵充当急先锋，率领精锐之师猛攻长沙南城。江忠源率领楚勇出城争夺阵地，在天心阁附近，安营扎寨。太平军挖地道，架大炮，轰塌石墙，守军竭力防守要冲，修补缺口。

数日后，南城炮队竟击中了西王萧朝贵，导致其伤重身死，这成为了长沙保卫战的转折点，太平军对于顿兵坚城之下的局面有了更大的顾虑。

东王杨秀清在南门口骑马转了一圈，眼看精兵强将寸功未立，十分生气，遂亲自引兵绕至楚勇的营垒后方，来争夺小吴门外的教场坪。江忠源仍复率众苦战，未出意外，太平军依旧撞到铜墙铁壁，无法靠近城门，其猛攻疾取的意图未能实现。

长沙城一度岌岌可危，终未沦陷，着实有赖于江忠源率楚勇浴血坚守。

城南仰天湖一战，江忠源带领楚勇向前突击，短兵相接，他的大腿被太平军的长矛刺中，受伤落马，众将士舍命相救，将太平军击退，将他扶救回营。

战事最激烈时，谁胜谁负，只在转瞬之间。

张亮基抚湘，为期不足半年，他听从左宗棠的良谋，获取江忠源的死力，在惊涛骇浪之中保全了湖南省城，受到朝廷嘉奖，晋署湖广总督。

当年，官员身不离印，印不离身。张亮基每次出署，都会将大印交给左宗棠保管，这相当于把自己的身家性命托付给了左宗棠。

三

此后，张亮基曾署理过湖广总督，待他调任山东巡抚后，左宗棠从武昌回到湘阴。湖南巡抚骆秉章写信送礼诚邀他出山办事，但左宗棠以“近年心血耗尽”为由，婉言谢绝了。他销声匿迹，只想在荒谷中求生存，不想再去尘世中抛头露面。这回，左宗棠的归隐之意相当坚决，甚至打算卖掉柳庄故宅，在白水洞建造住所。

咸丰四年（1854）春，左宗棠“坚卧不起”，郭嵩焘“无意再出”，湖南的两位顶尖人才都不愿踩场入局。曾国藩分析原因所在：如今时世急剧变化，而官场风气仍泄泄沓沓，毫无振作的迹象。有识之士因此深感畏惧，都怀着入山唯恐不深、入林唯恐不密的打算。浊世已经沦为乱世，剧变之际，官场依旧论资排辈，低效失能，像左宗棠这样有真本领、大本事的人缺乏上升空间，只能潜藏在山林里，不肯到官场中厮混受气。

由于太平军杀回马枪，湖南东境承压，北境失守，形势危急。

这年三月初，左宗棠陪女婿陶桄到省城办理捐输，湖南巡抚骆秉章极力挽留，他这才同意入署“襄帮”，仍不受“关聘”，即只出力帮忙，不受聘约牵制，他保留了随时拎包走人的自由权。

左宗棠出山主持湖南戎幕，最大的受益者是两个人——骆秉章和曾国藩。

曾国藩高兴，是因为左宗棠见事明确而持论公允，可以破解他与巡抚骆秉章之间的诸多隔膜。左宗棠善于多方联络，巧妙调和，对于全省军政事务的高效率运行，好处实在是太大了。曾国藩与湖南巡抚骆秉章相处不算融洽，时不时遭到掣肘，难免闹些意见，有左宗棠润滑一下双方滚烫的齿轮，公务果然好办多了，大小误会更容易消除。

从咸丰四年（1854）三月到咸丰九年（1859）腊月，左宗棠辅佐骆秉章，共计五年零九个月。他执满勤，效全力，“惟我知公，亦惟公知我”。曾国藩称赞二人“断金合契”，主僚同心同德，彼此指掌无间，可谓互相成全。

凡事起承转合，总会有个过程。起初，骆秉章确实不如张亮基信任左宗棠。经过一年磨合，骆秉章已对左宗棠的品行和才智心中有数，称奇之余，彻底放手。由于骆秉章信任专一，所以左宗棠能够差遣众人，使他们各尽所长。僚属汇报工作，骆公照例会问一句“季高先生云何”，意思不难明白，凡事左宗棠认可就成，他只管签名行印。左宗棠写信告诉女婿陶桄：长沙大局粗定，我本想隐姓埋名，跑进荒山藏起来，可是骆中丞推诚相待，军事方面全部托付给我一个人来主持，就不得不留在省城互相支撑。

当年，三公（骆籲公、曾涤公、左季公）治湘，局面大胜以往。

一位“影子省长”，主持全省军政要务，操刀必割，各色人事，该用的用，该换的换，该撤的撤，该裁的裁。有人啧啧称奇，戏称左宗棠为“左都御史”，意思是左宗棠掌握的权力比骆秉章还要大。

不管外界存在多少非议，骆秉章始终以国士善待左宗棠，左宗棠也一直以国士厚报骆秉章，主僚之间，无纤毫芥蒂。

四

左宗棠辅佐骆秉章，用的是古道，一为忠，二为直。

某日，骆秉章与左宗棠相谈甚欢，于是他从容提起某人在佐杂班中赋闲已久，似乎可以酌情给他安排一桩差事做做。左宗棠闻言，默然良久。骆秉章又说：

“实不相瞒，此人是贱妾的胞弟，贱妾向我聒噪了许多回，我迟至今日方才提及。我已探悉此人小有才能，行事也算谨慎。佐杂班中像他这样的，听说多有差委，似乎不必因亲戚避嫌，独独让他受到冷落。”

左宗棠莞尔一笑，对骆秉章说：

“今天我高兴，公何不再赏数盏美酒，喝个痛快？”

骆秉章以为事情轻松谈妥了，便欣然命酒。

美酒下喉，左宗棠搁盏起身，长揖告别。

骆秉章错愕之余，赶紧问道：

“先生何故辞行？”

“明白人不耐烦细说缘由。意见偶然不合，便当割席而去。君子绝交，不出恶声，何必多费口舌。”左宗棠应声回答。

骆秉章这才恍然大悟，刚才自己为内弟讲情谋差，不妥当啊！于是他起身离座，改容道歉：

“这事就算我没提。骆某倾心相任，从善如流，此心可质天日。先生千万不要因为一时误会萌生去意，今后一切倚重，骆某再不干涉了。”

骆秉章赶紧叫左宗棠的仆从放下行李，洗净酒盅，他说：

“我还要与左师爷畅饮一番！”

左宗棠从容坐下，即席慷慨陈词：

“现在是什么时候？南方大乱，戎马倥偬，如果中丞想维系人心，应该切实整顿吏治。倘若用人稍微有所徇私，就足以贻误大局。我确实知道佐杂班中某人小有才能，行为也谨慎，未尝不可以给他安排差事。然而中丞宜三思而行，安排他离开湖南去别处谋差为好，在省城只能委屈他，闲置一旁。万一因为派差的缘故，使官吏怀疑中丞顺从宠妾而徇私差委，怀疑左某顺从中丞的主意而为他安排职位，一旦落下口实，小人就会奔竞钻营，志士就会灰心丧气，以后将无一事可以办成！这就是左某决意辞行的原因，不忍心在抚署眼睁睁地看着中丞以失败收场。”

骆秉章听罢这番话，心悦诚服，赶紧致谢道：

“先生真正使我受益匪浅，骆某受教了！”

两人欢饮尽兴。

在中国古代，内举不避亲的佳话甚多，东晋太傅谢安举荐侄子谢玄，唐朝宰相狄仁杰举荐儿子狄光嗣，北宋大将曹彬举荐儿子曹璨、曹玮，都令人心服口服。然而“内举不避亲，外举不避仇”并非官场中通行不悖的明规则，倘若主事者胶柱鼓瑟，亲人仅具小才，却抢先任用，就可能事与愿违。

左宗棠晓以利害，骆秉章从谏如流，两人皆有大局观，实属难能可贵。

多年后，左宗棠回复周开锡，关于如何与上司相处，实话实说：“事上官之道，和悦而诤；如实不能感悟，则洁身以去可耳。”

下属对待上司的相处之道，这算是最简明爽快的版本：上司有过错，下属先和颜悦色地规劝，对方实在感悟不了，就赶紧洁身离去，不再费口舌。这么说，要是骆秉章固执己见，不认错，不道歉，左宗棠必定长揖而辞，一别两宽。

天才的方案，人才玩不转；人才的方案，奴才也用不来。实际情形就是如此，左宗棠随时敢拎包走人，这样的神助理，一席话能把主公惊出冷汗，也只在乱世有这么个玩法。

五

某天，骆秉章听见抚署辕门外炮声隆隆，动静不小，惊问何故，左右告诉他：

“左师爷在拜发军报折子。”

骆秉章颔首点头，用舒缓的语气吩咐道：

“去把折稿取来看看。”

原来骆老爷子连草稿都没过目，他放心信任左宗棠，左宗棠放胆运用这份信任，未讲丝毫客套。

清朝有个规矩，巡抚驿递奏折，必先陈设香案，妥为供奉，鸣炮之后，朝向京城跪拜如仪，待所有程序走完，驿使方可策马启程。左宗棠只是巡抚衙门的师爷，根本不具备“拜折”的资格，他代表湖南巡抚行礼，就算行得有模有样，也并不合乎官场仪轨，何况骆秉章事先毫不知情。由此可见，一方面，骆秉章信任左宗棠已经到了无以复加的程度，另一方面，左宗棠追求高效率，也减除了请示之类的中间环节。有人不服气，嘲讽咸丰年间的湖南抚署是“幕友当权，捐班用命”。至于骆秉章量才器使的本领和充分放权的胆魄，只有极少数智者能看明白、想清楚、表赞成。

咸丰四年（1854）秋，湘南传警，广东天地会首领何禄、陈荣分道北进，攻破郴州。军情紧急，骆秉章坐立不安，赶紧派人找寻左宗棠，最终得之于酒肆，已经酩酊大醉。众人急忙将他抬入抚署，夜半方才醒来。骆秉章询问计谋，左宗棠笑道：

“此事于三日前已有所闻，即派周金城、李辅朝率领二千楚勇、南勇在宜章、临武防剿，另派二千兵勇至茶陵、攸县一带埋伏，此处为桂林到长沙之必经要道。林箐深阻，我军打败来犯之敌大有把握。之所以未露丝毫口风，我担心事机失密，贼寇会另打算盘。大人尽可高枕无忧。”

果不其然，几天后，捷报传来。

左宗棠主掌戎幕，“事无大小，专决不顾”，他为骆秉章草拟奏章，倘若奇思偶得，妙语天成，他就不管是三更还是五更，是风冷还是霜重，硬要把骆秉章从爱妾暖烘烘的被窝里“揪”出来，与他奇文共欣赏。妙就妙在后者不但不生气，还拍案叫绝，不惜搬出窖藏美酒，与左宗棠一醉方休。

左宗棠的幽默感与自信心适相匹配，他调侃骆老板，常不免谑虐，比如他说“公犹傀儡，无物以牵之，何能动耶”，居然开这种玩笑，旁人都觉得开过了分，骆老爷子的反应却极见雅量，只是“干笑而已”。

你说奇怪不奇怪，左宗棠睥睨一世，龙嫌海浅，鹏恨天低，骆秉章与这位目高于顶的大傲哥相处数年，始终放低身段，陪他一起疯、一起狂，“究竟谁才是真正的老板”，诸如此类的问题，反倒无须答案了。

一方乐用其才，一方愿竭其智，施授与回报恰成正比。骆秉章是长者，左宗棠是国士，二人古风盎然，实属互相成全的范例。

六

在湖南抚署中，兵马师爷左宗棠手握铨衡，出工极勤，管事极广，脾气火暴，他骂起人来，常带脏字，甚至骂死了武将谌琼林，够不够狠？

谌某是湖南溆浦人，他可不是什么无名鼠辈。九年前，内阁学士加礼部侍郎衔曾国藩受朝廷差派，膺任武会试正总裁、武殿试读卷大臣。他在家书中写过这样一段话：“湖南新进士谌琼林以石力不符，罚停殿试一科。”这就是说，默写武经，谌琼林过了关；考试弓刀类的武艺，谌琼林也过了关；唯独公测举石时谌琼林膂力不足，没有及格，还得在下次殿试时补考。

咸丰五年（1855），谌琼林带兵援鄂，作战不力。左宗棠对湘籍将领要求和期望太高，谌琼林的才能不足以达标，屡次遭到左师爷的痛骂，以至于愧愤难当，吐血而亡。

咸丰六年（1856），左宗棠致书湘军名将李续宜，谈到用人的方式方法，提及这桩旧事，心下依然感觉不安，并且多有反省悔悟：凡是用人，要用对方的朝气，用对方的长处，常令他感觉愉悦，要善于给他忠告，使他知道意向所在，不要尽讲他的缺点，逼迫他做力所不能及的事情，这样就能得到人才的作用。因为我一顿痛骂，谌琼林突然死掉了，我心里常常感到沉重。去湖北，他也不是自愿的，到了湖北以后，我对他的责备太严，期望太高，他的才能不足以承担重任，便酿成了一场悲剧。

左宗棠做师爷时，到底有多强势？骂死谌琼林都不算什么。在他眼里，二品武官也只够他打骂的。

有一天，永州镇总兵樊燮拜见湖南巡抚骆秉章，延请左宗棠出来一同谈事，双方因意见不合发生冲突，左宗棠突然起身狠抽了樊燮一记耳光，还破口大骂。樊燮不堪忍受这样的侮辱，向湖广总督署告状，于是相互检举，彼此揭发，惊动朝廷，铸成大案。

近现代名士刘成禺曾到过樊燮原籍湖北恩施县城，去梓潼街寻访樊氏读书楼，亲闻当地父老讲古，有些细节可补传闻之不足。

恩施的一位父老说："樊公拜见抚帅后，再去拜见左师爷，拜见抚帅时请了安，拜见左师爷时没请安。左师爷大怒，奏劾樊公各种贪渎行为，樊公免官回到恩施。"这里没说打人骂人。

恩施的另一位父老讲述得更详细："燮公拜见骆帅，骆帅叫他去拜见左师爷，见面时没有请安。左师爷厉声呵斥道：'武官见我，无论大小，都要请安，你为何不这样做？快请安！'燮公针锋相对，直接顶嘴：'朝廷的体制，没有规定武官见师爷必须请安的条例，武官虽轻，我也是朝廷二品官！'左师爷更加气急生怒，起身要用脚踢燮公，大声呵斥道：'忘八蛋，滚出去！'燮公也怒极而退。没过多久，就有燮公革职回籍的命令下达。燮公带着两个儿子樊增禍、樊增祥回到恩施，在梓潼街建楼居住。楼建成了，摆酒席宴请父老乡邻，对大家说：‘左宗棠只不过一个举人罢了，他侮辱我的人格，又夺去我的官职，并且波及先人，视武将如犬马。如今我已经安家，敬聘名师，教我二子，雪我耻辱，不中举人、进士、点翰林，就无法见先人于地下！’于是以重金礼聘塾师，以楼上为书房，除师生三人外，不准旁人上楼。每日准备饭菜，必定亲自检查，穿戴整齐后，请先生下楼吃饭，凡是先生没下过筷子的菜品，下次就更换。儿子樊增禍、樊增祥在家，不准穿男装，都穿女子的衣裤。燮公发话：‘考中秀才进学，就脱掉女式外衣；考中举人，就脱掉女式内衣，这才与左宗棠的功名相等；中进士、点翰林，就烧掉我所立的洗辱牌，以无罪告诉先人。’燮公回到恩施，就写了‘忘八蛋滚出去’六个字在木板上，做成长生禄位牌的样式，放在祖宗神龛的下侧，每月初一、十五就带两个儿子向木牌行礼。他说：‘不中举人以上功名，不许撤去这块木牌，你们总要高过左宗棠。’樊增祥中进士后，樊家才烧掉了这块木牌。”

樊增祥后官至陕西布政使，朝廷赐建左宗棠专祠于西安，陕西巡抚委托樊增祥主持祭奠大礼，他推辞道：“宁愿违命，不愿获罪先人。”

还有一位老者告诉刘成禺，从前在樊家的楼壁上，残存墨笔书写的“左宗棠可杀”五个大字，想必是樊增祥兄弟小时候发愿写下的。

樊燮颇具血性，以直报怨的方式也很独特，极力促成儿子中进士、点翰林，在科举功名上超过左宗棠，以此方式湔雪前耻。这么说，左宗棠以另类的间接方式激励樊氏后人成才，究竟有怨有德、有仇有恩，恐怕不那么容易讲清楚。

如果樊燮九泉之下有知，左师爷居然官至东阁大学士、军机大臣，爵封二等恪靖侯，又该作何感想？莫非吐血不成？跟儿子说好的报仇雪耻就不仅显得无足轻重，而且显得相当滑稽。何况其小儿子樊增祥晚年向“洪宪皇帝”袁世凯献媚，连自己那张清朝遗老的脸皮都扒下来，扔进了阴沟，为士林所不齿。

左宗棠九泉之下有灵，必定还会照旧唾啐樊家父子的脸面而厉声大骂：

“忘八蛋，滚出去！”

江海之心

当年，在岳麓书院就读的湖湘学子中，既有兄弟，例如曾国藩、曾国荃，又有叔侄，例如刘坤一、刘长佑，还有父子，例如胡达源、胡林翼。最令人津津乐道的是，胡达源殿试高中鼎甲第三名（俗称“探花”），胡林翼殿试高中二甲第二十九名，父子皆点翰林。岳麓书院培养了不少国家栋梁，胡林翼可与曾国藩、左宗棠比肩而不愧。

一

《清史稿·胡林翼传》记述：“林翼貌英伟，目岩岩，威棱慑人。事至立断，无留难。”传主堪称猛人和能人，就连曾国藩都向进士同年毛鸿宾坦承：“弟治剧之才不逮胡宫保十倍。”所谓“治剧”，即治理庞杂的事务，“治剧之才”可视之为化繁为简的才能，曾国藩果真是过度自谦吗？

徐宗亮撰《归庐谭往录》，记载了好几桩胡林翼的轶事。年轻时，胡林翼有名公子、大才子之称，为人豪宕不羁，后来致力于政事，“口体之奉，未能如曾、左诸公啬苦也”，平日“餍饫极精”。这就说明，胡林翼是位美食家。他不像曾国藩，吃了肉汤炖大白菜就津津乐道；他也不像左宗棠，随遇而安，碰上军营里开饭，就跟士卒搭伙就餐，

⊙ 胡林翼画像

不管菜品是荤是素，填饱肚子就算数。徐宗亮还说，胡林翼“游戏笔墨，无关轻重，然亦可仿佛其英姿磊落”。胡林翼驻军湖北黄州时，有一天，他忧及军饷不济，士气低迷，就在公文纸上赋打油诗一首，钤上朱红大印，传令驰递各州县。诗为：

开口便要钱，未免讨人厌。
官军急收城，处处只说战。
性命换口粮，岂能一日骗？
眼前又中秋，给赏更难欠。

惟祈各路厘局大财神，各办厘金三万串。

中秋节快到了，给士兵发放欠饷，确属当务之急。这一纸“诗令”传递下去，不到半个月，送饷的船只络绎而至，有了钱，有了粮，军中士气为之大振。

贤人和常人的根本差别，就在于前者能化至难为至易，后者则与此相反。胡林翼谑称厘金局委员是“财神”，后来，曾国藩也谑称为湘军主力供应钱粮的胡林翼是“老板”，倘若短缺了这位大老板的接济，本就屡战屡败、屡败屡战的湘军，将很难撑得过最初的几道难关。

咸丰三年（1853）十月，曾国藩为截留大营的饷银致书骆秉章，有这样一段话：“论天下之大局，可以通南北之咽喉者惟楚，可以制金陵之死命者惟楚，可以转粤东之饷道者惟楚。”楚地以鄂为重心，湖北巡抚胡林翼的表现就极为关键。他的本事显然并不局限于后勤，他对军事的讲求可谓深得要领，主要体现在他对地理、地形的重视上。胡林翼吩咐严树森专治湖北、江西、安徽三省舆图，“凡溪港山阜，小路捷径，详细著明，某地至某地若干里，某村至某村绕出快若干里，用以行军。每乘太平军之虚，先据要地，而太平军用兵上游，不得逞”。他将这条经验推广到全国其他省份，远及藩属，这些地图统称为“胡文忠地图”。胡林翼还让严澍森搜集史籍中有关长江流域各省用兵的成败方略，分门别类，条分缕析，以证明地图之合理运用可奏大功。“以地图为棋盘，以兵略为棋子，浸久成书，遍及全史，此《读史兵略》所由滥觞。”胡林翼明悉大势，制定相应的策略：湖南乃湘军的粮库兵源，至关重要，为此必须以湖北为屏障，以江西为右臂，以安徽为左臂，实行扇形拱卫。这个策略使曾国藩有了一个较为稳固的后方和可靠的粮饷供应基地。打仗就是打钱，曾国藩能够大有作为，多获展布，胡林翼于咸丰六年（1856）出任湖北巡抚，乃是关键的节点。

在赵烈文的《能静居日记》中，曾国藩每回谈到胡林翼，都充满敬佩和怀念之情。同治六年（1867）七月十九日，曾国藩对赵烈文说："到（咸丰）九年与鄂合军，胡咏芝事事相顾，彼此一家，始得稍自展布以有今日，诚令人念之不忘。"胡林翼对曾国藩统领的湘军照应周全，经常雪中送炭，"以好兵好将惠人，而犹以皮匠自谦"，曾国藩对他的感念绝对是由衷的。

同治六年（1867）九月初三日下午，曾国藩与赵烈文畅聊，起先是闲论三国事，话题为"孙权气象究好于曹操"之类，尔后赵烈文话锋一转，极口夸赞胡林翼："胡咏芝颇得古人家数，金国琛以贫乞返，立馈千金；鲍超母病，时致参药；为子纳罗罗山之孙，以疆臣而为统将之晚辈；先恶刘霞仙，继折节事之。皆英雄举动也。使在开国龙兴之际，李靖、徐勣，明初徐、常之流殆必及之，惜哉不遇时也！"胡林翼没有遇到太好的时机，再加上只得中人之寿，这运气真是够呛。

二

胡林翼曾自书楹联："无欲则刚，有容乃大；虑善以动，强恕而行。"

当年，湖广总督官文既无文韬，又无武略，他唯一的"长处"是很会做官，慈禧太后对其忠顺印象深刻，恭亲王也对其乖巧青眼相加。此公贪婪，留下铁证，他从湖广总督调任直隶总督，家里的银子实在太多，悉数搬运引人注目，就索性在武汉三镇开办了九家当铺。胡林翼是湖北巡抚，官文是湖广总督，纵然官文的口碑臭大街,胡林翼也得屈居其下。督抚同城,最难的事情是搞好关系。起初，官文与胡林翼多有抵牾，前者没少给后者小鞋穿。换了别人，多半会结怨生隙，内耗，硬顶，窝里斗，胡林翼顾全大局，其回应颇具示范价值。

胡林翼深知，他肯分利给官文，官文才肯分权给他，各取所需，督抚和好，湖北的政务、军事便能纳入正轨，运转顺畅。

《湘军志》写到胡林翼主动与官文修和，可谓要言不烦："方南北岸之分军也，督抚未相见，将吏各有所统，颇构同异。……林翼叹曰：'师克在和。此何时哉！'既渡江，见总督，下令僚属曰：'督抚相见，前事冰释，敢再言北岸将吏长短者，以造言论罪！'官文闻之，大欢。林翼又以盐厘月三千金充督府公费，两人约为兄弟，故军政吏治皆林翼主稿，官文画行。有言巡抚权重者，一无所听，而巡抚亦谨事总督，推美受过。湖北富强基于此。"

咸丰九年（1859）十月，曾国藩回复老友冯卓怀："鄂中自瞻不暇，敝军仍有穷乏之虞。所幸官、胡两帅，倾诚相与，饥饱与共，无复昔年龃龉情态耳。"督抚能化敌为友，和衷共济，自然有利于两湖地区的军务政务。

相比而言，野史的铺叙显然更有趣致。官文的妻子早死，有位如夫人专宠于闺阃，积年而成河东狮吼之势。官文为了讨好她，特意办了个大规模的生日宴,僚属均前往贺寿。有位新到任的臬司(即按察使，清代各省均设，掌刑名按劾之事）也去了，一见官文是给小老婆做生日，他本能地绷紧了政治神经，产生了抵触情绪，朝廷命官哪能如此降格？这人性格耿直，大呼上当后，立刻索回手本，愤然撤退。那位如夫人当众折了面子，又羞又怒，哭闹着怪怨官文，没及早将她扶正，以致今日落得个丢人现眼。

在赴宴途中，胡林翼恰巧遇见那位退席的臬司，听他一五一十讲述完原委，胡林翼微笑着竖起大拇指，夸赞他讲政治，讲正气，了不起！可胡林翼的轿子并没有掉头，仍然径直前往官文邸宅，把祝寿活动进行到底。刚走了臬司，又来了巡抚，那位如夫人不仅将折掉的颜面悉数挣回，还赚得不少盈余，心下自然感激胡林翼的侠义救场。没过多久，官文的如夫人如愿以偿地上位，做了继室，并且主动拜胡林翼的母亲为义母。

此后，胡林翼在军政方面想要有所兴革，估计官文会掣肘，就先跟那位义妹打声招呼，让她大扇枕边风。她也乐得胳膊肘外拐，经常在官文的耳畔聒噪道："你懂得什么打仗行文！你的才具识见哪一点比得上我胡大哥，不如依着胡大哥怎么办便怎么办吧！"她竟成了胡林翼安插在官文身边的特工人员，这真有意思。一来二去，官文也乐得做个甩手掌柜，"引羊脂玉巨碗斟酒，偎红倚翠，借以消遣。军报迭至，公辄麾之曰：'告胡抚台可也！'"

胡林翼能够在湖北巡抚任上大有作为，多少走了些"裙带路线"。这也是被逼无奈，国情和政情如此，大丈夫要建功立业，枉尺直寻，宜有可为，岂能拘泥于细行琐德？必要时还得参用其他门道才行。正人君子洁身自好，不乐意干这类"脏活"，就注定了只能独善其身，无法兼济天下。

胡林翼有忍耐性，有大局观，我估计，将他放在秦末的淮阴街头，他也能像韩信那样甘受胯下之辱。中国正派的智者主要分两拨：一拨只愿自洁，口口声声宣称"大丈夫可杀不可辱"，存的是避世之意；另一拨则勇于自污，直呼"我不入地狱，谁入地狱"，存的是救世之心。我们很难简单地评定谁高明谁不高明，谁高尚谁不高尚，这要视各人的器质而定，勉强不得。但从操作方面的难度来讲，后者显然更难把准分寸。

三

清朝康熙、雍正、乾隆三朝文网太密，文字狱的打击面太宽，杀伤力太大，致使头脑清醒的读书人自求多福，纷纷钻进故纸堆，以考据、训诂为能事，经世之才消磨殆尽。道光年间，龚自珍在《己亥杂诗》中大声疾呼，喊破了喉咙："九州生气恃风雷，万马齐喑究可哀。我劝天公重抖擞，不拘一格降人才！"

以民不聊生的程度而言，晚清丝毫不亚于东汉末期，但以人才的数量多寡、质量高低而论，则二者相差悬远。胡林翼勉力所为，"引用一班正人，培养几个好官以为种子"，尺度放得很宽。其爱才之心溢于言表："国之需才，犹鱼之需水，鸟之需林，人之需气，草木之需土。得之则生，不得则死。才者无求于天下，天下当自求之。"

在太平时期，"珠玉买歌笑，糟糠养贤才"，为害不显，沧海遗珠，并无大碍。然而多事之秋，救死不暇，"得一人则重于山岳，少一人则弱于婴儿"，优秀人才是命根子，居上位者若无发现人才的慧眼，无选拔人才的良能，无重用人才的魄力，就简直与犯罪无异。

曾国藩奏荐沈葆桢，沈迟迟不行，久无动静，曾国藩的愤意形诸辞色，胡林翼致书调解道："天下糜烂，恃吾辈二三人撑持。吾辈不低首求人才以自助，可乎？"他苦心维持大局，不惜放低身架，以诚意和耐心汲引人才。

说到识才爱才和善用人才，胡林翼的故事很多，有的非常有趣。当年，武昌保甲总局会办是候补知府续立人，此公为政以严厉著称，地方缙绅和老百姓对他颇有微词。某日，续立人出门办事，发现肩舆中放着一副对联，内容竟是骂他的：上联是“尊姓原来貂不足”，下联是“大名倒转豕而啼”。上句隐去其姓，骂他是狗；下句隐去其名，骂他是豕（猪）。身为堂堂的武昌保甲总局会办，姓名竟被人恶意开涮，续立人出离愤怒，可是匿名撰联人躲藏在暗处，这种挑衅令他抓狂。续立人把这件糟心事告诉了胡林翼，请胡老板看着办吧。大敌当前，局势险恶，胡林翼身为湖北巡抚，深知后方不能出岔子，更不能出乱子，续立人办事认真，竟有人发暗箭射他，此风不可长。于是胡林翼饬令捕快侦拿撰联者。过了两天,案子告破。续立人来到抚署，胡林翼见到他，立即拱手道歉：“此联乃某所戏撰者，彼有此美才，而令沉沦于下，是吾过也。已令其入幕为上宾矣。”剧情如此反转，续立人啼笑皆非，他还能抱怨什么？顾全大局要紧。胡老板求才若渴，爱才如命，与撰联人交谈后，确定对方为可用之才，就请他入抚署做幕僚，至于他的诽谤罪，当然是一笔勾销了。

曾国藩称赞胡林翼：“能以善养人，不仅以善服人，故才气之士易于服化。”他羡慕胡林翼幕府拥有众多人才：“台端如高山大泽，鱼龙宝藏荟萃其中，不觉令人生妒也。”有趣的是，曾国藩与胡林翼都喜欢网罗人才，也都惦记着对方幕府中的人才。咸丰十年（1860）六月底，曾国藩回复胡林翼：“作梅兄之正直，可以辅我之德性，其恬淡，可以广我之胸怀，公幸无以大力夺去。公有星槎，德已不孤，何忍夺人所好耶？”陈鼐字作梅，邢高魁字星槎，均为双方幕府人才之佼佼者，曾国藩怕胡林翼挖自己的墙脚，赶紧声明。

清人唐文治对胡林翼有两句恰如其分的赞语：“此其量，江海之量；此其心，江海之心也。”唯有江海能吸纳百川，包容万有，这话是不错的。《清史稿》也对胡林翼识才、爱才和用才三方面的过人之处不吝笔墨，评价甚高："驭将以诚，因材而造就之，多以功名显。察吏严而不没一善，手书褒美，受者荣于荐剡，故文武皆乐为之用。士有志节才名不乐仕进者，千里招致，于武昌立宝善堂居之，以示坊表。……荐举不尽相识，无一失人。曾国藩称其荐贤满天下，非虚语。"胡林翼举荐人才，竟能做到"无一失人"，难度之高，可想而知。

四

当年，湘军水师的两位大统领杨岳斌和彭玉麟，都是身经百战的虎将，分掌外江水师和内湖水师，因故失和，一度闹到彼此反目的地步。胡林翼发现两位并世齐名的湘军水师统领龃龉不合，并且矛盾大有公开化和尖锐化的趋势，赶紧出面，设宴调解。同袍内讧，乃是兵家大忌。胡林翼很清楚，这个心结一日不解，则一日隐伏祸患，于是他写信邀请杨岳斌和彭玉麟到湖北抚署商量军情。杨岳斌捷足先至，宾主握手言欢，彭玉麟后到，杨岳斌起身要走，胡林翼强行将他摁在座位上，彭玉麟见此情形，也打算掉臂而去，胡林翼又强行将他摁在座位上，只差没用两颗大钉子将他们钉牢在原处了。彭、杨二人相对无语，面露尴尬。胡林翼于是令手下设席开宴。方宗诚著《柏堂师友言行记》，对宴会的高潮部分有较为细致的描写：（胡林翼）酌酒三斗，自捧一斗，跪而进曰："现在天下糜烂到如此地步了，国家仰赖二位大将和衷共济，支撑危局；如今你们势同水火，离心离德，又如何佐助中兴大业？"胡林翼说完，泣下沾襟。吴光耀撰《慈禧三大功德纪》，亦述及胡林翼设宴于太湖军中，对杨、彭二公说："平寇赖湘军，湘军赖水师，水师赖公两人，两人不协，奈大局何！"杨岳斌和彭玉麟都是性情中人，受胡林翼的至诚所感，当即生愧，赶紧扶起胡老板，谢了罪，道了歉，杨、彭二将毕竟不同于鼠肚鸡肠之徒，遂捐弃前嫌，和好如初。

在乱世，胡林翼格外留意将才。他治军武昌，所部以猛将鲍超一军为最强。鲍超这人，赳赳武夫，平日最爱面子。当时，有一位姓俞的学政（清代各省教育行政长官），任期已满，升为京官，胡林翼设宴为他饯行，因为鲍超功高望重，又是妇孺皆知的名将，就发帖请他作陪。没料到，俞某看不起武夫，席间竟然连头也不偏一下，故意不与鲍超搭腔，更别说敬酒。散了席，鲍超怒火中烧，跨马直奔军营，对左右嚷嚷道："大家散伙算了！武官真是太不值钱，俞学使不过是拈酸之辈，竟然瞧不起我，这班家伙在朝中作威作福，我们干吗替他们卖命！"鲍超正狂呼乱喊之际，胡林翼已拍马赶来，不待喘息平匀，立刻安慰鲍超："俞某少不更事，我要当面教训他，明天中午特设'负荆宴'，请春亭一定到场，我让俞某向你赔个不是！"鲍超心里再怎么窝火，也不好驳胡老板的面子，他应承下来。翌日，三人再聚，胡林翼使用翰林大前辈面目，直言责备俞某待鲍军门无礼，俞某只好勾着头颈，老老实实地认错。吃完饭，胡又提议，三人换帖，拜为兄弟。俞又踌躇，胡林翼狠狠地瞪了他一眼，三人总算结为金兰之契。于是，胡林翼对鲍超说："如今，俞学使已是你我的小弟，就算有什么过错，不妨当面责备他，昨天的事，春亭千万别再芥蒂于心。"鲍超是个爽快人，酒入豪肠，心情大畅，把满腔的愤怒全抛到九霄云外去了。

胡林翼讲信修诚，待人出于至诚。咸丰八年（1858），胡林翼推举大将多隆阿辖制江北诸军。多隆阿善用兵，尤其擅长指挥马队，与湘军名将鲍超齐名，有"多龙鲍虎"之誉。让多隆阿节制鲍超，让鲍超听命于多隆阿，这件事换别人做主难成，曾国藩也不例外，由胡林翼做主，就成了，还让他们合作，打了不少漂亮的翻身仗。即使中途也有些不愉快，鲍超难免“雄心郁郁”，胡林翼仍然力主事权归一，由多隆阿负责调度各军。从大局而言，这才是正确的决定，多隆阿既有将才，又有帅才，鲍超只具将才，尽管胡林翼非常欣赏鲍超，咸丰五年（1855），鲍超还在长江边救过他的性命，他用人还是凭公心而非私谊，这一点令人相当服气。曾国藩回复胡林翼，尝言：“不忌不足以为骁将，不妒不足以为美人，无足怪也。在下则护翼之，等夷则排挤之，为将常态，亦无足怪也。止难为阁下调拨耳。”多隆阿与鲍超互不服气并无大碍，只要他们都肯对胡林翼服气就行。

五

咸丰十一年（1861），胡林翼的健康状况急速恶化，曾国藩忧心忡忡。及至初秋，胡林翼出现严重的吐血症状，他写信告诉曾国藩：“病势已至八九分，深自惧也！”他写信给左宗棠，介绍自己的病情尤其详细：“贱病血稍止而咳有加，恹恹一榻，偶阅文书一二行，气即上冲，咳即大作。夜间稍合眼辄咳，欲耽半夜之美睡亦不可得，而百年之美睡又不即至，吾命穷矣。”

由于积劳成疾，再加上咸丰皇帝在热河驾崩，一番强刺激，胡林翼大恸呕血，他自知来日无多。八月二十四日，曾国藩决定派幕友欧阳兆熊和赵烈文二人于九月初一日“赴鄂诊视公病”。这两人都对中医颇有研究，但他们经验较少，担心难副厚望，曾国藩为了打消他们的疑虑，“告以效则功在天下，不效决不归咎”。可惜的是，他们尚未启程，胡林翼已于八月二十六日深夜溘然病逝。九月十二日，左宗棠致书曾国藩：“咏公……频年劳心时局，抗志希古，惟日不足，晚更自晦其劳烈，以求有济，其心可敬，其遇可伤。事业未央，遽令殒折，未知彼苍何意也？回思平生辩驳之谈，深自悔恨。来示‘赤心以忧国家，小心以事友生，苦心以护诸将’，可谓深知咏公者，盍即以此挽之？”

胡林翼猝然病逝，曾国藩感慨系之：“自文忠（胡林翼谥文忠）与江忠烈（江忠源谥忠烈）殁，而同事者鲜能一心。衮衮诸公，其所设施，仅见目睫，为之喟叹。”

同治六年（1867）七月十九日下午，曾国藩与幕僚赵烈文谈论咸丰以来军事，赵烈文对江忠源和胡林翼推崇备至，两人之中又以胡公为首：“江烛照机先，其敏快似较胜胡，而晚年名望益高，不免矜持，转有沾皮带骨之处。胡则恢廓无外，日进其德，始犹英雄举动,继遂渐入道域,几几不可限量。视国事为身事,视天下为一家,公尔忘私，一人而已。”赵烈文还将胡林翼和曾国藩做了一番比较，他认为胡林翼“作事动荡有生气，自是英雄面目”，曾国藩则“规矩准绳不差毫末，俨然古大儒气象”，应该说，这个判断是令人信服的。

胡林翼犹如东晋时期的卫玠，高才弱体，积劳成疾。曾国藩劝他以“三寡”（寡言养气、寡视养神、寡思养精）调护身心，但他肩负重任，每日簿书如麻，军务倥偬，除了睡觉的时辰，“三寡”的功课根本无从做起。胡林翼只活了五十岁,便施展出卓越的才能,“将天下第一破烂之鄂，变成天下第一富强之省”，倘若他能够活到六十岁,甚至七十岁,想必可与曾国藩、左宗棠地位相埒。胡林翼“不特为南数省所倚赖,亦为吾党所宗仰”,他最善于调护,想必有他在,曾、左二公就不至于晚年反目。

曾国藩一生赞誉最多、钦佩之至的时人是胡林翼，他说：“润公聪明，本可移入霸术一路。近来一味讲求平实朴质，从日行俗事中看出至理来。开口便是正大的话，举笔便是正大之文，不意朋辈中进德之猛有如此者。”他还说：“润帅近日扶持善类，力挽颓风，于人之邪正，事之是非，剖判入微，不少假借；有权术而不屑用，有才智而不自用，皆大过人之处。”“宫保胡公豪侠之性，少壮已然。其好善若命，耻言权数，则近日尤笃。”同时代的人物形形色色，能令曾国藩赞不绝口而从无微词的，除开胡林翼，再无第二人。

胡林翼去世后，曾国藩回复李鸿章，把话讲得最透：“胡宫保……忧国之诚，进德之猛，好贤之笃，驭将之厚，吏治之精，无美不备，无日不新。同时辈流固无其匹，即求之古人中，亦不多得。人琴并亡，可胜悼叹！”

清末文学家李慈铭读过胡林翼的奏议之后，在《越缦堂日记》中赞叹不绝：“文忠（胡林翼）老谋深识，烛照不遗，固中兴第一流人。其行文亦辞意严正，绝无枝叶。往往援证古事，深挚剀切。国朝言经济者，莫之或先。其集在天壤间，自不可磨灭。”王闿运也在日记中写道：“看咏芝（胡林翼）奏牍，精神殊胜涤公（曾国藩）。有才如此，未竟其用，可叹也！”嗣后，他还在日记中忏悔自己当年捧曾抑胡，“惜交臂失此人也”。

同时代人和后人的赞誉，对九泉下的胡林翼究竟有多大意义和价值？我不得而知。我所知道的是，从他的为人和行事作风来看，他确实是有江海之心和江海之量的。

“独醒者”举灯

郭嵩焘就读于岳麓书院时，反复品读过旷敏本撰写的《讲堂联》：“是非审之于己，毁誉听之于人，得失安之于数，陟岳麓峰头，朗月清风，太极悠然可会；君亲恩何以酬，民物命何以立，圣贤道何以传，登赫曦台上，衡云湘水，斯文定有攸归。”郭嵩焘深明大义，一生之进退取舍，有所为有所不为，始终未曾逸脱出此联所蕴含的岳麓书院精神。

一

曾国藩、左宗棠的成长故事告诉人们：孙子拥有一位慈威并济的祖父来言传身教，确立家训，确定家规，必然比儿子拥有一位虎性十足的父亲来护其周全，益处大许多。

郭嵩焘出生于湖南湘阴县，祖父郭铨世开办盐号，富甲一方，为人多财不吝，“然诺一语，斥千金不惜”。湘阴县令某公找他借贷一笔重金，却不幸翘了辫子，死者家属无力偿还债务，准备用两个年轻漂亮的丫鬟作抵。郭铨世的回应极道义，当面烧掉借条，反过来赠给故世的县令一具棺木，送给他家人一笔川资。

在湘阴城西，郭铨世兴建了本家大祠堂“耕心堂”，何谓“耕心”？以善为犁，以心为田，耕之耘之，其乐未央。郭铨世厘定家训：

⊙ 岳麓书院讲堂对联

“世家先立本，道德与文章。”他爱好诗文，闲暇即以吟咏为快事，其风范影响长孙郭嵩焘，可谓至深至远。中国传统读书人轻视“商贾末业”，郭嵩焘则向来喜欢谈论洋务，也喜欢办理洋务，与其重商的家风有着不可分割的关联。

郭嵩焘就读于岳麓书院时，受到山长欧阳厚均的悉心指导，他反复品读昔任山长旷敏本撰写的《讲堂联》，三遍之后即烂熟于心：“是非审之于己，毁誉听之于人，得失安之于数，陟岳麓峰头，朗月清风，太极悠然可会；君亲恩何以酬，民物命何以立，圣贤道何以传，登赫曦台上，衡云湘水，斯文定有攸归。”此联工整晓畅，意味深长：是与非，应由自己判断；功与过，听凭他人褒贬；得与失，交予命运安排。登至岳麓山顶，饱享朗月清风，通天彻地，心旷神怡。君王父母之恩怎么报答，百姓万物之命怎么修立，圣人贤士之道怎么传播，站在赫曦台上，远眺衡山之云湘江之水，人文情怀，必有归宿。

一生之进退取舍，有所为有所不

为，郭嵩焘始终未曾逸脱出此联所蕴含的岳麓书院精神。

郭嵩焘二十岁考中举人，二十五岁时，他应约前往辰州（今湖南沅陵）知府雷震初处做幕僚，以馆谷养家，“刻苦自励，衣服饮食不敢逾量”。在当地，剔骨鳝鱼价廉，每斤三十文钱，仆人买回半斤，切丝烹制，美味可口。吃着吃着，郭嵩焘便搁下筷子，生出内疚来，吩咐仆人以后别再买剔骨鳝鱼，有三点理由：其一，湘阴鳝鱼贵于肉价，父母健在时，每餐有肉食，但鳝鱼每年才吃一次，就算吃，也没有剔过骨头，自己的享用岂可优于父母？其二，吃一味菜却要害死多条命，有损好生之德。其三，他正在随事砥砺，不宜贪图口福。

郭嵩焘眼界极高，他致书义兄曾国藩，有警句可录：“吾人生世，要为天下不可少之人，才算全德；要为一家所可少之人，才算全福。”

郭嵩焘与“全德”相对邻近，与“全福”却相隔迢遥。其心头最痛，并非中年丧妻，而是老年丧子，其长子郭依永是曾国藩的四女婿，学业、文才俱佳，却患痨病早逝。郭嵩焘续娶江苏太仓名门钱氏，结缡当天，其日记中既无欢声，也无笑语，只有酷评和哀叹：“新人貌陋，而一切举动似非纯良，岂吾命应然耶！”他的始念初心是“不求美，然不可有破像；不求才，然不可有劣性”。钱氏未达标，“甫入门，则多言狂躁，终日叫呶，有类疯颠，貌更凶戾，眉目皆竖”，这岂非娶了个母夜叉入门？最终闹到休妻的地步，令人叹息。

同治五年（1866）夏，郭嵩焘卸任粤抚，带着被老友左宗棠参劾的心理创伤回返湖南。这年秋天，他赴长沙北乡沙坪罗汉庄，营建韩波塘新屋，春节之前，新居落成。三年后，郭嵩焘购得长沙又一村六堆子的几亩菜园，夯实地基，建成宅院，取名养知书屋。

二

倘若今人能起郭嵩焘于九原，问他：“公一生得意处有几？”

他必定回答：“有五，助三人贵为将相，谋二事终成正果。”

其一，他前往湘乡荷叶塘说动了执意守制的曾国藩墨绖从戎。

当年，郭嵩焘力劝义兄曾国藩接下团练重担。他说：“公素有澄清天下之志，现在机会来了，千万不可错过。况且热孝从戎，古已有之。”一时未做通曾国藩的思想工作，他又请动其尊翁曾麟书，强调“力保桑梓”，晓之以理，动之以情。圣旨可抗，父命难违，曾国藩这才硬着头皮出山。日后，曾国藩统领湘军，平定东南，实始于郭嵩焘的深夜苦劝。

其二，咸丰九年（1859），郭嵩焘以翰林编修入直南书房，初次陛见，咸丰皇帝垂询左宗棠的近况，郭嵩焘盛赞左宗棠“才极大，料事明白，无不了之事，人品尤其端正”。嗣后，左宗棠被控“劣幕把持”，身陷“樊燮案”，郭嵩焘立即伸出援手，在北京城积极造势，请动翰林院同仁潘祖荫上奏朝廷，道是“国家不可一日无湖南，湖南不可一日无左宗棠”。此语道路相传，天下皆知，疾速提升了左宗棠的知名度。一旦咸丰皇帝心意回转，曾国藩便建议朝廷，大胆起用左宗棠，募乡勇，援江西，一桩震惊朝野的御案顿时冰消。若非郭嵩焘联络南北，传递信息，左宗棠危乎殆哉，何谈日后的出将入相？

其三，咸丰十年（1860）秋，李元度失守徽州，皖南沦陷，湘军统帅、两江总督曾国藩怒火攻心，加以严劾。李鸿章时为幕僚，为好友李元度争取从宽处理，未能如愿，便负气离开大帅府，曾国藩并未挽留。此前，李鸿章已简放延肇道，可去福建上任，他向居家守制的沈葆桢询问福建情形，听说闽事糜烂不堪，前去上任必遭艰阻，不免垂头丧气。在这节骨眼上，郭嵩焘致书李鸿章，帮他拨开迷雾，“此时崛起草茅，必有因依。试念今日之天下，舍曾公谁可因依者？即有拂意，终须赖之以立功名”，郭嵩焘劝李鸿章赶紧回头。郭嵩焘又写信给义兄和亲家曾国藩，为之缓颊。曾、李师徒尽弃前嫌，待淮军编练成毕，曾国藩便力荐李鸿章驰援上海，巡抚江苏。

郭嵩焘暮年撰写《玉池老人自叙》，颇为得意地说：“三人者，中兴元辅也，其出任将相，一由嵩焘为之枢纽，亦一奇也。”

其四，郭嵩焘为湘军筹饷，谋划周全。湘军能够反败为胜，得益于后方稳固，粮饷有继。郭嵩焘不无自豪地说：“湖南筹兵筹饷，一皆发端自鄙人。”值官民交困之际，征收厘金（商业税）供养军队，并非郭嵩焘的创见，但他不遗余力地推广宣传，使之落到了大处实处。

其五，郭嵩焘创议兴办湘军水师，湘军水陆并进，两翼齐飞，可谓相得益彰。这么说吧，水师的兴起，对湘军早期的发展壮大，起到了至关紧要的推动作用。

郭嵩焘巡抚广东，出使西洋，难道算不上高光时刻？在广东，他焦头烂额，被老友左宗棠连参四本，被参得灰头土脸，卸职了事。在西洋，他被自己举荐的副使刘锡鸿不断构陷，弄得浑身腥臊。二者真是不堪回首的经历。

三

咸丰末年，郭嵩焘做过蒙古悍将僧格林沁的幕僚。文臣给武将讲道理，根本无用，他不可能真懂，也不可能全懂。僧格林沁百战之余，只知攻守，至于攻守之外另有更多精细讲究，他就懒得去琢磨了。

清军接战英法联军，文官胆怯，不敢临敌，唯独郭嵩焘驰至大沽口帅营襄助，僧格林沁感动之极，赞叹道："见利不趋，见难不避，天下安有此人？"

天津北塘一战，参战的蒙古骑兵全军覆没，僧帅伤心之余，这才回想起郭嵩焘当初提出的诸多建议，不禁自责道："朝官惟郭翰林爱我，能进逆耳之言，我愧无以对之。使早从其言，何至此！"可惜僧帅悔之晚矣。

光绪二年（1876），郭嵩焘出使欧洲，同样是见难不避，没人肯去，没人敢去，就他愿去。巨压之下，虽说他一度打过退堂鼓，但最终奉旨出洋的仍是他。

郭嵩焘以钦差大臣的身份去英国负荆请罪，消息传出，举国哗然，湖南保守派绅士率先发难，群起而攻之，一副对联不胫而走：

出乎其类，拔乎其萃，不容于尧舜之世；
未能事人，焉能事鬼，何必去父母之邦。

有人说，这副对联出自王闿运的手笔，列堂堂之阵，树正正之旗，煞有介事，可是它经不起推敲。晚清算不算"尧舜之世"？洋人算不算"地狱恶鬼"？脑洞大开，酷似天坑。

清朝政府办理外交事务，到了光绪年间，仍为幼稚园水准，事到临头，被逼无奈，方才派出首位驻外使节，如此慢节奏，连蜗牛都自愧不如。

当年，郭嵩焘持节出使英伦，居然不算喜事，堪比丧事，甚至还晦气得多，满门都笼罩愁云惨雾。暮年，郭嵩焘撰《玉池老人自叙》,自承“生平胆薄多惧,入夜不能独居一室”,这么胆小的一个人,却甘愿跨重洋,履风涛,去英伦执行使命,可见其信念之坚,超越了自身的极限。

湘籍学者王闿运素以通达著称,他致书郭嵩焘,亦不乏迂腐可笑之论,荒唐发梦之言,最逗趣的是野人献曝,他说什么古代老聃去流沙,而胡人皆觉悟成佛,这样的奇效可望再现,郭嵩焘奉使称职只是一时之利,借机传教才是万世之福,儒学西行,在此一举。

光绪二年(1876)冬,郭嵩焘携如夫人梁氏和随员登上英国邮轮,这一去就是两年多。英国幽默杂志《喷奇》奉送见面礼,实为下马威,整出一大版漫画,将郭嵩焘丑化成一只拖着辫子的猴子,与英国狮子对眼相视。

光绪三年(1877),郭嵩焘基于慧识,“公使涉历各国,正当考求其有益处”,他整理日记,备述出洋途中的见闻和思考,名为《使西纪程》,抄写副本,寄呈总理衙门。

《使西纪程》对国内的现状多有微词,对沿途各国的政教则不乏好评,这就捅了马蜂窝,一些头面人物纷纷跳踉,虚拟罪名是“用夷变夏”,实控罪名则是“有二心于英国,欲中国臣事之”。翰林院编修何金寿抗疏论劾,抨击《使西纪程》“立言悖谬,失体辱国”,应当严加禁毁,并且声称“大清无此臣子也”。清朝政府折中处理:一方面优容保守派,下令将《使西纪程》毁版,禁止谬种流传;另一方面则安抚洋务派,让郭嵩焘继续完成使命。

《使西纪程》闹出轩然大波,得罪方方面面,相对中立的人士也不太情愿与郭嵩焘共情,批评他欠缺深思,一概盲从,失之轻率,“坐视数千年历代圣贤相传之良法美德废弃而不屑道”。郭嵩焘的想法的确单纯,他满心以为拨开云雾,引领坐井观天的衮衮诸公睁眼看世界，会得到一呼百应的正反馈，孰料他们毫不领情。李慈铭斥之为“极意夸饰”，“嵩焘之为此言，诚不知是何肺肝，而为之刻者又何心也”。

俞伯牙对牛弹琴，尚可相安无事；郭嵩焘教蛙离井，必然激怒群情。

四

身为驻英公使，郭嵩焘有足够的机会近距离、全方位考察欧洲的政治、商业、科技、教育、学术和风俗人情，真是不看不知道，一看吓一跳。他惊讶地发现，英国的法治效率远比德治效率更高，民气得通，民情得达，民才得展，民志得伸，无抑郁挫伤之积弊，对此他感慨良多，“西洋能以一隅之地”为“天地精英所聚”是理所固然，中国欲与西洋分庭抗礼，朝野人士非得幡然醒悟，急起直追，革故鼎新，求真务实才行。

郭嵩焘认为东方大国的当务之急是兴办实学，为此开列的进度表，于乐观中见悲观，于悲观中见乐观：学习西方军事，三十年初见端倪；学习西方制造工业，五十年可见成效；创办学校，一百年方能培养出高端人才；用一百年荡涤旧习，用一百年砥砺精英，用一百年趋于大成。有趣就有趣在，郭嵩焘是个急性子，曾国藩曾撰联相箴，“好人半自苦中来，莫图便益；世事多因忙里错，且更从容”，然而这回他极具定力和静气。

郭嵩焘的《伦敦日记》是敞亮的窗口，可见他办理外交事务，处处不失汉官威仪，携梁氏觐见英王维多利亚，不亢不卑，进退合度。他遵守国际惯例，递交照会，使用西历；与洋人交往，行握手礼；听音乐，看曲目单；游甲敦炮台，穿西装；见巴西国主，起立致意；使馆开茶会，由梁氏出面殷勤款待。郭公使通权达变，并不拘泥，行事颇为得体。相比之下，副使刘锡鸿“孤僻自大，不近人情”，并且随地吐痰，洋相百出。英、法两国只重正使，不重副使，使刘锡鸿的自尊心饱受折磨。但他并非无事可做，明处与郭嵩焘为难，暗地里则监视郭嵩焘的一举一动。刘锡鸿定期向清廷寄出秘密报告，屡屡贬斥郭嵩焘的言行，诟骂自己的顶头上司为“汉奸”，更为恶劣的是，他还无事生非，将编造痕迹明显的日记寄回总理衙门存档。郭嵩焘悔恨不已，当初他一念之差，引狼入室，举荐刘锡鸿取代许钤身，现在处处受其挟制和荼毒。

刘锡鸿的阴损行径终究影响不了西洋人士的判断力，英国自由派政治家格兰斯敦盛赞郭嵩焘是“所见东方人中最有教养者”。

同样主张“开眼看世界”，郭嵩焘堪称魏源的2.0升级版。魏源只是强调“师夷长技以制夷”，郭嵩焘则强调虚心学习和竭力引进欧洲文明成果，尤其要潜心研寻其政治、教育方面的可取之处。然而他想没想过，就算是少数国人眼开了，而脑未开，其他要件悉数封闭，依然是白瞎。

国内那些顽固的守旧派分子受到了强刺激，无不对他聚诃丛骂，口诛笔伐。名士王闿运嘲弄郭嵩焘“殆已中洋毒，无可采者”，两江总督刘坤一称赞过郭嵩焘“周知中外之情，曲达经权之道，识精力卓，迥出寻常”，居然也口吻大变，致书左宗棠，质疑罢使归来的郭嵩焘：“此公行将引退，未审何面目以归湖南，更何以对天下后世。”

光绪五年（1879）闰三月十五日，郭嵩焘乘火轮船抵达湖南省城，泊于草潮门，收到大弟郭崑焘派人送来的急信，长沙、善化两县官员以“轮船不宜至省河”为由，迫使他改行陆路，多耽搁了两个小时。须知，此时郭嵩焘“钦差之命犹在身”，自巡抚以下，竟傲不为礼，布政使崇福、长沙道夏献云也仅以差帖迎候。省城绅士公然藐视国典王章，专门选在通衢大道醒目处，遍张揭帖，直斥郭嵩焘“勾通洋人”。地方官置之不理，“且从而扬其波”，官场绅界均视郭嵩焘为“干犯名义”的罪人。

所幸老友朱克敬能够理解郭嵩焘内心的种种憋屈，赋七言律诗助其排解愤懑：

朝来庄舄抛黎杖，喜见班超入里门。
体国经纶公未老，避仇身世我犹存。
忧心悄懮逢春剧，热泪淋浪带酒吞。
莫更裂眦谈往事，肯容疑谤道才尊。

朱克敬认为郭嵩焘是大汉名臣班超那样出行万里、立功凯旋的使臣，却受到湖南官绅的苛待和冷遇，事过不论，暂且和泪饮酒，容忍疑谤,乃儒者理应遵从的恕道。郭嵩焘称许朱克敬的这首诗“气格苍老，字字惬心”，经此抚慰，伤痛稍稍得以平复。

与国内舆情适成反比的是，英国《泰晤士报》刊登长文，认可郭嵩焘始终胜任使命，为国家尽忠竭力，却被清朝政府撤换，太不可思议了。当时，严复正在英国留学，将该文完整译出，其中有这样一段文字：“郭钦差此行，凡在英法两京见过者均为惋惜。然或渠任已满，自请回国，亦未可知。渠是第一个中国驻英之钦差，论事如其所见，所详报者皆所得于西洋而有益于中国之事。其尤可称赞，令人思其为国之苦心，在将外国实事好处切实说尽，以求入于偏疑猜嫌中国人之耳。此辈真是误叫做读书人，徒知餍中国古昔之糟糠，而弃欧罗巴第十九百年之粱肉也。”

郭嵩焘沦为众矢之的，遭此横逆，被骂得一佛出世，二佛生天。光绪四年（1878），他致书友人朱克敬，表明自己不以世间毁誉为进退的心迹，大意是：毁谤遍布天下，而我内心泰然自若。自认为就是请出夏禹王、商汤王和周文王来评判，我也没有做错什么，就是等到百世圣人出现，也不会对我的言行疑惑不解。我之所以甘冒被嘲骂、讥笑、侮辱的风险而不后悔，是因为我的动机单纯，力求有益于国家，并非无端自毁声名而引以为平生快事。既然白费心力，那就到此为止吧。

五

郭嵩焘退居长沙寿星街玉池别墅，主讲于思贤讲舍，多与文人雅士诗酒往还，编撰《湘阴县图志》，也是慢工出细活。陈宝箴、陈三立父子敬重其思想、文章，陈三立还持贽拜玉池老人为师，赋五言律诗《过话玉池别墅》二首：

高卧东山宅，闲寻绿野堂。
衣冠存大隐，风雨照新凉。
莽荡看群彦，低垂尽一觞。
老臣遗憾在，流涕说先皇。

妖气连瀛海，江山有闭门。
文章终古恨，朝野几人存。
善战输长策，群公富谠言。

孤吟依北斗，未敢讼烦冤。

相比东晋太傅谢安退隐会稽东山、唐朝宰相裴度退居洛阳绿野堂，郭嵩焘的处境比前者差得远，比后者也强不到哪儿去。谢安东山再起自不用说，裴度逍遥避祸得以安度余年，郭嵩焘却一直挨骂。光绪二十六年（1900），朝廷中仍有官员“义愤填膺”，欲将八国联军攻入北京的烂账算在这位已故的前使臣头上，刑部郎中左绍佐如同耍酒疯，坚请朝廷下令，夷平郭嵩焘的墓庐而戮其尸。这厮眼力差，情急之下甩锅，竟连顶罪的对象都找错了。

某日，名士龙汝霖之子龙璋斗胆去玉池别墅拜见郭嵩焘，两人从寒暄到畅谈，半天下来，郭嵩焘感叹道：“举世无知己，惟此一少年！”龙璋，字研仙，于光绪初年中举，他博览群书，有正义感，也有洞见，对慈禧太后的倒行逆施不以为然，对郭嵩焘的遭遇颇致同情。后来，龙璋对腐败的清政府彻底绝望，竟慷慨解囊，前后密助革命党人二十余万银圆，用作起义经费。

郭嵩焘是超越时代的先行者，生前缺少知音和同道，精神寂寞如沙，但他并未深陷感伤的泥潭而无法自拔，其七言绝句《戏书小像》二首便唱出了内心的最强音，如同射向荒原的响箭，目击耳闻而深思大悟的智者自能知晓其深意：

傲慢疏慵不失真，惟余老态托传神。
流传百代千龄后，定识人间有此人。

世人欲杀定为才，迂拙频遭反噬来。
学问半通官半显，一生怀抱几曾开。

⊙ 郭嵩焘

光绪四年（1878），曾纪泽奉旨接任驻英驻法使臣，行前，他将召对诸语写进了《使西日记》：

对："郭嵩焘总是正直之人，只是不甚知人，又性情褊急，是其短处。此次亦是拚却声名，替国家办事，将来仍求太后、皇上恩典，始终保全。"

旨："上头也深知道郭嵩焘是个好人。其出使之后，所办之事不少，但他挨这些人的骂也挨够了。"

对："郭嵩焘恨不得中国即刻自强起来，常常与人争论，所以挨骂，总之系一个忠臣。好在太后、皇上知道他，他就拚了声名，也还值得。”

旨：“我们都知道他，王大臣等也都知道。”

倘若郭嵩焘知悉此次召对的情形，对世侄曾纪泽的仗义执言肯定会感铭不已。他的确“常常与人争论”，诚如孟子所言：“予岂好辩哉？予不得已也”。

若干年后，维新派的杰出代表谭嗣同挺身而出，为郭嵩焘鸣不平，且向这位湖南先贤致敬：“中国沿元明之制，号十八行省，而湖南独以疾恶洋务名于地球。……然闻世之称精解洋务，又必曰湘阴郭筠仙侍郎、湘乡曾劼刚侍郎，虽西国亦云然。两侍郎可为湖南光矣。”

维新派另一位大护法梁启超也曾称道郭嵩焘是“最了解西学的人”。

湖南巡抚陈宝箴对“独醒者”郭嵩焘推崇备至，以“孤忠闳识”四字盛赞之，每次办事棘手，他就说：“郭公在，不至是也。”

诚然，“独醒者”举灯，行人看路。可是群盲众瞎习惯待在黑暗中，郭嵩焘以雪亮的灯光照见其缺陷，势必惹众怒，激公愤。

浙籍学问家俞樾悼挽郭嵩焘：“为翰苑，为封疆，为海外辎轩，青史长留不朽事；是同年，是前辈，是楚中耆宿，白头顿失老成人。”其“不朽事”班班可考，可惜“老成人”怅然离去。

湘籍学问家王先谦为郭嵩焘撰写墓志铭，评价其一生功德，堪称盖棺定论：

“思以先觉，觉彼后知。利在国家，岂图其私！……皦尔风节，百世之师。文章满家，鸾凤其仪。谤与身灭，积久弥辉。”

这并非谀墓文字，致敬逝者，其意绵绵不绝。

辑二

侠义之行

『我自横刀向天笑，去留肝胆两昆仑。』——谭嗣同

侠之大者

当年，谭嗣同偕同梁启超游览岳麓山，在麓山寺中歇憩时，两人都注意到廊柱上的一副对联，“泉在山清，万里朝宗终到海；松经岁古，百年培养自凌云”。谭嗣同、梁启超均激赏此联，相视一笑，顿时疑虑全消，他们愈加坚定了办好时务学堂的决心和推进维新变法的志向。

一

谭嗣同是永远不老的青年，他的生命年轮只有三十三个刻度。

三十三年间，谭嗣同如何淬炼自己的身心？先是寒窗苦读，究天人之际，穷古今之变，于学无所不窥，对湖南先贤王夫之的学说尤为心折。

十八岁时，谭嗣同在《望海潮》一词中写道：“拔剑欲高歌。有几根侠骨，禁得揉搓？忽说此人是我，睁眼细瞧科。”侠士该如何养成？谭嗣同也犯过踌躇吗？那么年轻，就看着像了。

二十岁后，谭嗣同壮游天下，饱览名山大川，寻访岩穴幽隐之士，“足迹遍西域，抵掌好谈兵”，入过湘军大将、首任新疆巡抚刘锦棠的幕府，“刘大奇其才，将荐之于朝”。不巧刘锦棠因养亲辞官，此事未及实行。

谭嗣同幸获文天祥生前使用过的蕉雨琴和凤矩剑，他跟王五（王正谊）学习过刀法，跟胡七（胡致延）学习过拳术，向吴雁舟、杨文会请教过佛学真谛，转学多师，成就了文武全才。他说："《华严经》五地菩萨，为利益众生故，世间技艺，靡不该习。所谓文字算数，图书印玺，地水火风，种种诸论，咸所通达；文笔赞咏，歌舞伎乐，戏笑谈说，悉善其事。金刚藏菩萨说颂曰：善知书数印等法，文词歌舞皆巧妙。"在《日颂》中，谭嗣同细列一天的时间分配，可见其修炼之精进和治事之精勤："朝修止观，忘志矧气。饔而治事，无事书字。抑或演算，博诸工艺。日中体操，操已少愒。治事方殷，否则诵肄。倦又抄写，抵飧斯既。遏此言笑，昏乃治事。中宵无文，磅礴惟意。"这份日课安排足够详明了，谭嗣同朝夕不懈怠，晨暮不虚度，多项功课兼顾身心。一言以蔽之：刚健者恒自律。

谭嗣同已涤净旧时代官宦子弟身上所有的不良习气，他不嫖妓，不纳妾，不赌钱，不吸鸦片，不玩物丧志。他致书好友沈兆祉（字小沂），这样写道："嗣同弱娴技击，身手尚便，长弄弧矢，尤乐驰骋。往客河西，尝于隆冬朔雪，挟一骑兵，间道疾驰，凡七昼夜，行千六百里。岩谷阻深，都无人迹，载饥载渴，斧冰作糜。比达，髀肉狼藉，濡染裈裆。此同辈所目骇神战，而嗣同殊不觉。"唯侠气鼓荡于胸，勇士才会具备这样强悍的意志力，去做极限的挑战。同辈都惊了，怕了，谭嗣同只觉很寻常。

谭嗣同剑胆琴心，侠骨刚肠，一柄凤矩剑伴他走遍江南塞北，自制的崩霆琴和残雷琴常伴左右，还有文天祥弹奏过雅乐与悲声的那把蕉雨琴，可谓旷代罕觏，是他万金不售的珍藏。他仰慕文天祥的浩然正气，可曾怅叹知音异代不同时？只要手抚铮铮弦索，就能

⊙ 1896年，谭嗣同与友人合影，前排左起：梁启超、胡庸、吴嘉瑞、谭嗣同，后排左起：汪康年、孙宝瑄、宋恕

倾听到彼此心灵金玉相振的锵锵和鸣。

一位青年志士，书剑合璧，文武兼备，不干大事就是浪费生命。同样是三十岁，明清鼎革，满人入关，复社成员侯方域意志消沉，身陷泥淖流沙，自署“壮悔”;清朝末期，国事蜩螗，天下板荡，维新党人谭嗣同“振衣千仞冈，濯足万里流”，自号“壮飞”。一字之差，两人的精神境界判若云泥。壮飞，壮飞，其鹏翼直上青云，要冲决俗世的恢恢网罗。

有一个说法由来已久，侠士皆出于墨家之门。中国典籍累累，宛如丘山，谭嗣同最喜欢的恰恰是一部《墨子》。墨家有两派，一派是“任侠”，一派是“格物致知”。谭嗣同勇于实践，有墨子摩顶放踵的任侠精神，能忍大苦楚，能耐大寂寞。他在浏阳办算学社，响应者寥寥无几；他在长沙创办南学会，受到本地劣绅叶德辉等人的百般刁难；他在湖北办赈，发现杯水车薪，难以周济苍生。但他不辞繁难，一件一件认真去做。

谭嗣同是一位不折不扣的侠者，在滚滚红尘中，堪称极其醒目的异数。他从庄子“闻在宥天下，不闻治天下”一语中，悟出“在宥”是“自由”的转音。这种不拘一格的灵活性，显然是那些做定了奴才而沾沾自喜的儒生所不具有，也害怕具有的。

两朝帝师翁同龢在日记中描绘谭嗣同，可算抓住了特质：“高视阔步，世家子弟中桀骜者也。”谭嗣同从不迷信权威，也不崇拜偶像，他说：“合乎公理者，虽闻野人之言，不殊见圣；不合乎公理者，虽圣人亲诲我，我其吐之，且笑之哉！”他醉心于大乘佛学，曾经只身前往金陵，拜在著名居士杨文会门下研究佛学妙谛，原因很简单，大乘佛学强调大无畏，这完全贴合其心性。拥有了这种大无畏的精神，戊戌变法失败后，谭嗣同并未步康有为、梁启超之后尘，亡命海外，他毅然选择了杀身成仁，舍生取义，甘心为中国变法流第一滴血。

在清代，不少社会名流学佛参禅，从龚自珍、魏源到康有为、章太炎、杨度，谈空说有，蔚然成风，但他们学佛，多半只为自己释疑、解惑、脱困，谭嗣同则要拯救苦难众生。梁启超有洞见：“佛教本非厌世，本非消极，然真学佛而真能赴以积极精神者，谭嗣同外，殆未易一二见焉。”学佛的人应该是百分百的行动者，学佛不仅为了度自身，而且为了度群生，只要恒沙万众仍在苦海中挣扎，则愿心愿力不可减丝毫，这才是学佛者积极救世度人的态度。若将佛学视为静态的学问，就算皓首穷经，通晓佛典，也只能算作大容量的字纸篓而已，何足道哉！

“虽千万人吾往矣”，这种大无畏的气概，侠士有，佛子也有。谭嗣同将侠道与佛法合而为一，倾向于悲智双修，他认为“救人之外无事功，即度众生之外无佛法”，参悟佛法的人，不应该只满足于看破红尘，于清清寂寂中做个“自了汉”，还应回向人间，把自己的大仁大爱施予大千世界，以出世的精神，做入世的事业，“地狱未空，誓不成佛”。

二

谭嗣同为时务学堂撰联，上联是“揽湖海英雄，力维时局”，下联是“勖沅湘子弟，共赞中兴”。他坐而言，起而行，不仅要办铁路、商轮、煤矿，招股开办公司，而且要练兵，兴民权，这些时务样样棘手，但他悉心而赴，尽力而为。当年，两江总督刘坤一给江苏候补知府谭嗣同的考语是八个字：“器识深稳，时务留心。”可谓知人。

1897 年 11 月中旬，梁启超从上海乘船来到长沙，应聘时务学堂中文总教习。谭嗣同再度与好友见面，关于维新变法，他们的探讨非常深入，却仍有难以打消的疑虑。某日，谭嗣同邀约梁启超游览岳麓山，两人先到岳麓书院中参观，院内长短名联甚多，好确实好，比如罗典的对联，“地接衡湘，大泽深山龙虎气；学宗邹鲁，礼门义路圣贤心”，只不过谭嗣同崇尚墨家学说，梁启超宗仰公羊春秋，他们殊途同归，旨在经世致用，与邹鲁儒学的礼义路数大相径庭，所以那些长短对联虽然工整，他们全都一眼过，并未走心。在麓山寺中歇憩时，两人都注意到廊柱上的一副对联，“泉在山清，万里朝宗终到海；松经岁古，百年培养自凌云”。此联作者紧抓住两处特征物——寺后的白鹤泉和寺前的罗汉松，阐明其卓识高见：

清泉目标明确，流入江河，奔向大海，成功可期；古松历经岁月，亦昭示众生，若肯耐心培养，树木可凌云，树人可济世。谭嗣同、梁启超均激赏此联，相视一笑，顿时疑虑全消，他们愈加坚定了办好时务学堂的决心和推进维新变法的志向。

当年，南学会尤称盛业。选址长沙城中湖南巡抚署孝廉堂创设此会，原意是将南方志士联通一气，彼此抱成一团，宣讲爱国道理，探寻救亡之路，实际上它整合了地方议会和学会。谭嗣同被推举为学长，任演说之事。“每会集者千数百人，君慷慨论天下事，闻者无不感动。故湖南全省风气大开，君之功居多。”风云相应，时势相激，有志之士凝聚在一起，他们同舟共济，以最短的时间将湖南这个全国最顽固守旧的堡垒刷新为最激进开化的省份。值得一提的是，谭嗣同将所藏书籍捐给了南学会，他写信告诉好友刘世珩：“我辈本倚书籍为性命，此而能忍，弟视兄于他复何如哉？”他赠诗给已卸职的湖南学政江标，有佳句“无聊躯壳相厮混，身已嫌多何况书”，一个能舍身舍命的人，舍书就等于舍去毛发吧。

晚清名士李寿蓉（号篁仙）是谭嗣同的岳丈，受到过咸丰朝权臣肃顺的赏识，与湘军大帅曾国藩也有过交集。他书赠一联给东床佳婿，上联是“两卷道经三尺剑”，下联是“半潭秋水一房山”，语意含蓄，劝谭嗣同稍折锋头，养气定心，说白了，这是道家清静无为的思想在起缓释作用，但谭嗣同崇尚的是墨家，他内心更喜爱三尺宝剑而非两卷道书，他不想成仙，只愿行侠。

三

世间有侠之小者，以杀人为目的，“十步杀一人，千里不留行。事了拂衣去，深藏身与名”，如此而已；也有侠之大者，以救人为职志，解民于倒悬，救民于水火，使万千生灵幸免于涂炭，使整个国族登上文明阶梯，不计一己之生死。

谭嗣同就是侠之大者、士之烈者。

七岁时，谭嗣同昏厥过三天。十二岁时，他患过白喉病，再次死而复活。他早已参透生死两端的奥义，认定生命既是为我的，更是为人的；既是利己的，更是利群的。死亡既是中断，也是中继；既是完结，也是涅槃。倘若一个人真能悟透佛家所说的万物不生不灭、俱为幻相而非实相的性理，仿佛夜晚的睡眠，还会在另一个早晨醒来，就真的会视死如归。

戊戌年，唐才常的胞弟唐才质来访，请谭嗣同题写扇面。唐才质体质孱弱，是多病之身，谭嗣同抓住这一特征，寄予深意，他的题词是："我不病，谁当病者？"不苦于自身受病，愿代群生受病，这是典型的菩萨精神。七字微言绝非戏谑调侃，谭嗣同用它激励友人，鞭策自己，固有厚望存焉。

谭嗣同对王夫之的说法坚信不疑："一圣人死，其气分为众贤人。"他勇于就义，自有缘由："吾自少至壮，遍遭纲伦之厄，涵泳其苦，殆非生人所能任受，濒死累矣，而卒不死。由是益轻其生命，以为块然躯壳，除利人之外，复何足惜？深念高望，私怀墨子摩顶放踵之志矣。"在《仁学》中，他还提供了一个圆融的解释："好生而恶死也，可谓大惑不解者矣。盖于'不生不灭'瞢焉。……是故学者当知身为不死之物，然后好生恶死之惑可祛也。"

四

1898 年 6 月，谭嗣同在长沙接到上谕，被召入京，参预新政。面对突如其来的荣宠，他脸上全无喜色。世有不虞之誉，也有无妄之灾，他料定此行凶多吉少，易去难回，但他临事既不畏惧，也不退缩。谭嗣同给家居浏阳的夫人李闰写了一封信，信中说：“夫人益当自勉，视荣华如梦幻，视死辱为常事，无喜无悲，听其自然。”

这话叮咛得有些蹊跷。区区一个江苏省的五品候补知府被朝廷擢拔为正四品实授京卿，大喜事一桩啊！为何他要讲这门子晦气话？这说明，一方面，谭嗣同认为朝廷毅然变法，国事大有可为，另一方面，他对于错综复杂的时局只是抱有谨慎的乐观。他深知此行千难万险，应作最坏的打算。

有位稳重的朋友观望时局，以“龙不离渊，虎不离山”为词，规劝谭嗣同留在长沙城，或去南京城，不要北上就职。“为者败之，执者失之”，主宰清王朝命运的并不是刚刚亲政的光绪皇帝，而是那位心理日益变态的女主慈禧太后，她阴气沉沉，谭嗣同过于刚猛，须知柔能克刚啊！这套说辞有阴阳家的气息，谭嗣同一笑置之。

在临近湘江的星城酒楼上，唐才常为好友谭嗣同饯行。谁能料到，这两位刎颈之交一别而成永诀。席间，谭嗣同口占诗句，“三户亡秦缘敌忾，勋成犁扫两昆仑”，革命意气、同志情怀尽在其中。这哪里是准备入京变法维新，分明以推翻清王朝为职志。难怪唐才常后来对弟弟唐才质说：“复生虽役其身于清廷，从事维新，而其心实未尝须臾忘革命。”告别的时候，谭同嘱咐唐才常在南方广泛联络会党，待机举事。从多种迹象可以看出，谭嗣同以变法维新为一时的权宜手段，他要谋求的是真正意义上的解决。可惜当时民族革命和民主革命的气候、土壤尚不具备，他只能蓄势待发。

1898 年 8 月 21 日，谭嗣同抵达北京，此时“百日维新”的短剧已演绎到帝党与后党巅峰对决的高潮阶段。谭嗣同扮演的角色已不再是改革家，而是肝胆照人的侠士。

首次陛见光绪皇帝，谭嗣同看到的这位君主，面色灰白，身体纤瘦，真就像外界所传闻的那样，只是个二当家，甚至连二当家都算不上，只是暮气沉沉的古宫殿中一片薄纸剪影，内心顿时生出莫大的悲悯。

维新派欲开懋勤殿的建议被慈禧太后否决后，光绪皇帝的地位便朝不保夕，岌岌可危。“圣之时者”康有为病急乱投医，居然想借助练兵专家袁世凯的小站新兵，一劳永逸地铲除后党势力。理由是袁世凯练成了新建陆军，到过朝鲜，对世界大势有所认识，而且同情变法，新近又由光绪皇帝破格提拔为兵部侍郎，应该会知恩图报。这靠谱吗？维新派内部存在不同意见：谭嗣同和林旭主张找董福祥，董是甘军大将，原本是湘军名将刘锦棠的部属，调入北京刚一年，具有较强的忠君思想，但维新派人士与他交情不深，其实力明显比袁世凯薄弱。

谭嗣同的好友毕永年是湘籍热血志士，听说康有为打算孤注一掷，把宝押在袁世凯身上，顿感大祸临头。毕永年分析道：袁氏相当滑头，现在后党势焰熏天，他怎么会为帝党效力拼命？还是找董福祥较为稳妥，此人头脑简单，血性充足，忠君意识浓厚，就算他不肯率军勤王，也不会出卖大家。可惜毕永年的这条意见被康有为忽略了。

离京之前，毕永年写信给谭嗣同，大意是：鼎鱼幕燕，其势甚危，如今祸患孔亟，迫在眉睫，你还是早作脱身之计吧。

五

戊戌年秋，谭嗣同去法华寺游说过袁世凯吗？关于此事，坊间流传多种版本，最著名的是梁启超的《谭嗣同传》、袁世凯的《戊戊日记》和袁世凯之子袁克文的《戊戌定变记》。考虑到袁世凯其人狡诈成性，善于为自己涂脂抹粉，而且他的这部日记真伪难辨，梁启超为死友所作的传记较为可靠，尽管其中也有水分，比如将谭嗣同的原话“不有死者，无以召后起”篡改为“不有死者，无以酬圣主”。

在梁启超的笔下，谭嗣同与袁世凯的对话总体而言是顺畅的。袁世凯承认光绪皇帝是“百年一遇的圣明君主”，并且表示他乐意勤王，“救驾的责任，不该只由阁下一人承担，阁下如有见教，鄙人甘愿听从驱遣”，“若皇上阅兵时策马驰入本营，传号令诛杀乱臣贼子，那么鄙人就能够与诸君同心勠力，以策万全”，“只要皇上在袁某军中，杀荣禄简直就如同杀一条狗，易如反掌”。

然而同一件事在袁世凯的日记中则完全是另一番描述，谭嗣同的形象变成了“气焰凶悍,类似疯狂”的亡命之徒。在袁世凯看来，康有为等人是挟天子以令诸侯，扰乱朝纲。袁世凯为自己洗白可谓不遗余力，他粉饰自己竟描出关公的重枣脸。后来，袁克文撰《戊戌定变记》，全面为老爹开脱罪责，为此不惜歪曲部分史实。袁克文说，谭嗣同情急之下，用手枪逼迫袁世凯“火线入伙”。试想，以谭嗣同远高于常人的智商，怎么可能出此下策，用手枪威逼袁世凯于另一空间另一时间去完成勤王的重任？

一位英国诗人曾说，“背信弃义是不会成功的，因为它一旦成功，就不叫背信弃义了”。想想袁世凯的所作所为，这话耐人寻味。

政变初起,光绪皇帝被幽禁于瀛台。谭嗣同赴林旭的寓所会面，意态激昂,他说 :“我辈之头可断,中国之法不可不变也。”接着又说 :“吾素善日使馆中人，君如欲行，当为绍介至日使馆，蕲其保护出险。”林旭问道 :“君如何？”谭嗣同泫然相告 :“天下岂有无父之国乎？吾决死此矣。”林旭也不肯逃亡。

此前，谭嗣同尚未确定行止，谋之于好友曾某，曾某问道：“君逃固善，惟今上能偕逃乎？”谭嗣同回答：“不能也。”曾某又问道：“老伯（指谭嗣同父亲谭继洵）能偕逃乎？”谭嗣同回答：“亦不能也。吾知所以自处矣。”谭嗣同留京之意遂决。六君子遇害之日，曾某听说菜市口砍人头，他担心谭嗣同大祸不免，赶紧前往观看。谭嗣同在囚车中瞥见了他，以目光示意诀别。曾某回家后大为悲恸，自责不该向谭嗣同发出灵魂二问，他说：“复生之死，实我杀之也！”当天他就服毒自尽了。

也许会有读者产生疑惑：谭嗣同甘当烈士，为中国变法流第一滴血，难道还有这么多的现实计虑？任何人首先是社会的人、伦理的人、感情的人，谭嗣同也不例外。他做忠臣孝子，与为中国变法流第一滴血并不矛盾，反而增加了可信度，他计虑得越是周全，就越能证明他毅然赴死，是理性的、侠义的，而非任性的、冲动的。

谭嗣同可以逃亡海外，他不逃；可以避走南方，他不避。这奇怪吗？这一点也不奇怪。他早年撰写对联，无一字落俗套，上联是“惟将侠气留天地”，下联是“别有狂名自古今”。少年时谭嗣同就有此志向，壮年时又何惧死神降临！

文天祥被俘，赋《金陵驿》，尾联言其志：“千年成败俱尘土，消得人间说丈夫。”伟男子、大丈夫决意留下英名（即“狂名”），就注定能够留下英名。

有人说，谭嗣同的满腔热血全泼洒在贫瘠荒凉的沙漠中。有人说，谭嗣同向来强调务实，却在戊戌年务虚了。有人说，谭嗣同的变法理想仿佛一封投错了地址的加急电报。不管别人怎么讲，谭嗣同早就以侠者的姿态毅然决然地走进了历史深处，他恰恰是为理想和信念而生，为信念和理想而死的。

“不有行者，无以图将来；不有死者，无以召后起。”谭嗣同义薄云天，诚乃侠之大者，把“行”而“图将来”的机会让给康有为和梁启超，把“死”而“召后起”的责任留给自己。在他看来，行者与死者各司其责，原本不存在孰勇孰怯、谁高谁低的比较和区分，这更见其心地之光明磊落。

六

“我自横刀向天笑，去留肝胆两昆仑。”

侠之大者以豪壮之情对抗冷酷的世界。

“有心杀贼，无力回天。死得其所，快哉快哉！”

侠之大者视死如归，得死为快。

在谭嗣同的绝命诗中，这个“贼”究竟是确指，还是泛指？慈禧后党是贼，袁世凯也是贼，这个问题似乎可以轻松解决。但读完《仁学》之后，我认为，其绝命诗中的“贼”并非锁定某个人或某些人，而是直指铁血专制，唯有它能够滋生人间一切邪恶。

谭嗣同有心杀死此贼，但他势单力薄，无力回天，终于以死明志。

侠者轻生死，易去就，有担当，无畏惧。有时，侠者并不一定非死不可，如信陵君救赵，侯嬴估计他抵达了边境，在晋鄙营中夺取了虎符，便向北自刭，他忠守的乃是一言九鼎的信誓。谭嗣同具备这种侠义精神，言出必行，意定不夺。

谭嗣同高估过“放血疗法”的作用，致书老师欧阳中鹄，大谈特谈流血的必要性：“今日中国能闹到新旧两党流血遍地，方有复兴之望。不然，则真亡种矣。”

谭嗣同牺牲后，人们却发现，历史进程一波三折，并非流血太少，而是失血太多。

鲁迅一贯主张韧性的战斗，明确反对志士任性随意地流血。在《空谈》一文中，他写道：

> 改革自然常不免于流血，但流血非即等于改革。血的应用，正如金钱一般，吝啬固然是不行的，浪费也大大的失算。……这并非吝惜生命，乃是不肯虚掷生命，因为战士的生命是宝贵的。在战士不多的地方，这生命就愈宝贵。……以血的洪流淹死一个敌人，以同胞的尸体填满一个缺陷，已经是陈腐的话了。从最新的战术的眼光看起来，这是多么大的损失。

鲁迅的这段话十分雄辩，该流的热血要毫不悭吝，不该虚掷的生命理应珍惜。

谭嗣同的热血是该流的，还是枉流的？这一直是个智者见智、仁者见仁的难题。李敖就曾说过，如果他在戊戌变法的时候，“我会选择梁启超的办法，我会走掉。因为梁启超走了以后，他用《新民丛报》发挥那么大的力量，最后把坏政府推翻。所以他不要做烈士，他要做个成功的人，做成功的人比做烈士应该更正确。”

其实，选择既关乎正确与错误，也关乎容易与艰难。谭嗣同与梁启超告别时，说是自己留下以“行其易”，好友脱走以“行其难”，仓促之际，此语可慰彼此之心。然而“千古艰难唯一死”，孰难孰易，还用得着比较吗？

潘旭澜著《太平杂说》，其中有这样的警句：“志士枉流的热血，是历史最好的眼药水。”读者该怎么理解这句话？莫非志士枉流的热血也能够治疗世人的“夜盲症”和“雪盲症”？能够使后人看清楚历史的暗面和死角？

时至今日，谭嗣同——这位顶天立地的志士、侠士和烈士，留给后人的诸多感伤、思考、问题、答案，依然未曾消化……

七尺微躯酬故友

在云麓宫前那棵古银杏树下，唐才常陷入沉思，一个人也应该像一座山，自足形成磁场，凝聚万物万象，生生不息，这般活法才真叫有滋有味，没烦没恼。何苦聚精会神，读这些劳什子的五车死书？何苦搜肠刮肚，写这些劳什子的八股馊文？毕竟自己年纪轻轻，不该被尘封的故纸堆埋没掉大半截身子。

一

光绪年间，唐才常就读于岳麓书院，且附课于校经书院。彼时，他优哉游哉，喜欢在岳麓山上独自盘桓，饱吸新鲜空气，遍览亭台楼阁，玩味其间的楹联诗词，文学的熏陶和道法的浸润皆可变现，他还有更高的精神追求。

无论何时，唐才常总能够在岳麓山上感受到大自然的活力和生机。

溪，流水不腐；树，落叶不枯；鸟，结伴而飞；花，开颜而笑。

在云麓宫前那棵古银杏树下，唐才常陷入沉思，一个人也应该像一座山，自足形成磁场，凝聚万物万象，生生不息，这般活法才真叫有滋有味，没烦没恼。何苦聚精会神，读这些劳什子的五车死书？何苦搜肠刮肚，写这些劳什子的八股馊文？毕竟自己年纪轻轻，不该被尘封的故纸堆埋没掉大半截身子。他深信麓山有灵，迟早会引领他找到一条精神出路。

唐才常是一个吊儿郎当的“学渣”吗？当然不是，恰恰相反，他学业优秀，成绩名列前茅，在书院中常能拿足膏火费之外的奖学金，寄回浏阳，帮补家用，令老父亲心头和肩头的压力减轻。几位老师都庆幸自己栽培了壮苗，对这位弟子无不寄予厚望。孰料唐才常极端鄙视八股词章空疏谫陋，“以其锢蔽思想，消磨志气，不屑措意。日与同学有志之士精研经史，以经世致用之学相切磨”。唐才常并未向前贤曾国藩看齐，他对科名仕途兴趣寡淡，只想早些完成岳麓书院、校经书院的课目，即告别老家，游历异地，尝试新生活。

1891 年冬，唐才常凭借老师欧阳中鹄的推荐信，受聘于四川学政瞿鸿禨，入居成都学署，负责阅卷兼教读两个学童。瞿鸿禨是湖南善化（今属湖南长沙）人，为官清正，爱惜声名，他峻拒贿赂，极其干脆，“以金为寿者，多遭申斥”，蜀人没吃过这一套，所以称他为“活阎罗”。

唐才常跟随瞿鸿禨在四川辗转多地，饱览巴蜀的奇峰大壑，密集体验了瘴雨蛮风的山民生活，虽辛苦万状，但这类旅行足以开阔眼界，拓宽心胸，了解民情。两年间，瞿鸿禨倚重唐才常，诚意满满，临别时犹拳拳相告：

“吾于子非徒感其赞襄之力，实愿引为道义之交！”

唐才常曾致书老师欧阳中鹄，谈及与瞿鸿禨的交往，拣出东吴名士虞翻的典故，大有“得一知己可以无憾”的快意和愧意。唐才常视瞿鸿禨为知己，却始终没有攀附过他，毕竟为朝廷效鹰犬之力，不是唐才常的志向。

1894 年，唐才常前往武昌求职，谭嗣同竭力帮忙。唐才常致书欧阳中鹄，写出一段生动的文字，大意是：如今七丈为愚侄八面张罗，虽有一两处可以设法，尚无成说。我私忖七丈平日如空山之云、天半之鹤，清高脱俗，不可稍微以私事相烦。现在却为愚侄四处经营，现身说法，清夜自思，深抱不安。

谭继洵时任湖北巡抚，谭嗣同陪伴父亲住在官署。谭嗣同只比唐才常年长两岁，但他辈分高，又在族中排行第七，唐才常称他为七丈。好个孤高脱俗的雅人，却不失古道热肠，只要能帮到至交好友在武汉站稳脚跟，甘愿用尽人脉资源。稍后，谭嗣同还七扯八挪凑成一笔款子，帮助唐才常一大家子渡过年关。

1895 年，唐才常入读武汉两湖书院，膏火银（助学金）能够解决个人开销。他的成绩足够优异，高居第一名达五次之多，研究古代群经及商政、币制、兵制、法制、赋税制，皆苦心孤诣。

这年夏天，湖南巡抚陈宝箴的公子陈三立写信邀请唐才常见面，唐才常坚守无故不见之义，未曾相晤。他不清楚陈氏父子的政见究竟如何，索性宁静淡泊，坚持节概。

当年，《马关条约》新签，时局大坏，唐才常对国家命运和个人前途顿感迷茫，在家书中，他坦率地告诉父亲：男儿至此，富贵利达，均已灰心，只求在外间混去一二岁日子，每年能敷衍了事，就是大幸。

志士怎能安心“躺平”？诗人苦闷时往往有所吟咏，唐才常赋七律《感怀》五首，第一首就表明了他对当时的朝廷表现失望之极，对往昔的湘军武功怀念不已：

独上高楼瞰九州，苍茫云树不胜愁。

八方地拥神京壮，万里风生海国秋。
苦费金钱回纥马，断无消息吉光裘。
年来莫问前朝事，曾否当筵借箸筹。

志士心雄万夫，却苦无用武之地；欲展平生所学，湘军创造的大环境却已然今非昔比。唐才常举首四顾，同志寥寥，精神出路在哪里？这的确是个问题。

二

唐才常与谭嗣同“少同乡，长同学，生同志，死同烈”，似此四者全契合，历史上曾有几人？

1895 年，梁启超询问谭嗣同：“仁兄的至交是谁？”

“二十年刎颈交，佛尘一人而已！”唐才常号佛尘。

1897 年冬，梁启超接受时务学堂中文总教习聘约，来到长沙，谭嗣同介绍他与唐才常订交，唐才常持赠一方浏阳出产的菊花砚。此砚非凡砚，由谭嗣同制铭，由湖南学政江标刻字。铭文为：

“空华了无真实相，用造莂偈起众信。任公之砚佛尘赠，两君石交我作证。”

翌年秋，百日维新夭折，梁启超逃亡日本，慌乱中未能带走这方菊花石砚台，永失了这件珍贵的纪念品，他不止一次撰文，表示过懊丧。

谭嗣同、唐才常将家乡浏阳视为“中国之瑞士”。此县人口众多，物产丰饶，矿质良好，他们日夜谋划，要入手做维新实验，选定浏阳作“新中国之萌芽”。然而知易行难，“恒两人对坐，彻夜不寐，热血盈腔，苦无借手，泣数行下”。

⊙ 唐才常

在外人看来，浏阳谭、唐二书生言语间忽喜忽忧，忽笑忽哭，忽拊掌忽顿足，无疑是十足的神经病。

志士心苦，五六年终无成议，不免怅叹岁月蹉跎。唐才常对算学（数学）念兹在兹，致书二弟唐才中，批评他好时文，嗜词章，沾恋不舍，简直就如夏虫不可语冰。唐才常认为，世易时变，不可阻挡，八股时文一道，将来必沦为废物，二弟应当留意舆地、格致之学和当今切要之书。唐才常还指导唐才中，若打算在本省有所作为，“总以合人心为第一义”，与其博览兵书，不如熟悉地图，多往来于草野风尘间，物色豪杰之士，“虽乞丐亦当引为知心”，日后方可得指臂之助。

当年，湖南学政江标倡导切合实用的经济学问，务使读书人周知四国，明白大势，唯变法图强，可寻自存之道，因此凡持有新见、通晓洋务的生员皆蒙特赏。1897 年，湖南拔贡试中获隽的有唐才常、毕永年、樊锥、杨毓麟、胡元倓等人，皆一时之选，湖南学风丕变，因此焕然一新。

江标性情温厚而不失坚毅，由他鼎力支持的新生事物——校经学会、《湘学新报》(《湘学报》前身）——乃是湖南开化进步的两块基石。江标激励湖南士子，用心良厚，他预言湖南将成为人才渊薮，未来办理天下大事、担负天下重任的人，必定出自这片热土。

十九世纪末期，陈宝箴膺任湖南巡抚，黄遵宪署理湖南按察使，维新派人物吹响集结号，一时间，湖南成为全国新学、新政最挑尖的模范省。

维新志士徐仁铸接任湖南学政后，谭嗣同写信向他介绍《湘学报》，同时还特意介绍了主笔唐才常，一句“嗣同同学，刎颈交也。其品学才气，一时无两”，此言分量很重。

“刎颈交”，在乎气义相得无间，非可轻许、妄许也。

唐才常担任《湘学报》的总撰述，以“洴澼子”为笔名，大展长才，发表了诸多有关政治、经济、法律、宗教的雄文，论题宏大，论述精辟，令读者耳目一新，彰显了湖南维新派人士的识力和实力。谭嗣同为之振臂欢呼道：

“湘人风气果开，自《湘学》出报，读者咸仰湘才若在天上矣！”

三

1898年春，熊希龄创办《湘报》，仍复聘任唐才常为总撰述。《湘报》刊登观点矫激的文章，远逾“红线”，猛踢“钢板”，保守派头领叶德辉抨击它“离经叛道”，湖广总督张之洞通电指责它“其偏尤甚”，所刊文章“十分悖谬，见者人人骇怒”，“必致匪人邪士倡为乱阶”，“亟宜谕导阻止，设法更正”。

在高压下,湖南巡抚陈宝箴只得“切实劝诫”,命令《湘报》“删去报首议论”。

岳麓书院山长王先谦自谓开明，实则是保守派阵营的“托塔天王”，他上书陈宝箴，疯狂攻讦维新志士谭嗣同、唐才常、樊锥等人“自命西学通人，实皆康门谬种”。

陈宝箴驳斥了王先谦的上纲上线，但他内心已不复淡定，赶紧调阅时务学堂札记，发现批语中多有违碍之处，实欠审慎和妥当，易授人以柄，于是他决定辞退粤籍教习。湖南守旧派人物见机，得寸进尺，地方绅士的做法变本加厉，邵阳守旧士绅齐集学宫，宣布驱逐樊锥。

湖广总督张之洞是洋务派人物,其《劝学篇》旨在“会通中西，权衡新旧”,“中体西用”，却对变法维新阳奉阴违。他推波助澜，驰电海内，公然主张杀害樊锥、易鼐，以谢天下。

自上而下的重压和危险逼人来，唐才常倒是泰然自若，他向欧阳中鹄表态：“受业宁能杀身以成仁，不能曲学以阿世！”

1898 年 4 月下旬，梁启超离湘赴沪，告别时务学堂，诚恳托付唐才常继任中文总教习。

唐才常服膺王船山的学说，主讲时务学堂，必以王船山、黄梨洲、顾亭林的言论启迪后进。他勉励和启发诸生,熟读《黄书》《噩梦》《明夷待访录》《日知录》等书，发挥群说而加以引申，作为民族革命的先导。

谭嗣同以“纵横”区分自己与唐才常的特质：

“才常横人也，志在铺其蛮力于四海，不胜则以命继之。嗣同纵人也，志在超出此地球，视地球如掌上，果视此躯曾虮虱千万分之一不若。一死生，齐修短，嗤伦常，笑圣哲，方欲弃此躯而游于鸿蒙之外，复何不敢勇不敢说之有！一纵一横，交触共机括。”

康有为评价谭、唐二人：“皆挟高世之才，负万夫之勇，学奥博而文雄奇，思深远而仁质厚，以天下为任，以救中国为事，气猛志锐。二子生同闬，学相若，志相得也。”

浏阳二杰，唐才常是横人，有霸气和魔性；谭嗣同是纵人，有侠气和佛性。一个是滚地雷，一个是穿云箭，唯其如此，才可以相提并论，等量齐观。

政变前夕，唐才常应谭嗣同电召，将赴北京襄赞维新事业。他刚抵汉口，就惊悉六君子喋血菜市口。至交好友已成古人，唐才常撰挽联寄托哀思：

与我公别几许时，忽警电飞来，忍不携二十年刎颈交，同赴泉台，漫赢将去楚孤臣，箫声呜咽；

近至尊刚十余日，被群阴构死，甘永抛四百兆为奴种，长埋地狱，只留得扶桑三杰，剑气摩空。

康有为也为谭嗣同写过一副不痛不痒的挽联：“复生不复生矣；有为安有为哉！”相比之下，唐才常愤痛不已，日思复仇，泣之以泪，继之以血，才真正是“一死一生，乃知交情”。

唐才常赋诗《戊戌八月感事》四首，对维新志士身陷网罗，且疑且愤且惭。疑什么？“挂壁龙泉光睒睒，不知谁是好头颅”；愤什么？“大物觊觎非一日，祸心知是久包藏”；惭什么？“匹马短衣江海畔，自惭无策救神京”。

同期，唐才常赋得《感事》诗二首，第一首堪称杰作：

沧海横流万顷波，中原无地泣铜驼。

秦庭虚下孤臣泪，燕市难闻壮士歌。

剩好头颅酬死友，无真面目见群魔。

纥干冻雀生飞苦，况是瀛台秋水多。

瀛台位于北京皇家园林中，四面环水，是个避暑胜地，慈禧太后将光绪皇帝幽禁于这座岛上，维新志士、江湖侠士欲设法营救，却力不从心。

在这首诗中，唐才常再次表达了自己内心的惭愧：大好头颅仍在，却无法为死友报仇，无从以真面目叱咤群魔。

吴樵、谭嗣同、江标相继殒谢之后，唐才常喟然痛惜而怅叹：

“海内贤达人仅仅有此数，其涕泗几何，能堪几哭而堪几死耶！”

一事总有两面，经此惨变，维新志士痛切地认识到：伤心人必须变成明眼人，打消幻想，看清现实，才能有所作为。

各国党人有新有旧，守旧者以持盈保泰为心，维新者以进步改良为事。清朝的弊政劣制千疮百孔，就算是神医扁鹊、华佗再世，也会宣告束手无策，官府已无可守之旧。粥粥群儒拘泥于经义，被八股文折腾得精疲力竭，考据词章，斫丧性灵，士林也已无可守之旧。既然守旧无益于时，无济于事，再不维新，再不变法，活路必将变成死路。

铁屋中人唤不醒，唯闻喧天价的鼾声。

四

1899年，毕永年联络南方会党，力劝唐才常与康有为断绝关系，一步到位，实行民族革命，推翻清王朝，唐才常却仍对保皇党抱有幻想。

毕永年目睹会党诸友见利忘义，受到种种刺激，于是愤然削发，自投普陀山为僧，法名悟玄。他贻书日本浪人平山周，道别信中不无痛切之语："弟实不愿与斯世斯人共图私利，故决然隐遁，归命牟尼。"

毕永年愤世远遁，最终殁于南洋，唐才常扼腕叹息，注重联络海内外会党力量的孙中山也顿失臂助。

1900 年春天，唐才常痛感"四郊多垒，卿士之羞；天下兴亡，匹夫有责"，牵头组织正气会，后改名为自立会，联络各路英豪，开富有山堂，组织自立军，发行富有票。自立会总部设在汉口，待款不至，经费奇绌，各会党头目焦虑不安，日益憎恶康有为失信食言，因此各怀各的心事，各打各的算盘。革命志士冯自由的判断大致不错：

"固不俟汉口事泄，而会众已先后解体矣。"

这年夏天，八国联军攻陷北京，慈禧太后和光绪皇帝逃往西安，短期内中央政权处于真空状态。自立军于此时高张义帜，似乎是天赐良机。然而由于军费、军械全无着落，自立会总部再三展延起义日期，直到"东南互保"已成定局，长江沿岸突然戒严，形势急转直下。

安徽自立军（五路七军中的前军）未能及时获取军报，加之密谋已泄，形势危急，秦力山遂于 8 月 9 日率先起事，以"讨贼勤王"的名义攻占了大通镇。孤军奋起，苦无后援，这支义军很快就陷入绝境，被安徽巡抚王之春派兵镇压。

康有为募捐于海外，既拥资自肥，又食言自肥，贻误大事，事后却抹下老脸，詈骂湘人秦力山"好勇而妄行，不量力，不受令，举兵于大通，兵败事泄”。

秦力山慷慨轩昂，有豪侠之风，虽吃败仗而不颓丧，有诗为证：“人事虽歧心未灰，他年应再动春雷。排空击得弹丸碎，直抵黄龙饮一回！”秦力山为革命事业东奔西走，未到而立之年，即在缅甸染疾去世。“三字微名五尺身，亦儒亦墨亦新民。年年蛮烟触天地，野马尘埃了一生。”吟诵其诗，可知其人。

戊戌之秋，谭嗣同可以逃出北京，他不逃，而是候在浏阳会馆中待捕。

庚子之秋，唐才常可以逃出汉口，他也不逃，而是候在宝顺里住所中待捕。

老乡、随从李荣盛力劝唐才常避难，才常以平静的语气说：

“予早已誓为国死，汝可行也。”

李荣盛是条热血汉子，固然泪洒前襟，但他毅然回应：

“公舍身，荣盛敢爱其死？”

李荣盛留下来不逃，故同时被捕。

1900 年 8 月 22 日，湖广总督张之洞签署处决令。在上海租界内梁启超频频拍发电报，欲通过日本政要辗转营救，已根本来不及。

8 月 23 日凌晨，清军将林圭等十一人斩首于武昌水陆街。据《石遗先生年谱》所记：“才常最后出。则两人挟而拖，殆已服毒就毙矣，体貌甚伟，而头尖甚。”受“富有票案”牵连被捕被杀者多达上千人。其中，林圭、田邦璇、李炳寰等人都是谭嗣同、唐才常在时务学堂教诲过的高材生。

“庚子之变”后，适值“东南互保”的敏感时期，洋人要求中国南方的封疆大臣确保长江一带安静和平。湖广总督张之洞是“东南互保”的三个牵头人之一，武汉三镇在其治下，大局稳定自然压倒一切。唐才常选定在这个时节领导自立军起义，不免内外无援，进退失据。

自立会指定“东南各省为新造自立之国”，这话在逻辑上难以自洽，毕竟自立军打出的是“勤王”的旗号，而非“革命”的旗号。

可以说，在名和义两方面，自立军都被保皇党拖入了深不见底的烂泥潭。

临难时，有正式记载，唐才常口占了两句绝命辞：

“七尺微躯酬故友，一腔热血溅荒丘。”

生死相许，方为刎颈之交，道义相勖，自当前仆后继。在异度空间，唐才常还能找到谭嗣同的英魂，与之把晤吗？

浴火重生的“凤凰”

熊希龄翻看《善化县志》中对岳麓山的描述之后，记起前一年与友人游山，无意间读到王阳明的诗作《涉湘于迈，岳麓是遵，仰止先哲，因怀友生，丽泽兴感，伐木寄言》，末尾四句他尤其喜欢，“怀我二三友，伐木增离忧。何当此来聚，道谊日相求”。他与维新志士们办时务学堂，开南学会，正是要聚集南方之友，以道谊相求。

一

俊杰要出头，最初都得有贵人相助。熊希龄的运气好，适时遇到了乐于汲引人才的沅州知府朱其懿，并且深得他的青睐和器重。朱其懿于府署西侧创设沅水校经堂，着意培养资质非凡的青年学子。熊希龄在此附读三年，成绩常为第一。湖南学政张亨嘉同样爱才心切，把熊希龄擢入省城长沙湘水校经堂深造，使之见闻益广，眼界大开。

1891 年，熊希龄年方弱冠，秋闱中举，并且是“六十人中最少年”。知府朱其懿很热情，照例在府中宴请新科举人，宴后大家各展长技，各抒雅兴，吟诗者有之，作画者亦有之。宣纸上，青竹、墨荷、篱菊、牡丹纷呈，唯独熊希龄别出心裁，破画史之先例，绘出一株绽放的棉花。众人觑见，莫不犯疑，他却不动声色，在画面留白处从容题写道："此君一出天下暖。"他以棉花言志，恰到好处，顿时夺走了全场的目光和风光，令围观者赞叹不已。

翌年春闱，熊希龄顺利联捷，会试之后就是殿试了，策论可虚应故事，但书法是道雄关，非光正圆黑的馆阁体不能高中。当时，张亨嘉在京，劝弟子暂停一科，回家临池两载，然后补应殿试，以博高第。这主意确实挺管用的，两年后，熊希龄殿试告捷，朝考后被钦点为翰林院庶吉士。大喜的当口，熊希龄的原配廖氏突然病故，他只好离京返湘。沅州知府朱其懿雅相爱重，亲自主媒，将同父异母的幺妹朱其慧许配给熊希龄为妻。昔日的师徒如今结成郎舅，湖湘士林又添佳话。

1896 年，湘地风气大变，人气急升，湖南巡抚陈宝箴开明通达，署理按察使黄遵宪、学政江标狂飙激进。维新派的人气充足了，磁场不难形成，近代史上几位大腕很快集结起来，谭嗣同、梁启超、熊希龄、唐才常、皮锡瑞、韩文举，人人抱负不凡，个个才华出众，合力创办时务学堂，组织南学会，印行《湘学报》《湘报》，研讨学术，开启民智，湖南这个内陆省份原有的窒闷被一扫而空，其他省份也相继醒却了"迷糊劲"，唯湖南马首是瞻。

当年，保守派的死硬分子看维新派的言行处处不顺眼，就时不时从阴暗角落放出几支淬毒的冷箭。南学会延请经学大家皮锡瑞（字鹿门）开讲席，听者如堵。省会学者叶德辉是著名劣绅，如同"大蒜帮"帮主，一年四季犯"口臭"，平日他就痛恨提倡新学的维新之士，视若杀父仇人，这回题材趁手，他干脆做出两副对联，极尽挖苦之能事，实施人身攻击。

叶麻子才气高，名气大，联语一出，满城哄传。

⊙ 熊希龄

其一，上联是“鹿皮拥座”，下联是“熊掌摇铃”，八个字，将皮鹿门和熊希龄一齐捎入，以戏弄嘲讽的笔墨刺他们一个满面花。

其二，上联是“四足不停，到底有何能干”，下联是“一耳偏听，晓得什么东西”。上联拆开“熊”字，骂的是熊希龄；下联拆开“陈”字，骂的是陈宝箴。将恶毒的人身攻击隐藏于谜语般的对联中，手法似乎格外高明，而含沙射影的鬼蜮伎俩却相当卑鄙。

有一天，皮锡瑞到城北三贵街时务学堂寻访熊希龄，青花布包里拎着一套《善化县志》。熊希龄好奇，接过书册翻看，几行文字跳入眼帘：“岳麓山，县境大江之西，山足曰麓，一名灵麓。高明广大，具岳之体，乍晴则岩壑分明，欲雨则烟云滃郁，橘洲横前，雉堞森拱，由湘西古渡石梁硚洲登岸，夹径乔松，泉涧盘绕，峣瞻岳秀，俯看江流，诚一郡之大观焉。”熊希龄笑道：“鹿门先生，岳麓山我也游览过几次，看到志书上这么写，却是头一回。记得前一年游山，是在春分前后，无意间读到阳明先生的诗作《涉湘于迈，岳麓是遵，仰止先哲，因怀友生，丽泽兴感，伐木寄言》，末尾四句我尤其喜欢，‘怀我二三友，伐木增离忧。何当此来聚，道谊日相求’。我们办时务学堂，开南学会，正是要聚集南方之友，以道谊相求。叶麻子他们看不惯，又能如何？骂人随他们去骂，我们只管把事情做好，苦心经营几年，必有可观。”皮锡瑞比熊希龄年长二十岁整，倒是很欣赏也很佩服这位有热心又有本领办事的晚辈，便将那套《善化县志》爽快地送给了熊希龄。

1898 年春，湖广总督张之洞有意抽查时务学堂众教习的教案，顿时风声鹤唳，外界竟谣传时务学堂总理熊希龄暗中有小动作，通宵达旦整理各教习的札记，“匿其极乖谬者，就正平之作临时加批”。谭嗣同不相信同志如此胆小，遂致书老师欧阳中鹄，大意是：宗旨所在，时务学堂众教习也没有什么不可告人的阴私，何至于这么惶恐？平日大家互相劝勉的内容，全在“杀身灭族”四字，面临小小利害，岂能变易初心？谭嗣同认为熊希龄虽不算勇猛，但他也不会遇事慌乱。

1898 年夏，谭嗣同接到谕旨，被破格起用为军机章京。嗣后，熊希龄也受命入京陛见。恰逢他去衡州（今湖南衡阳）省亲，染上痢疾，一病不起，延宕了行期。后来，“六君子”罹难，熊希龄被指为康梁党徒，受到“革职永不叙用，交地方官严加管束”的重惩，好歹从奈何桥边捡回性命。他心有余悸地说：

“向非一病，当与‘六君子’同命成七贤矣！”

熊希龄的运气不算太好，也不算太坏，叶麻子告恶状，呶呶不休，这事那事，上纲上线，都往死罪上凑。叶麻子的恶控够狠，所幸湖南巡抚赵尔巽全当耳旁风，他不方便明里出手相帮，暗中则回护熊希龄，“贬逐”他去西路师范学校做体育教师。这简直就是黑色幽默，让一位身躯肥硕的待罪者整天去对付单杠、双杠，或做操、跑步、跳高、跳远，熊希龄自然能够领会赵尔巽的好意，这样滥竽充数混日子，就可免得教国文或历史时祸从口出。一个学期后，赵尔巽将熊希龄召回省垣，让他草拟一份整顿湖南财政的意见书，明摆着，他有意让熊希龄戴罪立功。巧就巧在歪打正着，熊希龄经此一番历练，真就成为中国官房学派的财政专家，为他日后在仕途上起飞铸就了一双金翅膀。

二

赵尔巽看准了熊希龄才堪大用，便将他介绍给皇族镇国公载泽和满人大员端方，大家都认为，熊希龄既然有理财的本领，他手中很可能就握有开启金山银山的钥匙。听了赵尔巽的劝告，熊希龄正式拜载泽为义父，有了如此强大的靠山，头上那顶“永不叙用”的铁帽子就只当是被台风刮跑了。

官场“厚黑学”高度发达，不是没有原因的。一个人横下心来走仕途，光有真才实学、长技绝活根本不够，首先得拜个好码头，然后认个位高权重福气大的干爹，才能避免走钢丝，走华容道，走麦城。总之，干爹干爹，水分越少越好。熊希龄投靠镇国公载泽，若处事乖巧，登天何难？就是把月亮当作碧玉西瓜，也不算妄想。

从三十五岁到四十四岁，这十年间，熊希龄在仕途上一直处于飞升的势头。他跟随五大臣（载泽、戴鸿慈、徐世昌、端方、绍英）出洋考察宪政。这使他声名鹊起,他上了“热搜排行榜”头名位置，身价百倍。一将军（奉天将军赵尔巽）、一总督（两江总督端方）、一巡抚（江苏巡抚陈启泰）竞相延聘他入府理财。农工商局总办之类的肥缺也摆在面前，等待他去履新，盼望他去上任。

熊希龄摆平各处关系，谁也不得罪，这儿干半载，那儿干六月，如此折腾，岂能尽展长才，解人焦渴？但变动不居自有好处，谁都认定他掌握着“芝麻开门”的秘咒，只是尚未使出浑身解数罢了。

三

袁世凯白捡了中华民国大总统来当，笑得一张阔嘴终日合不拢，乐罢一看，当时的政局也真够乱的，差不多乱成了鸡窝，哪怕只是做做样子，他也得设法把这个烂摊子拾掇拾掇。清王朝二百六十多年的统治折腾出一个极大的垃圾场，如同希腊神话中的奥吉亚斯牛圈，粪比山高，臭不可闻。

民国毕竟不同于清朝，总统毕竟不同于皇帝，内阁并非全是摆设。由唐绍仪出任首届国务总理，南北双方都能接受，袁世凯认他是旧雨（老朋友），孙中山和黄兴认他是新知（刚加入同盟会），在这届内阁中，其他人选还在酝酿，唯有财政总长一职已是众望所归，非熊希龄莫属。发表名单时，果然是他。他力辞五次，依然是他。天下人翘首等待，要看他巧妇变魔术，专做无米之炊。

国务总理唐绍仪受不了袁世凯事事掺沙子，处处使绊子，时时打棍子，冲冠一怒，抬腿走人。怪事年年有，民国特别多：府院不和公开化，堂堂的国务总理负气出走，在津门躲猫猫，各部总长交椅尚未坐热，便纷纷请辞。

“眼见他起高楼，眼见他宴宾客，眼见他楼塌了。”中华民国首届内阁仅存活三个多月，被人讽刺为“蟪蛄不知春秋者也”，非“猗欤盛矣”，乃“呜呼哀哉”。

大家又一次雾里看花，没能将“熊凤凰”的上佳手段看个明白，只好且听下回分解。

有耐心的人迟早会看到好戏，不过一年半载，熊希龄卷土重来，成为中华民国政府国务总理兼财政总长。这回，大家可是鼓着铜铃大的眼球，要看他拿出什么行之有效的生财之道。当时百废待举而国库空虚，政府动不动就向外国财团磕头，似乎谁能借到巨款，谁就本领强，那副丐帮叫花的贫薄相真够人瞧的。熊希龄上了台，大家认为国人长志气的时候总算到来了，凤凰一定能生出金蛋。殊不知，期望过了头，连造物主都会发愁。

熊希龄是清才硕望，能游刃于各派势力之间。袁世凯对他既无特殊好感，也无特殊恶感。起先，袁世凯力邀老友徐世昌出山，人选已经铁定。但有高参进言，倘若先行提出徐世昌，国会以国民党议席为主体，多半会不予通融，加以否决，倒不如先拿熊希龄去当炮灰和祭品，然后提出徐世昌，国会就不好意思再将他掀翻在地。袁世凯老奸巨猾，深以为然。可事实上，国民党也好，进步党也罢，都觉得熊希龄不属于袁世凯嫡系，由他出面组阁，大家多些生趣和快感，何乐而不为？如此一来，袁世凯工于心计，反而弄巧成拙。

熊希龄也曾自高身价，三番两次推辞，说什么“今日以浅暴之徒，造成一寡廉鲜耻之社会，虽有孔子复生，无从为力”，却终归难挡孟子那句豪语“如欲平治天下,当今之世,舍我其谁”强力推背，还是做了火烧屁股的北洋政府国务总理。

一朝受命，熊希龄立刻向外界宣称，他决心组成“第一流经验和第一流人才之内阁”，其名单上赫然列有梁启超、张謇、杨度和汪大燮。梁启超堪称通才，就不用说了。张謇既是清末状元，又是工商界首屈一指的高手。杨度精通法律，汪大燮素以才干著称。此外，还有几位第一流人才可汲引到内阁中来。但袁世凯极其悭吝，他只肯给予熊希龄寥寥三个直接支配的名额，且是司法、实业和教育这样的闲曹。杨度志在出任交通总长，见此情形，便声称“帮忙不帮闲”,率先置身局外。梁启超深知司法总长徒有虚名,只是鸡肋，也不想辱没清誉，便打起了退堂鼓。熊希龄前去劝说，梁启超却拗着劲儿不松口，没有给熊希龄转圜的余地，两人不欢而散。第二次交涉，梁启超仍不肯松口，熊希龄忍不住大发脾气。梁启超担心伤及友情，也不方便再躲来躲去，尽管心有不甘，还是硬着头皮出任了司法总长。

熊希龄起始就犯了个大错，他不该委曲求全，袁世凯给什么就吃什么，说什么就认什么，这显然过于驯顺和软弱。他应该梗着脖子去强争，陆军部和海军部被袁世凯牢牢地攥在手心，不去硬碰可以，但外交部、内务部和交通部统统沦为“失地”，他就不仅没有面子，也没有里子了，将来的苦况可想而知，如何能够过关？与其异日焦头烂额，倒不如事先早赋归去来。可是务实的熊希龄也难免抱有幻想，以为在夹缝里求生存或许会出现转机，顶不济，也不至于像唐绍仪内阁那样刚出娘胎就夭折吧。

熊希龄内阁的大政方针由梁启超草拟，起始就遇到了麻烦——直接效仿美国联邦制，“废省存道”（初拟“废省存州”），这对于北洋军阀，实为撄锋触怒。袁世凯正在用升官发财笼络各地鹰犬，那些武夫为虎作伥，个个都有开府称帅的诉求，哪肯把兵权主动交还中央？说白了，在袁世凯心目中，熊内阁只是过渡性质的浮桥，他真心想要起复的仍是那套亡国大夫的老班底，很清楚只有那些人肯效死命、出全力，将他推举到九五之尊的御座上去。

熊希龄出错主牌，尽显劣势，他很快就惊讶地发现“落水凤凰不如鸡”。身为国务总理兼财政总长，面对蹿升的财政赤字，他一筹莫展，就算沿门托钵，那些外国大银行和大财团也全都摊手、耸肩、摇头，摆出爱莫能助的神态，不为别的，就为他只是空架子的财政总长。当时，最雄壮的“头马”（交通部）被总统府秘书长梁士诒控制缰辔，其直接掌控的交通银行信誉不错，随时都能够向外国财团借贷巨款。但梁士诒与熊希龄形同陌路，他正要静观一场群鸡猛啄凤凰毛的好戏，又哪肯及时援手？最终，熊希龄只好辞去财政总长的职务。

四

袁世凯的居心不可告人，他要借力打力，利用熊希龄内阁，将专门跟他唱反调的国民党议席连锅端掉，迅速解散国会，实行总统负责制，达到大权独揽的目的。熊希龄的名流内阁当然不会轻易就范，袁世凯要使之服服帖帖副署解散国会的命令，就得另外耍阴谋。怪只怪熊希龄授人以柄，他在热河都统任内时，他负责清理过避暑山庄的清朝文物，难免瓜田纳履，李下整冠，曾将乾隆用过的折扇和另外几件小玩意儿送给袁府红人姜桂题。姜桂题受袁世凯暗示，早不吭声，迟不吭声，偏偏在这时点燃炸药桶。结果呢，新闻界抓住这个稀罕的题材，爆炒出“国务总理热河盗宝”的超级丑闻，弄得熊希龄浑身腥、满身蚁。

据郑廷玺《袁世凯挟制熊希龄解散国民党的经过》一文所记，袁世凯真是权谋家中第一流高手。与之相比，熊希龄不仅笨如熊，而且如学龄前儿童一般幼稚。

1913 年 11 月 3 日上午，袁世凯传召熊希龄去总统府议事。熊希龄前脚刚到，喘息未定，就与外国某公使“撞了车”。于情于礼，总统应先见外宾。袁世凯让熊希龄到总统办公室稍候。熊希龄进入室内，发现空无一人，只见办公桌上赫然摆放着许世英彻查避暑山庄盗宝案的卷宗，熊希龄不看则已，一看，立刻脸色煞白。不用说，袁世凯这样巧妙安排，是故意“取瑟而歌，令君闻之”。袁世凯送走了外国公使，回来与熊希龄谈话，他见熊希龄忸怩不安，面色极差，就假意关心：“秉三，你昨晚别是因公忙没有睡好觉吧？不然，为什么面色这样不好看，精神很显疲惫呢？”待熊希龄支吾一番后，袁世凯话锋急转，严词厉色地说：

“国事不好向前推进，都因国民党凡事故意刁难掣肘，真令人痛心。我国现在是责任内阁制，如不将国民党这个障碍铲除，内阁既不能顺利执行职责，总统的权力也就不能行使了。根据目前形势，我们要把国家治好，非立即解散国民党不可，取消国民党籍的议员资格。我的意见如此，秉三，你看怎样？”

熊希龄有硬把柄捏在对方手中，迫于袁世凯的威慑，还能如何，只好乖乖地听由他摆布，私念抬了头，就宁肯我负国民党，我负天下人了。熊希龄无顶级政客之胆色，尚未倒台前，就有人将他精心打造的“名流内阁”嗤笑为“狗熊内阁”。“名流内阁”垮台后，更是有人立刻获得灵感，以“第一流”对仗“忘八蛋”，竟引来满堂彩。当年，还有人把熊希龄在仕途上打拼的经历一一列表清算，得出结论：熊希龄只是个砌墙脚的人，躁动而无常性，在每个职位上，都不曾干满一年时间。墙脚随砌随毁，熊希龄势必一事无成。

五

1914 年，熊希龄辞去北洋政府总理的职务，从此远离政治斗争的风暴眼。回头去看，他当时的处境堪忧，多少有点被逼无奈，甚至有点灰头土脸。但真正令人敬佩、值得称道的是，他既没有退隐林薮，也没有放浪形骸。打猎钓鱼，求田问舍，不是他喜爱的项目。沉迷酒色，流连欢场，也不是他的享乐方式。腾出全身心，利用自己的影响力，建设香山慈幼院，倡导平民教育，开启民智，救助弱势群体，这才是他不吝余生去追求的功德。

夫人朱其慧去世后，熊希龄将全部家资悉数捐作“熊朱义助儿童福利基金社”，如此一来，他一无所有，每月只从基金社领取少许生活费。这种人溺己溺、人饥己饥的悲悯情怀真不可及。熊希龄生前自撰《墓志铭》，有“今当国难，巢覆榱崩，若不舍己，何以救群”之句，高情美德跃然纸上。

且让我们在北京西山的林涛下，听一听当年慈幼院（即孤儿院）的校歌吧：“好好读书，好好劳动，好好图自立。大哉本院香山之下，规模真无比。重职业，自食其力，进取莫荒嬉。好兄弟，好姊妹，少年须爱惜。”

另有一首《饭后歌》，更加感人、动人：

馒头棒子豆芽汤，蒸蒸扑鼻香。
我们幸福等天堂，精神体魄强。
堂以外，可心伤，穷孩满四乡。
如何救彼出饥荒？时时不可忘。

熊希龄亲自撰写这些歌词，写得有情有志，韵味十足，的确能够陶冶少年儿童的心灵。

他常说：“孩子是真心爱我，把我当他们父母，我也把他们当我的儿女，成立这个大家庭，便是我终身的志愿了。”

嗣后，熊希龄续娶才女毛彦文，既为感情计，也为事业计。毛

⊙ 熊希龄晚年续娶毛彦文，协助他办理慈善事业

彦文在国外学过教育学，有能力、热情和爱心，能协助他办理慈善事业，也适合做香山慈幼院的继承人。

大人先生们常以清谈为高，结果不外乎清谈误事，清谈误家，清谈误国。真正务实的人，务实到肯兴办慈善事业，在此土此邦，至今难得。何况像熊希龄这样的顶级名流，肯把自己的余生全部交付出去，除了办慈幼院、平民学校之外，在战时还办收容所，办战地医院，从大上海的炮火中救出数以万计的难民和伤兵。熊希龄以育人救人为天职，从他身上放射出美丽而温暖的人性光辉。

抗战军兴，熊希龄痛感国土沦丧，生民浩劫，义愤填膺，精神备受刺激和煎熬。1937 年底，熊希龄携夫人毛彦文赴香港为慈善事业募捐，突发脑溢血，医药罔效，溘然长逝。

胡适撰文《追念熊秉三先生》，由衷地称赞道："他实在是个有办事才干的人，同时又真爱国，真爱人，所以他自己真觉得替国家做事，替多数人做事，都好像是自己天性里流露出来一样，不觉得费力了。"

叶景葵与熊希龄相知极深，交情至厚，他为熊氏作家传，论其从政有妙语：

"平生似遇而实未遇，欲有为而终不可为。"

身为政客，熊希龄心劳日拙，早已一息不存，长瞑不复视；身为慈善家，熊希龄却依然活着，活得实诚，令人敬佩景仰。

蔡元培亲笔撰写的那副挽联，至今仍悬挂在湘西凤凰县熊希龄故居里，上联是"宦海倦游，还山小试慈幼院"，下联是"鞠躬尽瘁，救世惜无老子军"。熊希龄始于从政，终于从善，他始终想要兼济天下，爱国爱人纯粹出于天性。

他就是"熊凤凰"，"熊凤凰"就是他，一身好羽毛曾被民国初期的政治弄得乌七八糟，所幸的是，他从泥潭沼泽脱身出来，在一场无形的天火中得以涅槃，获得新生。这很不容易。只要细数近现代官场上一大批玩死了九条命的政客，看看他们的下场，你就会憬然有悟，仅仅是羽毛和灵魂被烧得焦枯，那只算自取毁灭，并不等于凤凰涅槃。

熊希龄能获得新生，是因为他重铸了一颗心，一颗比纯金还要闪亮的心，一颗大慈大悲的心。他成功地找回了迷失的本性，找回了良知，并且运用其良能，晚年成就善业。

从长沙岳麓山到北京香山，从时务学堂到慈幼院，浴火重生之后，"凤凰"不朽，是因为他不再有朽败的可能。

宛如药中甘草

1917 年 3 月 22 日，湖南省长兼督军谭延闿率领政府部门的大小官员来到岳麓山上预定的林场种植柏树，并在现场讲话："岳麓山素称林木茂盛之地，如今却童山濯濯，今日举行植树节典礼，乃为人民提倡植树观念。"

一

谭延闿有个牛气烘烘的父亲。在晚清官场，其父谭钟麟颇著政声，与左宗棠在西北合作无间，深得老帅赞赏。谭钟麟官至直隶总督兼北洋大臣，其观念较为守旧，但为人傥直，能坚持正见，不惜辞官。谭延闿的岳父方汝翼官至江西布政使。谭延闿的女婿则是国民党军政大员陈诚。

谭延闿是官二代，却有个难言之隐：其母李氏是谭钟麟的侍妾，因此他并非嫡子，属于庶出。

谭母病故后，按照谭家规矩不能从正门抬出，谭延闿急中生智，趴在棺盖上，扬言道："权当我谭延闿死了，抬我出殡！"这样一闹，谭母的棺木竟然顺利通关，走了正门。

谭延闿自幼饱读诗书，写得一手高端大气的颜体字。两朝帝师翁同龢素有“冰鉴”之称，他写信给谭钟麟，夸赞谭延闿：“三令郎伟器也。其笔力殆将扛鼎。入泮可喜，行即腾骧。”

他笔力强，运气还比别人好，学霸谭延闿在闱场一帆风顺，十三岁中秀才，二十二岁中举人。光绪三十年（1904）甲辰恩科，他会试夺魁，是清朝湖南唯一的会元，也是清朝乃至中国科举史上最后一个会元。他姓谭，是湖南人，慈禧太后看见他的姓名右眼皮就直跳，不由得想起谭嗣同。那年北方大旱，刘春霖的名字显然更讨喜，殿试后，状元便落在刘春霖名下。谭延闿以二甲第三十五名及第，授翰林院庶吉士。

1909 年，谭延闿被湘中士绅推举为湖南谘议局议长，表面看去，这是个闲职，只需开开会，动动嘴皮子，凡事或议而不决，或决而不行，而实际上，这位置是块最佳跳板。

⊙ 谭延闿

1911年10月，革命党人焦达峰、陈作新积极响应武昌起义，宣告湖南独立。光复之初，省垣气象一新，辫子多半剪掉了，五色旗高高升起了，义师整队进入长沙城，市民提灯游行庆祝。中华民国湖南军政府随即宣告成立，焦达峰、陈作新分任正、副都督。然而好景不长，焦、陈二人疏于防范，竟被暗地里磨刀霍霍的湖南新军五十标管带梅馨公然杀害了。

省城立宪派一致认定谭延闿是湖南都督的最佳人选，立刻派专使去长沙市荷花池谭府，用肩舆将谭延闿强行抬出，谭家老少无不惊愕，“以吉凶不可卜，举室号咷，若临丧然”。

据粟戡的《湖南反正追记》所记：湖南谘议局议长谭延闿到了军政府，立刻被众人推戴为湖南都督。他赶紧打躬作揖，告诉大家：“不论派我做何事，均不敢辞，只不能做都督。”

革命党人谭人凤拔刀掷于案上，厉声威胁道：“今日之事，你干就干，不干，刀是现成的在这里！”谭延闿迫不得已，只好上台发表就职演说，“声泪俱下，人心始定”。

湖南都督谭延闿上台，有点类似湖北都督黎元洪就职，都是形势强逼而成——起初他们害怕成为祸首，却苦于推脱不掉，谁知是福不是祸，荣华富贵，钢铁浇铸的门板都挡不住。

谭延闿上台之后，立刻展示出高明的政治手段，厚葬焦达峰、陈作新两烈士，优恤其家属，命令政府各机关下半旗志哀，他还许诺为焦、陈二人铸造纪念铜像，择地而立，受长沙百姓景仰。湖南的革命党人眼看胜利果实就这样落在谭延闿手中，也只能发出一声浩叹：“无量头颅无量血，可怜购得假共和！”

1913年3月20日，宋教仁在上海遇刺身亡，国民党指斥袁世凯为幕后主凶，为此发动二次革命。南方多省宣布独立，谭延闿作为湖南军政府都督，也跟随大流宣布独立。二次革命失败后，谭延闿为求自保，立刻取消独立，归顺北洋政府。报上登载了国务总理徐世昌的嘉奖电文，谭延闿的复电可谓滴水不漏：“湖南独立，系水到渠成，延闿不任其咎；取消独立，为瓜熟蒂落，延闿不居其功。”两边都不得罪，南北都可交待，这通关过卡的功夫相当丝滑，非脸厚不行，非脸厚于城墙而莫办。

二

谭延闿先后三次督湘，与革命党人走得较近，湘籍巨子黄兴、蔡锷、宋教仁对他都有好感。辛亥革命后，谭延闿首次督湘，为反清志士易本羲题写了“就义成仁”四个大字，将其遗骸改葬于岳麓山云麓宫左侧。

1916 年秋冬之际，黄兴、蔡锷相继病逝，湖南省长兼督军谭延闿率先呈请国务院，请求国葬。经黎元洪总统批准，黄、蔡二公的国葬事宜均由谭延闿经办，1917 年的国葬大礼也由他主持，包括在岳麓山上确定墓址，在追思会上致悼词，在长沙城内组织各机关人员、学校师生送葬，在湘江边排船，在岳麓山上黄、蔡二公墓地前发表演讲，事无巨细，过问把关，未出任何纰漏差池，实属不易。

谭延闿主政湖南，重视农林。民国初年，他在岳麓山设立了省农事试验场，包括数百亩水田和梯田，此举并不奇怪。唐代安史之乱后，诗僧齐己回到潭州（今湖南长沙），赋七律《暮游岳麓寺》，尾联是“回首何边是空地，四村桑麦遍丘陵”，描绘了当时岳麓山周边遍种桑树和小麦的场景。山脚土地肥沃，稻麦轮作，可望一年两熟，唐末诗人李咸用有妙句作证，“岳麓云深麦雨秋，满倾杯酒对湘流”，真不是胡乱吹嘘。

湖南农谚道："立春早，清明迟，春分植树最适时。"谭延闿向来尊重民间智慧，1916年12月，他训令各府、州、县植树造林，开办林务，将每年春分那天定为全省植树节。岳麓山便成为头号受益对象，1917年3月22日（因春分当日大雨，推迟一天），谭延闿率领政府部门的大小官员来到岳麓山上预定的林场种植柏树，并在现场讲话："岳麓山素称林木茂盛之地，如今却童山濯濯，今日举行植树节典礼，乃为人民提倡植树观念。"细检《谭延闿日记》，当天，他还在山上视察了蔡坟（蔡锷墓）和黄坟（黄兴墓）的修筑情况，感叹黄坟位置上佳，与云麓宫平齐，"远望廓然，胜蔡坟也"。须知，二十天后，北洋政府将在岳麓山上相继为蔡锷、黄兴举行国葬仪式，由谭延闿主持。

1928年4月7日，南京国民政府通电各省，将每年3月12日确定为全国植树节，以纪念孙中山先生。至此，湖南植树节已领先全国十一年。到抗战期间，第九战区司令长官薛岳将巨炮架设在岳麓山上，其射程半径可达长沙城的任何地方，蓊蓊郁郁的树木成为天然掩体。第三次长沙会战时，来自岳麓山上的炮击令日寇被动挨打，捉瞎抓狂。

湘军将领赵恒惕曾受谭延闿赏识提携，他羽翼丰满后，对湖南督军职位垂涎三尺，决定将恩公赶下宝座。有意思的是，他恩将仇报，居然弄出了双赢的局面。赵恒惕固然如愿以偿，谭延闿塞翁失马，也毫不吃亏，赴粤后，先后得到孙中山的赏识和蒋介石的青睐，在官场的造化不减反增。

谭延闿在官场中八面玲珑，其观念和主张既可谓不新不旧，又可谓亦新亦旧，上下合辙，左右逢源，竟博得了一个"水晶球"的绰号。这还是美了他，若按早期白话小说巧立名目的处置法，应称为“琉璃蛋”或“油浸枇杷核”才对。

湖南人生性狷介，多的是“有头强方心强直”的“棱人”，罕见智圆行亦圆的“圆人”。谭延闿却是个例外，他待人接物，好用谦恭圆滑的套路，喜怒不形于辞色，具备软功柔术，能“逐浪高复下，从风起还倒”。

有一件事最能见出他四两拨千斤的太极功夫。1917 年，辫帅张勋在北京复辟，伪旨下达各省，谭延闿被授湖南巡抚职。一时间，风向未定，形势不明，他当然不会急于表态。其时，有一位记者采访谭延闿，问他将如何对待“圣命”，谭延闿避实就虚，只是一口气连呼两声“滑稽”。那么他究竟是指自己新授湖南巡抚这件事情滑稽，还是指记者提出的这个问题滑稽？怎样理解都可以，记者仍旧满头雾水，谭延闿已经轻松过关。

圆滑的人也有内忌与否之别，外宽内忌者口头抹蜜，心头用刀，脚下使绊，谭延闿气象恢宏，有容有量，是那种“宰相肚里能撑船”的人。

湘籍士人张冥飞作祝寿戏文嘲骂谭延闿，实行全面抹黑：“堂亦钤山，写几笔严嵩之字；老宜长乐，做一世冯道之官。用人惟其才，老五之妻舅吕；内举不避亲，夫人之女婿袁……立德立功，两无闻焉。”严嵩是明代奸臣，冯道是中国历史上饱受群嘲的十朝元老，侍奉五代十帝，是不折不扣的官场不倒翁。旁人看了张冥飞的戏文都气愤，谭延闿却拍案叫绝，称赞张冥飞是“奇才”。

翌日，谭延闿发帖恭请张冥飞赴宴，待之以上宾之礼，并且聘任张冥飞为行政院参议。如此一来，张冥飞且惭且愧，致信退回聘书：“士献箴，古有之；公大度，今所无。唯冥飞笔耕足以自活，聘书优俸，万不敢当，庶免涉文人无行，迹近敲索之嫌。大君子爱人以德，必能谅之！”谭延闿三招两式，就让辱骂他的人转过头来赞美他，也确有水平。

三

北伐期间，蒋介石为北伐军总司令兼国民革命军第一军军长，谭延闿为国民革命军第二军军长。第二军受蒋介石控制，换了别人，很可能火冒三丈，谭延闿却乐得做个甩手掌柜。

谭延闿主持国民政府行政院，仍然不求有功，但求无过，他抱定“三不主义”：一不负责，二不建言，三不得罪人。在行政院开例会时，他让大家畅所欲言，自己则闭目养神，似听非听，时不时地点一点头，嘴里“嗯”一声，手下不得要领，始终摸不清老板的意图。

据阎幼甫《谭延闿的生平》所记，有一次，谭延闿与著名律师贝允昕见面，寒暄的时候，他照例询问对方近况如何，贝允昕的回答极其简洁，那就是：“混。”谭延闿闻言大笑，赞叹道：“此言绝妙！鱼龙混杂是混，仙女游戏也是混，混之为用大矣哉！可惜混世魔王程咬金、混江龙李俊混得粗野了些。若像《聊斋》上的马二混，混得多有意思啊！”谭延闿所说的“混之为用大矣哉”，顿时传遍长沙，远及京沪，成为当时官场中的处世金言。

曾国藩的人生哲学是“挺”，谭延闿的人生哲学是“混”，都是一字以蔽之。前者的“挺”近乎儒家的精进有为，难免劳累艰辛；后者的“混”近乎道家的清静无为，较为轻松自在。这就难怪了，曾国藩是个吃苦的命，谭公子却是个享福的人。

谭延闿被时人讥诮为“水晶球”，却被国民党元老胡汉民称赞为“药中甘草”。

甘草温和，能调节多种药性，治任何病都不能单独用它，但治任何病都得用上它，唯有它可与百药配伍，不起冲突。中医治病，无论采用温补的药还是克泻的药，无论是热剂还是凉剂，往往都要配上几钱甘草，药方才算完整。甘草别名“国老”，就像三国时期东吴名士乔玄，典型的好好先生，和稀泥的顶尖高手。在国民党内，堪称药中甘草的，前有谭延闿，后有林森，巧的是，两人都当过国民政府主席。

当年，有人抓住三位大人物的性格要点，如此品评：吴佩孚“刚愎自用”，他听不进别人的意见；段祺瑞“刚愎他用”，他喜欢把权力下放给部属；谭延闿“柔愎自用”，他从不与上司和下属发生正面冲突，喜欢顺着别人的意思发言，结果别人总是遵照他的意见办事。

在政治混乱、党派斗争激烈的特殊时期，孙中山和蒋介石均急需这样的“甘草先生”。谭延闿野心不大，人缘极佳，与各党各派均无嫌隙，正好为两位领袖做一些必不可少的和稀泥的工作。比如蒋介石与元老胡汉民的关系有裂痕，谭延闿便弥缝其间，从中缓解，不使矛盾激化，双方终得相安无事。谭延闿去世后，蒋介石与胡汉民撕破了脸皮，结果胡汉民被软禁于汤山，风波甚恶。

四

谭延闿中年丧妻，鳏居十余年，一直信守对亡妻的诺言，不再续弦，由于母亲的不幸遭遇令他记忆深刻，他连姨太太也不曾纳得一个，连秦楼楚馆也未曾涉足一回。他说：“吃喝嫖赌四件事，嫖赌与我无缘，吃喝在所不辞。”身为高官，谭延闿在女色方面撇得极清，如老僧入定。

当年小报上说，谭延闿在广州长期住旅店，认识一位新寡的英国女子，这位年轻的女士是位美妇人，精通汉语，见谭延闿平日交往的都是体面官绅，料定他是个不小的角色，便不断示好，暗送秋波。只可惜落花有意，流水无情，洋女士的爱慕终归落空。

谭延闿不好色，倒是真实无欺，原因并非他不肯背负亡妻，而是他另有所好。他特别好那一口，那一口并非鸦片，而是佳肴，移爱美色之心于美食，也算得上是全情投入。谭延闿讲究吃，到了什么程度？即使行军打仗，他也让伙房备办好酒菜挑子跟在身后，以便他随时解馋，一饱口福，鱼翅尤其不可少。可以这么说吧，要让谭延闿怦然心动不容易，唯有香喷喷的美味佳肴才能令他把持不住。不到四十岁，谭延闿即已发福，身体太胖，好朋友都劝他远离肥腻，以素食为主，他却不肯。平日，谭延闿自制菜谱，吃得极其讲究，他去世后，家中大厨曹荩臣回到长沙，在坡子街开了一家健乐园，竟以“谭家菜”作标榜，招徕食客，其中有组庵鱼翅、组庵鱼生、组庵肉、组庵豆腐、组庵笋片等众多名目，一时间，引得省城的老饕们纷至沓来。

谭延闿既是大美食家，也是大书法家。当年，在国民党元老中，有四位公认的大书法家，各擅一体：谭延闿工于楷书，胡汉民善于隶书，于右任精于草书，吴稚晖长于篆书。谭延闿的楷书雄奇遒劲，笔力扛鼎，由颜真卿一脉绵绵化出，深得“真颜不肥”之精髓，书法界公认他为民国时期首屈一指的“颜体重镇”，比清代颜体名家钱沣更强，尤其适宜于庙堂题写。于右任曾夸赞道：谭组庵是有真本领真功夫的。他的颜书貌丰骨劲，味厚神藏，每字稳如座钟，既有翁同龢天骨开张的魄力，又具备一笔千里的气势。

早年清华大学的校匾“国立清华大学”和黄埔军校的校匾“陆

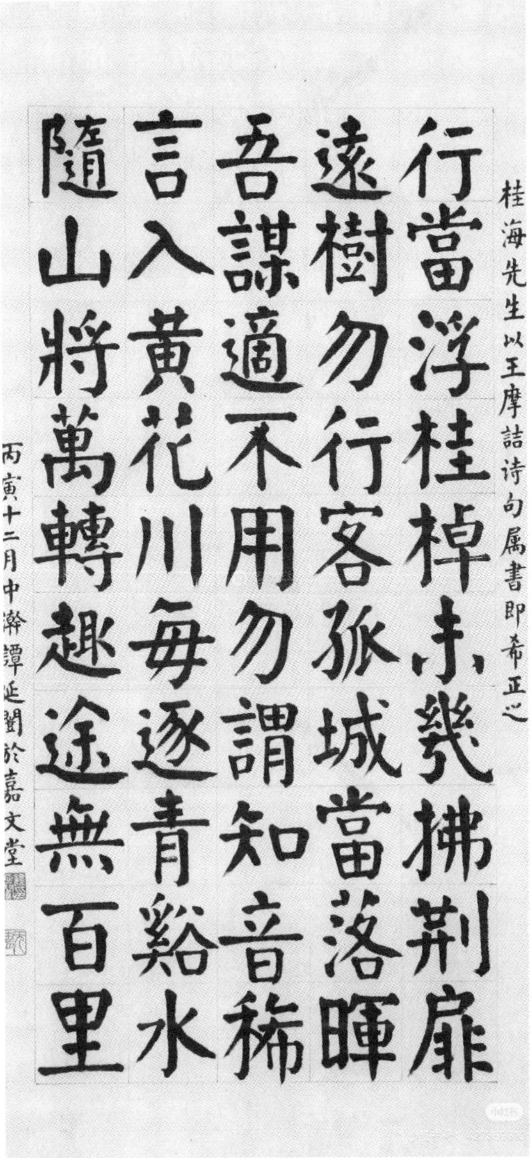
桂海先生以王摩詰诗句屬書即希正之
行當浮桂棹未幾拂荊扉
遠樹勿行客孤城當落暉
吾謀適不用勿謂知音稀
言入黃花川每逐青谿水
隨山將萬轉趣途無百里
丙寅十二月中澣譚延闓於嘉文堂

⊙ 谭延闿书法

军军官学校”都是谭延闿书写的。去过南京中山陵的人想必都对墓门前高达八米的奉安纪念碑印象极深刻，“中国国民党葬总理孙先生于此”，十三个镏金大字结体精严，深合颜字“如锥画沙”的旨趣，虽未署名，字字出自谭延闿之手笔无疑。此外，奉化溪口的蒋母墓碑题额也出自其手笔。

1930 年 9 月 21 日，谭延闿驱车前往南京小营看人骑马，突患脑溢血，抢救不及，于次日去世。一时间，备极哀荣，南京国民政府实行国葬，蒋介石亲笔题写碑文，墓址选在距中山陵不远的金陵大刹灵谷寺东北隅，墓园占地数百亩之阔，堪舆家们打罗盘，无不视之为风水宝地。有件事值得一提，点缀在墓园中的多种精美石刻都是特意从圆明园废墟中发掘出来的，一经刮垢磨光，重新组合，果然别有风格。这座墓园的主设计师是杨廷宝，中华人民共和国成立后，他与著名建筑学家梁思成、林徽因夫妇一道参与设计了天安门广场的扩建方案和人民英雄纪念碑，水平之高可想而知。

辑三

共和之基

『儿誓志杀贼，保障共和，否则不生还也！』——蒋翊武

有史必有斯人

1917年4月15日，雨后天阴，这天是黄兴国葬出殡日，其组织形式与三天前蔡锷国葬时相同，唯多出华侨代表前来会葬。日本人白浪滔天（宫崎寅藏）堪称孙中山、黄兴二人的挚友，这回也来到长沙，特意送老友最后一程，直送到岳麓山上。

一

清末，有个青年姓黄名轸字廑午，“体貌魁伟，沉默寡言，富于胆智，少从李永球学乌家拳术，只手能举百钧”，如此英武出众，就算放在金庸的武侠小说中，也属乔峰、郭靖那类朴重的好汉。他在善化县龙喜乡（今湖南长沙县黄兴镇）凉塘村长大，世代耕读传家。

甲午战争时，黄轸二十岁，内心已有定见：中国要从根本上获救，古代圣贤早已宣告束手，再也开不出显效的药方。他以诗鸣臆：“朝作书暮作书，雕虫篆刻胡为乎？投笔方为大丈夫！”既然他志不在此，“彼”又会是什么？是民族革命的霹雳手段。不过在当时，他大脑里还只能勾勒出模糊的影像。

⊙ 黄兴

黄轸文武兼备，入读清末气象最新的两湖书院，迅速以其恢宏的度量和豪迈的风采征服众人，无论年长年少，学兄学弟，都争与论交。黄轸在书院为期两年，考试十二次，六次名列第一。两湖书院山长梁鼎芬格外高看黄轸，称许他“品学兼优，智虑精明，文似东坡，字工北魏，诗尤豪气磅礴”，在优等生中亦视之为佼佼者。

黄轸有一首《咏鹰》诗，作于居鄂求学期间。

独立雄无敌，长空万里风。
可怜此豪杰，岂肯困樊笼。
一去渡沧海，高扬摩碧穹。
秋深霜气肃，木落万山空。

黄轸下定决心要去试探沧海碧穹，任何樊笼都休想困住他的羽翼。

1902年，两湖书院选派官费生留学东瀛，黄轸入读东京弘文书院速成师范班。鲁迅在绝笔文章《因太炎先生而想起的二三事》中写道："黄克强在东京作师范学生时，就始终没有断发，也未尝大叫革命，所略显其楚人的反抗的蛮性者，惟因日本学监，诫学生不可赤膊，他却偏光着上身，手挟洋磁脸盆，从浴室经过大院子，摇摇摆摆的走入自修室去而已。"由此可见，黄轸研究中外大势，倡导民族革命，是他在日本站稳脚跟之后的事情。黄轸在湘籍留学生中组织土曜会，力图武装救国，预先积累军事技能，经常去军校参观士官联队的兵操，每日早起，必赴神乐坂武术会练习枪弹骑射。此会奖赏射击成绩突出的会员，黄轸是神枪手，书桌抽屉中塞满了奖章，儿子黄一欧瞒着父亲，佩戴一枚银质奖章去照相馆拍摄过照片。

在东瀛，黄轸与湘籍志士杨毓麟、樊锥、梁焕彝创办《湖南游学译编》，借此集合志趣相投的热血青年，他组织"国家兴亡研讨会"，宗旨为排满反清，职志是重建一个有尊严、有主权的国家。黄轸具备领袖气质，演说的时候出言不疾不徐，雄辩有力，往往能激发共鸣，达成共识，不少留学生唯其马首是瞻。

1903年，黄轸束装归国，先抵武昌，在两湖书院演说《民族革命与国体政制》，革命思想震惊四座。两湖书院创办人、湖广总督张之洞岂能容忍昔日弟子在他的地盘上撒野，用"异端邪说"蛊惑人心？他责令两湖书院山长梁鼎芬悬牌将黄轸驱逐出境。名士唐才常同样是张之洞的门生，庚子年秘密发动自立军起义，就被杀掉了，这回能放黄轸跑路，已算法外容情。

梁鼎芬爱才若渴，惜才如命，他亲自出马，向黄轸称颂大清功德，责怪弟子大逆不道，有负他的教诲和期许，倘若黄轸肯洗心革面，痛改前非，效忠朝廷，他必设法为弟子脱罪。

师谊甚厚，黄轸敬聆其言，但人各有志，不可相强，何况他已许身革命事业，万无转念易节的可能。于是黄轸反客为主，以种族大义和革命原理开导老师，指出民心乖离，国势危殆，清朝大运将终，老师宜早自为计。梁鼎芬见劝说无果，也不再费辞，他告诉黄轸："士各有志，余亦不再费词。从此子为子之革党，余为余之大清忠臣，各行其是可也。"言毕，赠川资若干，助黄轸离开武昌。两天后，梁鼎芬料黄轸早已远扬，这才行文湘鄂两地，严令通缉。

二

1903 年 11 月 4 日（农历九月十六日），长沙明德学堂地理、博物教习黄轸三十初度。

这天，在长沙西区保甲局巷彭渊恂家中，以庆生贺寿为名，置办了两桌酒菜，赴宴的客人多半是近现代史上大名鼎鼎的角色，宋教仁、陈天华、苏曼殊、杨毓麟、张继、吴禄贞、章士钊、刘揆一、刘道一、徐佛苏、胡瑛、谭人凤、柳聘农等。觥筹交错之际，华兴会有了愈益清晰的眉目，大家公推黄轸担任会长。

1904 年 2 月 15 日，华兴公司正式挂牌成立，在长沙连升街设立了机关部，以兴办矿业为名，入股即入会。有句口号格外响亮："同心扑满，当面算清。""扑满"原本是陶制储钱罐，这里与"算清"对仗，合在一起，寓意为"扑灭满清"，民族革命的火药味异常浓烈。

当时的中国无法效仿英国资产阶级革命与法国大革命，发难于首都。伦敦、巴黎存在业已觉醒的市民社会，实行市民革命水到渠

⊙ 1905 年，华兴会部分成员在日本合影，前排左一黄兴、左三胡瑛、左四宋教仁、左五柳聘农，后排左一章士钊、左三程家柽、左四刘揆一

成。黄轸及其同志便根据国情另筹方略：“吾人发难，只宜采取雄据一省与各省纷起之法。”

自戊戌变法以来，湖南一改先前顽固保守的面目，被外界誉为“中国最开化的省份”，浏阳二杰谭嗣同、唐才常被清政府杀害之后，湖南的觉醒者与日俱增，革命气氛浓厚，凝聚力强劲。华兴会选择在湖南首义，须联络各地革命同志纷起响应。为了接洽洪门会党，黄轸与刘揆一别创外围组织同仇会，他们与湖南哥老会的首领马福益歃血为盟，结为拜把子兄弟，哥老会和留学生即为华兴会的基本盘。为了更方便接触新军，黄轸又与陈天华、姚宏业别创外围组织黄汉会。相比而言，同仇会的活跃度远高于黄汉会。总之，储备人才，积聚人气，乃当务之急。一旦人才充足，士气旺盛，以此建军，何忧不成？以此反清，何患不克？

长剑倚天外；
匹马定中原。

当风纵怒马；
跨海屠神鲸。

两副对联均出自黄轸之手，霸气外露，可见一斑。

华兴会策划的第一件大事就是长沙起义，择定甲辰年十月初十日（1904 年 11 月 16 日），趁省会文武官员齐集长沙万寿宫为慈禧太后恭贺七十寿诞的良机，将他们一网打尽。“兵马未动，粮草先行”，黄兴带头捐款，变卖家中三百石水田，毁家救国，义声烈烈。

天下大事成于慎密，败于泄露，这回也不例外。华兴会的核心成员、会党要目马福益、游得胜等人抛头露面，在浏阳、醴陵一带驻军中出入频繁，形迹可疑，当局闻风而动，侦破华兴会的多个秘密机关，长沙起义胎死腹中。

众人闻风而散，黄轸逃脱差役抓捕的经过尤为惊险，并且富有戏剧性。

1904 年 10 月 24 日，恰好是黄轸的农历生日，早上，在长沙紫东园家中，他亲自下厨，做寒菌面招待三位进城的姑妈，这时明德学堂校董龙绂瑞派人送来请帖，要他去西园谈事，他没急着动身。迟延了半个钟头，龙绂瑞又派人来催，说是有要事相商，黄轸说吃完面就去。黄轸的继母很机警，看龙家催促得这么急，不宜耽搁，便叫黄轸马上出门。

黄轸坐轿刚到门外，就遇到几位差役，一看对方来势汹汹，就明白了好几分。一位差役撩开轿帘，大声喝问道：

“你是不是黄轸？”

“我是来会黄轸的，他家里人说他到明德学堂去了，我要到那里去找他。”

情急智生，黄轸神色镇定，回答滴水不漏。

过了左文襄祠，到了明德学堂门口，黄轸下轿，佯称进校叫黄某出来，让差役在校门口稍候。他直奔西园龙绂瑞的宅院，躲藏了三天。万幸的是，龙绂瑞见义勇为，冒险前往西长街长沙中学，取回了黄轸的一口箱子，里面有同志名册、起义计划，全是要紧要命的秘密文件，若落在新到任的湖南巡抚端方手中，就会人头滚滚。龙绂瑞并非华兴会会员，其义举令人感佩，黄轸当即赠给他一枚水晶名章，留作纪念。

黄轸藏身西园，“终日读书，每饭辄尽三碗，无疾首蹙额之态”，嗣后转移到吉祥巷圣公会，黄吉亭牧师对他照顾有加。一个月后，风声渐趋平息，黄轸这才化装成海关人员，由张继、曹亚伯陪同，搭乘日轮沅江丸到汉口，换乘招商轮船赴上海，“以示明行反胜于暗匿”，因为当时清楚黄轸样貌的人并不多，暴露的风险小。船下九江，三人嘴巴馋，还斗胆上岸购买了数斤肥蟹，令茶役蒸熟，大快朵颐。这是张继忆述的版本。在曹亚伯忆述的版本《武昌革命真史》中，他和张继的戏份相当有限，护送黄轸去汉口的是黄吉亭牧师和长沙邮局的高级职员袁礼彬。记忆之不足凭恃如此，我们究竟应该相信谁？

黄轸寓居上海余庆里，依早先约定，到埠报平安，电文只署一个“兴”字。要此“魔术”，黄轸变成了黄兴？好奇怪的哑谜，谜底竟附丽了额外的传奇色彩。梁启超曾模仿日本作家柴四郎的十六回政治幻想小说《佳人奇遇》，创作了《新中国未来记》，可惜只撰成区区五回，就草草收工。小说中，有一位创建宪政党的粤籍奇男子，姓黄名克强字毅伯，具有超越一世的非凡志节和卓越才情，乃是大中华民主国首任大统领罗在田（暗指光绪皇帝爱新觉罗·载湉）之后连任三届大统领的伟人。

梁启超的文章素以“议论风发泉涌，笔端常带感情”著称，对知识阶层影响既深且巨。黄轸读罢《新中国未来记》，顿时有拨云见日的快意，“为便于奔走革命计”，索性改名为兴，字克强。

好中意的“兴”，为民而兴，为国而兴，为天下大同、万世太平而兴，自当“推弱以克强，处小而擒大”。“轸”的寓意甚好，“前车既覆，来轸方遒”，“兴”的寓意更佳——多难兴邦、百废待兴。

三

辛亥年绝对是黄兴生命中最惊心动魄的年份。这年春天，他在广州浴血起义；这年秋天，他在武汉挥师杀敌。两次武装行动皆有犁庭扫穴的作用，彻底动摇了清王朝的专制根基。

广州之役，两广总督张鸣岐于事变前已有警觉，为此缇骑四出，全城布控；再加上胆小鬼周来苏害怕海关盘查，竟然将一百余支从日本购获的精良枪械扔入近海，遂造成武器弹药匮乏，革命形势急转直下。局面如此严峻，多数同志认为武装起义宜展期举行。黄兴眼见军心动摇，士气低落，不禁怒形于色，当即宣告四条：

一、吾党荟萃全力而谋此举，稍存畏惧何以起事？

二、一部分军火历经艰难险阻已运抵城南，不但不能运返，倘一不慎，足以殃及无辜；

三、华侨捐献，寄希望于广州发难，如有始无终，形同欺骗，不能见谅；

四、一切作战计划业已完成，时间迫急，不战而退，何以立威信于将来？对革命影响至大且巨！

一部分党人退出之后，仅剩百余名热血志士（赵声、林觉民、喻培伦等），明知敌众我寡，仍决心殊死一拼，血洒羊城。

有人说，广州起义纯属盲动，以弱力撄强锋，黄兴徒有血气之勇，缺乏变通，竟然胡乱扔出“王炸”，用革命阵营的精英志士死磕敌方训练有素的军警，相当于下象棋以车兑卒，无异于自杀。实事求是地说，黄兴对于敌情或许存在误判，但箭在弦上，不得不发，此时保全革命者的名誉和信用，乃是当务之急。

1912 年 5 月 15 日，宋教仁在《黄花岗起义周年纪念会演说辞》的结尾做出这样的总结：

“但平心思之，此事究不得以为失败，盖失败一时而收效甚远也。何则？有此一番变动，遂生出三种观念：一、此番死难诸人，如此猛烈，可使一般人知同盟会非徒空谈，实有牺牲性命的精神；二、此番死义，多属青年，易激起人痛惜之心，而生倾向革命之热诚；三、政府对于此举毫无悔心，人愈恨旧政府而争欲推翻之。有此种种，故武昌一起，天下从风，岂偶然哉？虽谓诸烈士已成有圆满无上之功，未为不可也。”

宋教仁对广州起义感奋人心的价值评估甚高，不计较一时的成败，而着眼于它巨大的震荡和深远的影响。

黄兴有名言：“天下事，所谓不爱钱，不要命，无不成者也。”

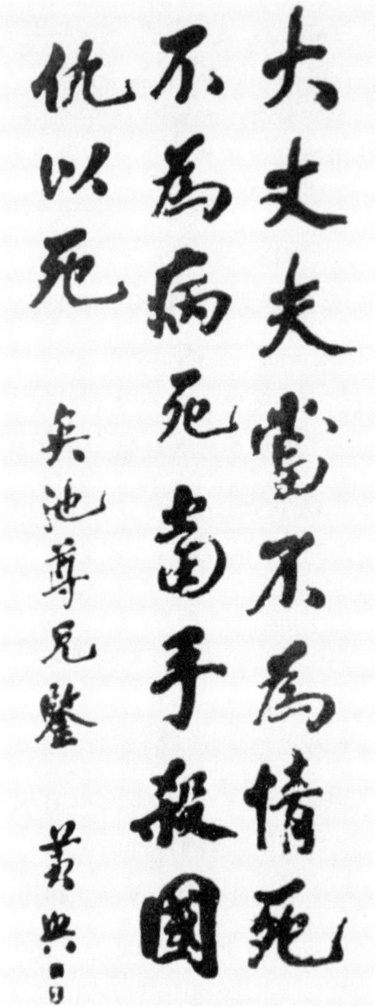

⊙ 黄兴手迹

广州之役，他被击断两根手指，血流满身，幸遇女中豪杰徐宗汉（后来成为黄兴的妻子）及时救助，才得以生还。未等伤口愈合，黄兴就嘱咐宋教仁筹备广州起义失败检讨会，他在会上慷慨陈词：

广州起义失败了，使我肝胆俱裂，五内俱焚，悲痛不能自已。……此役明知不可为而为者，迫于革命存亡绝续之交，战则虽败，革命精神不死，国魂光辉照耀古今，是所以坚持否决展期之说，宁死于战场，决不未战先溃。

黄兴堪称铁骨铮铮的汉子，上马杀贼，下马草檄，却自嘲为“常败将军”。现代笔记小说名家喻血轮赞许黄兴献身革命，每役必从，躬冒矢石，出生入死，其笔下亦曾皮里阳秋：“人多以军事人才目克强，其实克强诗文，实在其军事学术之上。”问题是，黄兴从未率领过千军万马，他不断以小博大，以弱攻强，“虽千万人吾往矣”“万死不顾一身”是其常态。时人和后人均不吝赞辞，称许其勇气和德行，却不甚认可其谋略和能力，实际情形如何呢?

辛亥之前，孙中山认定珠江流域为革命的首选策源地，黄兴和宋教仁则更加看好长江中下游的革命资源。以地形而言，武汉三镇襟江带河，雄视全楚，控吴皖之上游，扼江汉之门户，星罗棋布，犄角鼎立，一旦革命军从内部攻克武汉，即可震荡全局。当时，宋教仁总结了三条，一是“革命之时宜神速而短（不可久事战争）”，二是“革命之地宜集中而狭（宜于国之中央）”，三是“革命之力宜借重旧政府之所恃者，使为己用（用政府军队）”，这精准的擘画在日后的武昌起义中均得以实现。

黄兴赠诗给好友谭人凤，其观点明确，未加掩饰。

怀锥不遇粤途穷，露布飞传蜀道通。
吴楚英豪戈指日，江湖侠气剑如虹。
能争汉上为先着，此复神州第一功。
愧我年来频败北，马前趋拜敢称雄?

在武昌，身为革命军战时总司令，黄兴指挥了几场鏖战，其中汉阳保卫战最为惨烈。他以初成之军对抗北洋大将冯国璋、段祺瑞等人统领的精练之卒，双方展开拉锯，若非湘军第一协统领王隆中抗命不从，擅离前线，新兵器械陋劣，作战经验欠缺，汉阳不会轻易失守。所幸袁世凯养敌自资的私念导致了后来一连串的变数。

应该说，武昌起义的意义并不在于一城一池的得失，而在其引发的多米诺骨牌效应，影响所及，全国十八省中共计有十三省宣布独立，意外地成为国运的转折点。清王朝日薄西山，摇摇欲坠。鄂军协统黎元洪性情阴柔，福大命大，竟被群龙无首的起义军推戴为军政府鄂军大都督。

近现代教育家、湘潭汉子胡元倓是长沙明德中学的创办者之一，黄兴受邀在明德中学教过两年书，彼此是挚友。关于成败，胡元倓撰《题黄克强先生遗墨》，解说分明：

“辛亥革命事起，克强自武汉苦战力绌来沪。倓见面笑曰：‘成功矣！’克强曰：‘我败来，何此言？’倓曰：‘君非军事学家，败乃常事。前者君一人革命，故难成功。自黄花岗事出后，全国人心皆趋向革命，自成功矣。’”

黄兴固然是常败将军，但他以屡败屡战的革命精神扭转了人心。胡元倓当面称其“成功矣”，就是这个意思。

四

黄兴的可贵之处在于笃实和真诚。他曾告诉友人：“我革命的动机，是在少时阅读太平天国杂史而起……但是又看到太平天国自金田起义之后，起初他们的兄弟颇知共济，故能席卷湖广，开基金陵。不幸得很，后来因为他们弟兄有了私心，互争权势，自相残杀，以致功败垂成。我读史至此，不觉气愤腾胸，为之顿足三叹。”他还向友人剖白过心迹：“盖自束发读书以来，即知立志自爱，凡一切谋利禄、争权势与夫寡廉鲜耻、卑鄙阴贼之念，不待禁革，早就自绝于心。”革命家贵在有良知，方能免于腐化堕落。

诚然，不争则不足以为真正的革命家，但他们有所争，必有所不争。为民众争人格，争自由，为国家争主权，争出路，他们可以拿自身性命去做殊死拼搏，这样的争见智见勇。至于其不争者，则是在同盟内不争名，不争利，不争权。

章士钊经常将一句赞词挂在口头：“吾持以论交之唯一武器，在‘无争’二字，然持此以御克强，则顿失凭依，手无寸铁。何以言之？我以无争往，而彼之无争尤先于我，大于我。……天下最易交之友，莫如黄克强！”

周震鳞与黄兴是总角之交，青年时期又在两湖书院同舍同窗五年，相知极深。他评价黄兴时，未掺入半点水分：“他是一个爱国的血性男儿，平居沉默寡言，治学行事，脚踏实地，对待同志，披肝沥胆。”

于国事蜩螗之际，黄兴若私心自用，做几桩政治投机买卖，满可以大发大升，甚至登上权力的峰顶，但他始终坚守初心。1908年10月间，清廷打算收买他，曾派大儒王先谦（黄兴早年就读于城南书院时的老师）居中说项，许以湖广总督的要职，他闻言就谢绝了。应该说，黄兴虽字克强，其权力欲望却并不强。他曾对好友叶楚伧说：

“真有志气者，不必做官。即居一乡为一小学校长，年年替国家培植出十数高尚纯正之人才，……功亦不鲜。”

武昌起义之后，章太炎首倡其言：“若举总统，以功则黄兴，以才则宋教仁……”黄兴却看淡权势，全力推举孙中山，使之成为中华民国首任临时总统。

黄兴屡屡言退，却无法抽身，纯属时局使然。

他曾为人撰联，上联是“古人却向书中见”，下联是“男子要为天下奇”。

唯自律者能成材，唯自勉者能成器，此为天下通理。黄兴自律自勉的功夫均堪称一流。他定下六条言行规则，一生恪守：

一、行动必须严守时刻；

二、说话必须说到做到；

三、读书须分主次，纵使事忙，主要者不得一日荒旷；

四、处理重要事务及文书，必须亲自动手，不得请托他人；

五、对人必须真诚坦白，不得怨怒；

六、游戏可以助长思想，不应饮酒吸烟。

以上六条皆平实，未唱高调，守信、仗义、精勤、诚悫、严谨，其品质尽显其中，真要做到并不容易。诚然，举大事者必注重细节。

黄兴知行合一，平生憎人食言自肥，敬人言信行果。面对敌阵，他无所畏惧，遇强不退缩；面对同志，则常露休休之容和蔼蔼之色，遇忤不计较。

1924 年 2 月 23 日，孙中山向驻扎于羊城的湘军将士发表演说，他特别提到革命战友黄兴在中越边境曾以区区两百号人、两百条枪发动广西钦廉起义，尽管敌众我寡，实力悬殊，但革命斗士无所畏惧，敢与两万清军血战到底。孙中山说：

“革命军就是用一个人去打一百个人，这样的战斗是非常的战斗，不可以常理论。像这件不可以常理论的事，还是你们湖南人做出来的！”

湖南人素以神勇著称，扎硬寨，打死仗，黄兴无疑是极好的代表。

中国同盟会干将谭人凤生性孤傲，不喜欢与人比周，他坦承自己当初加入中国同盟会，对民族革命考虑不多，主要是黄兴的勇毅精神和人格力量吸引了他。

同盟会元老胡汉民说："黄兴是个标准的'湖南骡子'。更隐藏'老子不信邪'的脾气，其雄健不可一世，处世接物则虚衷缜密，转为流辈所弗逮。先生使人，事无大小，辄曰'慢慢细细'。传闻耳熟是语，以为即先生生平治己之格言。"

李书城长期追随黄兴左右，被黄兴视为智囊，他感慨道："克强总是个最平实的人，做事有功不居，光明磊落；作战身先士卒，爱护袍泽；做人推诚务实，容忍谦恭；受谤不言诠，受害不怨尤；不道人之短，不说己之长。"

人有五德——智、信、仁、勇、严，黄兴全都具备。

五

1912 年 10 月 23 日，黄兴自上海乘"楚同"号兵舰返回湖南，途中恰逢他三十九岁生日，不禁感慨万端，赋七言律诗一首：

卅九年知四十非，大风歌罢不如归。
惊人事业随流水，爱我园林想落晖。
入夜鱼龙都寂寂，故山猿鹤正依依。
苍茫独立无端感，时有清风振我衣。

黄兴功成还乡，受到了万人空巷的欢迎，在德润门外义码头围观的市民多达七八万人，争睹这位开国元勋的风采，所到之处，民众齐唱新制的歌曲欢迎他：

秋凉时节黄花黄，伟大英雄归故乡。
一手缔造共和国，重整中华一定强。

为了表彰黄兴缔造民国的丰功伟绩，湖南省政府下令将长沙德润门易名为黄兴门，将坡子街易名为黄兴街。省城老百姓对此毫无异议，大劣绅叶德辉却视之为硬生生刺入其心窝子里的一把利锥。都说强龙不压地头蛇，坡子街是长沙城里繁华的商业街，叶德辉长期包揽把持此地的事务，如今坡子街被易名为黄兴街，却无人征求他的意见，所以他不准备忍下这口气。叶德辉的撒手锏就是冷嘲热骂，他将欢迎黄兴返湘的各界代表统统嗤骂为“无知鄙夫，狐媚贡谀者”；意犹未尽，又说欢迎群众“以白布为地，以棉花染绿，撮成‘黄兴街’三字。世俗讳绿而忌白，不知其义何居？”他既设疑，又解答，先是将黄兴讥贬为被官府耍弄的“妇人女子”，然后指出改易城门名“不祥甚矣”,历史上只有悬挂过伍子胥首级的姑苏（今江苏苏州）西门曾易名为“胥门”。这就等于诅咒黄兴不得好死。民国初肇，正宣讲人权，言论自由是其中主项，叶德辉打着长沙痞子腔讲出许多混账话,湖南省政府也没拿他怎么着。黄兴常看报纸，通悉情由，也是一笑置之，不予追究。

黄兴荣归故里，意欲实现其“功成身退，解甲归农”的初志。他先是在省垣召集各界名流，共商建设新长沙的大计，以岳麓山为市区中心点，架设湘江大桥，修筑十条纵横大马路，连通南岳至洞庭湖这条五百里风景长廊。其宏伟蓝图令人振奋。

黄兴私下向湖南都督谭延闿商借一块地皮，好开辟农场，躬耕其中。谭都督并不认同他这个想法，而是“劝以国家为重，正当年富力强之时，何忍掉臂归隐，弃国事于不顾？但为将来年老之计，姑且有以设想准备。鄙意以为洞庭湖中之君山是最理想的地方，湖面浩瀚八百里，乾坤旋转日夜浮，丘陵村落，气象万千，乃休闲养老之胜地。黄兄功在国家，容许我湖湘人民通力合作，预做准备”。

可怜一世英雄空怀逸兴，这次故乡之行，竟是诀别之旅。五年后，灵柩归来，黄兴已作古，所谓“掉臂归农”随之化为梦幻泡影。

1916年10月31日，黄兴在上海病逝，中华民国总统黎元洪下令按照国葬的规格和仪式安葬其遗体。黄兴比蔡锷早发丧十日，何故却比蔡锷晚国葬三天？起先，黄兴墓择址亦首选岳麓山，由于此前已有陈天华、姚宏业、焦达峰、陈作新、禹之谟等英烈在此落葬，山中“坟冢累累”，当地居民不甚乐意再添窀穸；黄一欧也对葬父于岳麓山持有异议，他往湘潭昭山黄氏祖山反复勘察，黄氏家族内部意见分歧，此地系族间祖山，家葬尚可，但地面并不宽阔，新造一座后人的大墓必定对先人的坟茔形成气势上的压迫，因此将黄兴葬在祖山实无法与国葬的规制兼容；此外，有人提议卜葬于长沙北门外的陈家垅，由于该处“地势低陷，又恐日后水灾”而放弃。这么挑来选去，终无妥当的地点。于是政界要人发话：“黄公葬地，将来仍是麓山，舍此别无他处。”这话一锤定音。

1917年4月15日，雨后天阴，这天是黄兴国葬出殡期，组织形式与三天前蔡锷国葬时相同，唯多出华侨代表前来会葬。谭延闿在日记中写道：“今日天有晴色，观者、会葬者如潮如海，途为之塞。”

日本人白浪滔天（宫崎寅藏）堪称孙中山、黄兴二人的挚友，这回也来到长沙，特意送老友最后一程，他撰文记录了葬礼的悲壮场景：

“十五日早晨，雨过天青，碧空如洗，都认为是不冷不热的理想天气了。上午九时，灵柩如时起运，按军乐队、军队、警察、学生、各机关团体、省外代表、外宾的顺序出发，接着就是生前好友执绋，灵柩后面是遗族，在灵柩旁边护卫的是军队的高级将领和旧日部下随从等。大家在狭窄的街道中缓缓行走，拥挤不堪，迟迟不能前进，

⊙ 黄兴墓

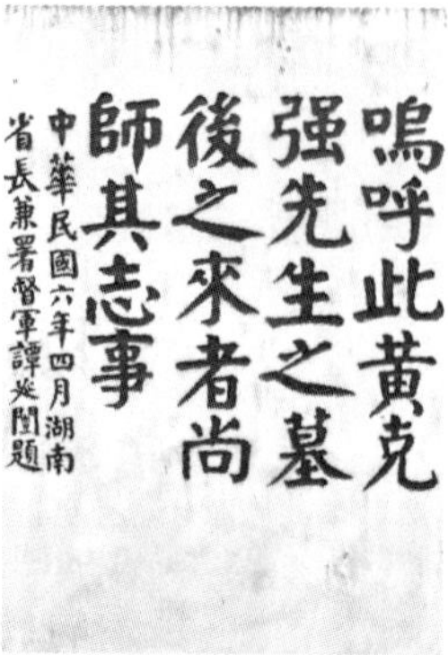

⊙ 谭延闿题赠铭文

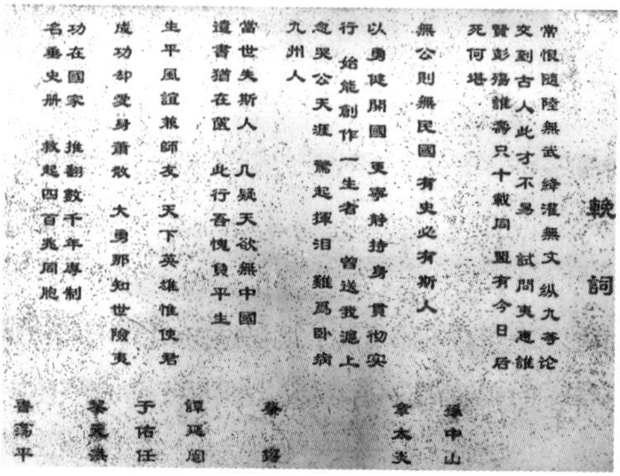

⊙ 黄兴墓塔嵌挽词

距江岸不足一公里的路程，费时达两点钟之久，到达江岸后，由接待员引导到指定的码头乘船渡江。十艘小火轮，有六七艘都挂着各自的军旗，乘载官兵，慢慢地引导，最后的小火轮悬挂青白布，载运灵柩，乐队在后面奏着哀曲，实在悲壮极了。灵柩到达江西岸时，礼炮声大作，和以鞭炮声，更显得悲壮。由此往岳麓山黄公墓地，不到三点五公里，先行者已到了半山，队尾还未启动。直到午后三时，灵柩才到达墓地，安放在五点四五米（深）、上面堆积一点二一米的水泥土的岩穴中……”

孙中山失去了革命阵营中一位最值得倚仗的战友之后，表现出了真实的悲哀。他明白，宋教仁、黄兴和蔡锷相继凋谢意味着什么，“自郐以下，不足论矣”，未来的路子将越走越窄。

1917 年 4 月 14 日，孙中山撰写《祭黄兴文》，刊于八天后的《民国日报》。相比其挽联——“常恨随、陆无武，绛、灌无文，纵九等论交到古人，此才不易；试问夷、惠谁贤？彭、殇谁寿？只十载同盟有今日，后死何堪”，祭文所表达的推崇和悲怆有增无减，笔端更见真情流露：

惟公之生，为众所瞻仰，远迩所震惊，群竖所疑忌，国家所尊崇。惟公之死，疑者信之，亲者哭之，无老无幼，无新无旧，皆知今日中国不可无此人。呜乎！是非得丧，本无足论。公殚一生之心血，历二十余载之艰辛，身涉万险，政经三变，国势犹如此，将来或更不止如是也。公虽赍志以殁,公之目岂瞑。文等今日遥望哭公，遵礼祭公，身虽衰老，志犹如昔。起四千余年之古国，挽四百兆涣散之人心，是犹赖公在天之灵。公志其可作耶，尚有以鉴之。呜呼，痛哉！尚飨。

读罢所有悼挽黄兴的诗、文、对联，就数大学问家章太炎笔下的十二字挽联总结得最为恰当，近乎盖棺论定：

无公则无民国；
有史必有斯人。

风雨国葬葬英雄

在岳麓山云麓峰上，蔡锷思接千载，浮想联翩。然而有一件事，此时他绝对没有想过，甚至连一刹那的闪念都未曾有过：自己的骸骨归宿地，距离其眼下的驻足处仅相隔一箭之遥。

一

1916年11月8日凌晨二时，蔡锷将军溘然病逝于日本九州福冈医院，年仅三十四岁。此前数日，蔡锷得悉黄兴在上海病故，悲痛不已，病情随即加剧。他困处病室，仍支肘为好友亲撰挽联：

以勇健开国，而宁静持身，贯彻实行，是能创作一生者；
曾送我海上，忽哭公天涯，惊起挥泪，难为卧病九州人。

这副挽联是蔡锷的文学绝笔，满是英雄惜英雄、英雄哭英雄的况味。

去世前一天，蔡锷还勉力站在窗前观看了飞机表演，他告诉石陶钧："中国要增强国力，必须尽早建立自己的空军。"几小时后，他就进入了弥留阶段，仍嘱咐石陶钧将事先拟好的电文发送给大总统黎元洪，好完整地表达自己的遗愿。电文共分四项，第四项仅有一行文字，却感人至深：

锷以短命，未能尽力民国，应为薄葬。

中华民国尚未恢复元气，黄兴、蔡锷两位元勋就在旬日间病逝了，噩耗不仅震惊了军界、政界，而且震惊了全国工、商、学各界，哀悼的声浪席卷大江南北。

如何安葬蔡锷这位推翻帝制、保卫共和的"天然的英雄"？

这不是简单的私事，也不是繁难的公事，而是百分之百的国事。

在这个高度上，唯有国葬才可以匹配。

史称"民国之有国葬，实自松坡始"，此言不虚。

葬在何处？葬于何时？适用怎样的规模？应举行怎样的仪式？

仓促间，全都是未知数。毕竟这是中华民国史上的首次国葬，尚无先例可循。

1916年11月19日，黎元洪总统鉴于众望所归，回应各方吁求，表示将为蔡锷将军举行国葬。电文略谓："蔡松坡乃民国良将，共和殊勋，积劳病故，理宜隆以国葬，以示崇报。……史馆立传，自属当然。并建祠铸像各节，一并交（国务）院议办矣。"真是神速，翌日（11月20日），国务院就公开告知各界："国葬条例已提交国会核议，国葬问题即将获得解决。"

11月24日，蔡松坡治丧事务所致电各省，将派"海容"号军舰赴日本接回灵柩。

12 月 5 日，蔡锷灵柩抵达上海，淞沪护军使杨善德遵大总统令前往致祭。

12 月 17 日，在军舰护卫下，蔡锷灵柩由利川号轮船运送回湘。

12 月 18 日，民国首部《国葬法》正式公布。其内容有以下几项：资格审核（“中华民国人民有殊勋于国家者”）；国葬经费（五千元，由国库支出）；墓地择定（公墓、专墓或私茔，由国家建立碑铭，以示表彰）；由内务部派专员办理葬仪及修墓事宜；由大总统亲往或派员致祭；举行国葬之日，所在地的官员均参与祭奠仪式；殡葬时，所在地及经过地方之官署及公共团体，均下半旗志哀，并由国家派遣军队并配以军乐护送灵柩。

12 月 22 日，黎元洪总统郑重颁布《大总统令》，“故勋一位、陆军上将黄兴、蔡锷应予举行国葬典礼，着内务部查照国葬法办理”。

经孙中山、蔡元培、梁启超等巨公多次商议，并征得王太夫人（蔡锷的母亲）的同意，蔡锷的葬地最终确定为长沙西郊岳麓山阳万寿寺（今麓山寺）后方。这里既能看到鸟之飞翔、云之舒卷，又能听到晨钟暮鼓、梵呗圆音，这是人之选、国之选，也是佛之选、天之选。

这个因缘结于何时？也许结于 1897 年秋，蔡锷由老师樊锥陪同到长沙报考时务学堂时；也许结于 1905 年春，蔡锷应湖南巡抚端方之邀，任湖南教练处帮办，兼武备、兵目两学堂教官时。后一次可能性更大。

1905 年春天，蔡锷细数长沙城里城外的好去处，最好莫过于岳麓山，不为别的，他想骑马登高。这位毕业于日本陆军士官学校骑兵科的优等生自有其定见：军官骑行，方能尽显龙马精神。

蔡锷约集三五好友，从长沙小吴门外大校场出发，出大西门，在义码头乘渡船，上到湘江西岸溁湾镇附近，岳麓山就宛然在目了，望之蔚然而深秀。产于南方的马匹个头比北方的马匹小，若在平地竞逐，它们毫无优势，但走起山路来，脚步又快又稳，韧劲、毅力十足。沿途不少游人踏青，他们眼见几位雄姿英发、气宇轩昂的青年军官骑马上山，纷纷侧身避让，投射过来好奇的目光里并无恼怒，而是满含歆羡和赞赏，潜台词更加出奇地一致：他们真的好帅气，好神气啊！

几位青年军官快步登上了岳麓山顶，依然稳坐在马背上，并不急于下鞍，远眺湘江似练、橘洲如船，近聆古寺敲钟、幽溪舒畅，饱览参天古木、锦地繁花，如果说这还不叫极声色耳目之娱，那就着实是不可救药的俗物了。

“松坡，美景当前，不可无动于衷，你看，即兴赋诗如何？”

“嗯，良辰佳会，登顶抒怀，我正有此意。”

蔡锷具捷才，有机智，年少成名。有一回，在邵阳试院里，他刚折了一枝梅花，正把玩间，学政江标现身，他赶紧将梅花藏入袖筒，江标见状，当即打趣道：“小学生暗藏春色。”蔡锷窘极生智，拱手回复：“大主考明察秋毫。”两句话都是脱口而出，竟天然成对。江标见蔡锷容貌清俊、头脑灵光，心中暗喜道：“孺子可教啊！”

这回，大家在岳麓山上登高赋诗，又是蔡锷先拔头筹：

苍苍云树直参天，万水千山拜眼前。
环顾中原谁是主？从容骑马上峰巅。

蔡锷已将清王朝气数将尽、正向末路狂奔的现实看得清清楚楚，今日的中原之主将不再是明日的中原之主。他环顾而发问，简直就像平地起惊雷，“炸”得大家面面相觑，瞠目结舌，便索性不再搔首微吟，而是交口称赞蔡锷的新诗，推说“崔颢题诗在上头”，各自鸣金收兵。

在云麓峰上，蔡锷思接千载，浮想联翩。然而有一件事，此时他绝对没有想过，甚至连一刹那的闪念都未曾有过：自己的骸骨归宿地，距离其眼下的驻足处仅相隔一箭之遥。

二

究竟是谁最先倡议为蔡锷将军举行国葬？是谭延闿，时任湖南省长兼督军。

蔡锷病逝后两天，1916 年 11 月 10 日，谭延闿公开通电，率先提出为他举行国葬的动议：“溯自辛亥以来，此公义旗首起，艰险备尝，缔造共和，厥功最伟。……国家追念元勋，自应赐予国葬，并于立功省份特建专祠暨择地竖立铜像，遗族从优议恤，庶足以示尊崇而昭激劝。”

最早响应谭延闿倡议的是蔡锷的老师梁启超，他致电副总统冯国璋及西南各省，电文略谓：“松坡之殁，全为积劳，真所谓尽瘁国事，死而后已。综其生平德性及数载勋劳，求诸史乘，实罕伦比。谭督军拟为请国葬，此公实当之无愧……”嗣后，浙江督军兼省长吕公望、云南督军唐继尧、广东督军陆荣廷、贵州督军刘显世、四川督军罗佩金、陕西督军兼省长陈树藩等人也纷纷电请中央为蔡锷特开国葬之先例。

蔡锷讨袁护国，军功显著，众人以此为由，请求中央政府给予他国葬的最高礼遇。其实，蔡锷的军旅生涯并非一帆风顺，在广西时，他还遭遇过较大的波折。

起初，梁启超对爱徒蔡锷痴迷于陆军科目大惑不解，当面调侃道：“你是文弱书生，似乎很难担当军事重任。”蔡锷郑重其事地回答：“只须先生为我想方设法，能够学习陆军，将来不做一个有名有实的军人,不算先生的门徒。”何谓“有名有实的军人”？数年后，蔡锷撰《炯戒碑铭》,给出了答案：“捍卫牧圉,军人天职。居则恤民，出则摧敌。国家之光，生灵之福……”铭文中“牧圉”一词是边境的意思。

1908 年，广西陆军小学第三期学员李宗仁亲眼见识过蔡锷将军的飒爽英姿，其回忆录中有一段文字传神而写意：

我们的总办蔡锷将军有时来校视察，我们对他更是敬若神明。蔡氏那时不过三十岁左右，可称文武双全，一表堂堂。他骑马时，不一定自马的侧面攀鞍而上。他常喜欢用皮鞭向马身一扬，当马跑出十数步时，蔡氏始从马后飞步追上，两脚在地上一蹬，两手向前按着马臀，一纵而上。这匹昂首大马，看来已够威风，而蔡氏纵身而上的轻松矫捷，尤足惊人。我们当时仰看马上的蔡将军，真有“人中吕布，马中赤兔”之感。

如此龙腾虎跃，身手矫健，学员视之为偶像是很正常的。

在广西，蔡锷巡视过边防，出入瘴疠之地一个多月，曾染上疟疾，发高烧，吃药无效，他就跃马扬鞭，往返奔跑数十里，人和马

⊙ 蔡锷

累得大汗淋漓，回营后，好巧不巧，疟疾就霍然痊愈了。好友蒋百里听说此事后，一方面固然赞佩蔡锷“强毅自克，出于天性”，另一方面，也担心他过度自律，反足以自残。

广西注定不是蔡锷的福地，云南才是。广西干部学堂举行甄别考试，录取的湘籍学生多于桂籍学生。1909 年 10 月，新成立的广西省谘议局通过首项决议《限制外籍学生案》，嗣后，广西政界、军界的不少官员抱团排外，“驱蔡风潮”愈演愈烈。蔡锷离开桂林之前，特意邀请几位激进青年吃饭，当场赠送了一个炮筒子给他们作纪念品，说是做大事的人必具修养，你们应深刻领悟苏东坡《留侯论》中的名言——“卒然临之而不惊，无故加之而不怒”。

1911 年 10 月 10 日，武汉新军打响了辛亥革命第一枪，云南省同盟会籍的军官闻风而动，密谋武装起义，时间定于重阳节（10 月 30 日）。蔡锷身为协统，威望素著，受众将士拥戴，在巫家坝主持大局。他严令部属，不得妄杀百姓一人，不得妄取民间一物。光复之后的昆明城，市廛无扰，匕鬯不惊，局势稳定，对于落网的云贵总督李经羲也是从宽发落，礼送出境。

当年，大小军阀很多，但蔡锷不在其列。他握有一方军政大权，行事稳健，自律极严，既不擅用武力耍狠立威，也不假借民意沽名钓誉。云、贵两省的商贾感戴蔡都督的恩德，合计着集资为他铸造一座高大威武的铜像。然而他不慕荣利，不贪虚名，只知肩负责任，必须关心百姓的温饱生计，决定将这笔款项悉数用于赈济两省的灾民。他告诉大家：“君等铸我像，享受荣名在百年千年之后；若辈哀鸿，食此涓滴之赐，当可活命无算。彰人之功，不若拯人之命也。”他精兵简政，厉行节约，以纾民困，自降薪俸五分之四，甚至十分之九，由六百元降为一百二十元，最终降至六十元。

三

1912 年初，蔡锷委派唐继尧为滇军北伐军司令。

1913 年秋，蔡锷离开云南之前，向中央力荐唐继尧接任云南都督，袁世凯接受了他的建议。

1915 年冬，云南护国军起义，蔡锷入川征战，唐继尧坐镇昆明，前者为其难，后者为其易，一旦大事告成，蔡锷主动让功。

蔡锷病逝后，唐继尧及时响应谭延闿的国葬动议，通电赞成。

1916 年 11 月 16 日，唐继尧通电告知梁启超，云南已派遣代表缪延之赴日接灵，并致奠仪五千元，“聊表哀悼微忱”。

1917 年 4 月 12 日，与湖南长沙蔡锷将军的国葬葬礼同步，云南政界、军界、学界、商界在昆明两湖会馆设奠致祭，唐继尧亲临现场主祭并宣读祭文：

……天不欲兴中国，何以生公？天苟欲兴中国，何以死公？

……尧之与公，同心同德，如车有轮，如鸟有翼。今成孤掌，欲鸣不得。

……非公无寿，乃国无福。四万万众，同声一哭！

⊙ 蔡锷

彩云之南，是蔡锷首造共和的福地，也是他再造共和的基地。

1915 年冬，蔡锷离京赴津，立即会晤梁启超，师徒二人仔细分析了当时不容乐观的政局，确认袁世凯“元首谋逆，帝制自为”，护国一役避无可避。蔡锷愤激地说：“眼看不久便是盈千累万的人颂王莽功德，上劝进表，袁世凯便安然登其大宝，叫世界看着中国人是什么东西呢？国内怀着义愤的人虽然很多，但没有凭借，或者地位不宜，也难发手。我们明知力量有限，未必抗得过他，但为四万万人争人格起见，非拼着命去干这一回不可。”

“为四万万人争人格”，此举义薄云天！当个人生死关系到共和存亡时，蔡锷不肯逆来顺受、默尔而息，而是毫不犹豫，决意扶泰山之将倾，挽狂澜于既倒。

梁启超与蔡锷师徒二人郑重约定：“成功呢，什么地位都不要，回头做我们的学问；失败呢，就死，无论如何不跑租界，不跑外国。”这种任责不谋权的政治品德，在华夏大地上，真是旷古罕闻！蔡锷与梁启超道别后，即从天津乘船直驶日本神户，稍作停留，他交给好友张孝准几封预先写好的信件，要他到别府、热海、箱根等地去旅行，将信函寄给袁世凯，以示他在扶桑游历。其实，蔡锷已转乘日本轮船，南下香港，绕道河内，直奔云南。

蔡锷金蝉脱壳，袁世凯察觉已晚，不免气急败坏，顿足懊悔道：“自己一世做人聪明伶俐，不料这回被梁启超、蔡锷装在鼓子里头！”他饬令云南军方加紧镇压乱党，对潜入该省煽惑军队者，无论何人，拿获之后就地处决。

蔡锷间关万里，远赴天涯，他并不十分确定云南真能举义，也未曾以自己的真实意图试探过云南都督唐继尧，他担心唐继尧已封侯，得了九头狮子印，受了袁世凯笼络，会甘心赞成帝制，一旦他回绝，僵局便不易打破。不过，蔡锷在云南深耕多年，熟悉滇军的素质，并且极力推举唐继尧为云南都督，彼此之间交情匪浅，就算

⊙ 蔡锷戎装照

当面谈不拢，也不至于反目相害，所以他毅然决然地抵达越南，毗邻云南，故作不速之客。表面看去，这是行险之棋，实则他已算至五步、十步之外。

据黄兴之子黄一欧回忆，蔡锷抵达越南河内之前，黄兴已通过设立在日本的秘密机关向唐继尧紧急疏通：蔡锷只借滇军讨袁，不做都督，不留在云南，到昆明之后就率兵北征。这打消了唐继尧心中的主要疑虑。

袁氏党羽、蒙自道尹周沆和阿迷（今云南开远）县知事张一鲲同时接到密令，他们在中越边境布下网罗，夸口“雄鹰到此，也插翅难逃”。

云南都督唐继尧密令胞弟唐继禹去越南河内迎接蔡锷和石陶钧，并且电令驻蒙自师长刘祖武派遣重兵严密保护，火车直驶昆明，沿途不许停靠。嗣后，张一鲲被唐继尧下令枪决，周沆闻讯逃逸。至此，“将军拔剑南天起”已成定局。

回忆文章容易制造信息乱流，最令人惊讶的桥段出自雷飙的《蔡松坡先生事略》，说是蔡锷到了昆明，趋访云南都督唐继尧，寒暄数语后，他就慷慨相告：“我已到此，只有两个办法，不是你从我，便是我从你。如果我从你，你可将我的头断下送交袁世凯，你可得一个公爵或一个亲王头衔。如你能从我，我两人一个坐镇滇中，一个率师入川作战。两事你任择其一可也。”唐继尧说：“老前辈途中辛苦过甚，稍事休息，改日再商。”最终滇军的各级军官大多数赞成蔡锷的主张，唐继尧顺应大流，选择坐镇昆明。

四

1917 年 4 月 11 日晚间，民国以来最高规格的蔡锷将军追悼大会在长沙隆重举行，与会者有大总统黎元洪的特派代表谭延闿、副总统冯国璋的特派代表陈调元、国务院总理段祺瑞的特派代表温寿泉，参众两院、中央各部、各省督军和省长的特派代表，梁启超、熊希龄、王芝祥、孙洪伊等名流要人的委派代表，以及蔡锷将军的生前友好蒋百里、李鸿祥、郭人漳、章士钊、谭人凤等，参加追悼会的还有湖南军政负责人及各机关、各道、各界代表。

从大总统到各省要员，祭文很多，其中谭延闿的祭文简要精警，堪称大手笔：

奋翼滇池，蜚声腾越。专制铲除，共和建设。……微服出境，重莅昆明。义旗高举，公为主盟。……赤县重安，神州再奠。……千秋万代，邈若山河。……

挽联比祭文更多，其中不乏令人动容的名作。

康有为挽之："微君之躬，今为洪宪之世矣；思子之故，怕闻鼙鼓之声来。"

梁启超挽之："吾见子之出，而不见其入也；天未丧斯文，而忍丧此贤耶？"

张謇挽之："国民赖公有人格；英雄无命亦天心。"

孙中山的挽联引人注目，他将蔡锷比作汉代名将班超和马援："平生慷慨班都护；万里间关马伏波。"班超投笔从戎，慷慨有豪情；马援行军神速，精审具远略。诚然，蔡锷一身兼备两位汉代名将之优长。

当年，蔡锷将军的健康状态如何？朱德（时任护国军第一军支队长）回忆道：

"蔡锷起身向我们走来的时候，我大吃一惊，说不出话来。他瘦得象鬼，两颊下陷，整个脸上只有两眼还闪闪发光。肺结核正在威胁着他的生命。那时他的声音已很微弱，我们必须很留心才能听得清。当他向我走来的时候，我低头流泪，一句话也说不出来。他虽然命在旦夕，思想却一如既往，锋利得像把宝剑。"

蔡锷决意率领护国军第一军进攻四川，朱德当即阻止道："可是你不能带队去啊！你有病，要送命的。"蔡锷看看朱德，又把目光转移到别处，毅然表示："别无办法。反正我的日子也不多了，我要把全部生命献给民国。"

护国军誓师出征，中华民国护国军总司令蔡锷宣读首义誓词：

"拥护共和，我辈之责。兴师起义，誓灭国贼。成败利钝，与同休戚。万苦千难，舍命不渝。凡我同人，坚持定力。有渝此盟，神明必殛。”

众军官歃血为盟，个个神情坚毅，共襄壮举，义无反顾。蔡锷赴昆明起兵讨袁，其初衷昭昭可见，不为抢地盘，不为夺兵权，只为保住共和。

1915 年 12 月下旬，云南通电全国，宣布独立，袁世凯则忙于“改元”“建朔”，试穿龙袍，他电令北洋军第七师师长张敬尧火速从湘入滇，弹压叛军。

蔡锷讨袁护国，竟敢以饥疲之师轮替作战，挑战凶暴之敌，与其说是其勇气和智慧使然，倒不如说是其信念使然：“我们的力量是活的，越来越大；袁世凯的力量是死的，不但不会发展，而且只会越来越小。”因此他能排除万难，抓住那千分之一的渺茫希望。

袁世凯失道寡助，蔡锷藐视其“死的力量”，极有见地。袁世凯一命呜呼后，坊间流传一副挽联，堪称绝妙，上联是“起病六君子”，下联是“送命二陈汤”，“六君子”确指“筹安会六君子”，“二陈汤”确指陈宧、陈树藩、汤芗铭三干将。“死的力量”太具有迷惑性了，最终将袁世凯送进了楠木棺材。

1916 年初，袁世凯向蔡锷的部下、第一梯团长刘云峰许以重赏：“能生擒蔡锷来京者，封男爵，赏三十万元。如不能生擒而刺死蔡锷者，封爵外赏十万元。”恐怕只有烧坏了脑子的病夫才会打这样的如意算盘。

护国军入川，仗仗皆硬仗，朱德回忆道：“纳溪曾经三次易手。蔡锷的声音越来越弱，两眼却依然炯炯有光，军服穿在他那瘦骨嶙峋的身上，就象寿衣一样。”蔡锷亲临前线，每天的睡眠时间很少超过三个钟头。饭里有砂，硬吞；弹药不足，拼刺刀；士卒跟着蔡将军为共和而战，为人格而战，“蔡将军死在哪里，我们也都欢欣鼓舞地死在哪里”。有一次，蔡锷巡视前线，遭到敌人机枪的火力压制，险些就回不来了。

1916 年 1 月 31 日，蔡锷在毕节致书如夫人潘蕙英：“余素抱以身许国之心，此次尤为决心，万一为敌贼暗算，或战死疆场，决无后悔。但自度生平无刚愎暴厉之行，而袁氏有恶贯满盈之象，天果相中国，其必以福国者而佑余也。”在另一封家书中，蔡锷告诉潘蕙英：“此次事业，较之辛亥一役，觉得更有光彩，而所历之危险亦大，事后思之，殊壮快也。”辛亥革命起源于武昌，蔡锷在云南起兵，只算响应和策应。护国一役则全然不同，滇军首义，蔡锷是发起者。辛亥革命推翻了一个满人皇帝，建立了共和国；护国战争推翻了一个汉人皇帝，恢复了共和国。二者之功勋可相提并论，也可等量齐观。

蔡锷病重而川乱又起，川军第一师师长兼重庆镇守使周骏进攻成都，护国军被迫迎战。蔡锷不得不接受四川督军兼省长的任命，到成都力疾视事，整编在川军队，统一财政收支，制定军队与官员的奖惩条例。蔡锷到成都就任四川督军兼省长不到十天，他就让参谋长罗佩金代理自己的职位，其喉疾已愈益加剧。

蔡锷带着随从、医生和护士顺流而下，在朱德的老家泸州休息了几天，又继续赶路。朱德留意蔡锷的病况，绝望的感觉涌上心头。这位上司看上去就像一个幽灵，虚弱得连两三步路都走不动，声音微弱，朱德必须躬身到床边才能听清楚他的细语。

蔡锷深知自己重病痊愈的希望已经渺茫，死神的力量并不等同于袁世凯那种“死的力量”，他一生好胜，唯此局难赢。

五

1917 年 4 月 12 日，蔡锷将军国葬日。这天从上午八时起，长沙城内狂风大作,豪雨瓢泼。细检《谭延闿日记》,对于当日的天气，他笔下有十六字描写 :“大风怒号,雨脚如绳,寒气侵人,无不瑟缩。”众人纷纷猜测,有偌大的风雨来搅局,蔡锷的国葬仪式会不会改期。

这天，“全城各乐户、戏院一律停止开弦，民间停止婚嫁，无论何人均不许宴会，全城下半旗三日以示哀悼”。

湖南《大公报》总编李抱一撰文报道 :“维民国六年四月十二日，元勋蔡公松坡国葬于岳麓山之阳，四方会葬者数千人。元首以次，国事鞅掌，不能行，亦各驰一介使来。薤歌相闻，素车属道 ; 市民空巷观礼，亦相与欷歔。呜呼，盛矣！”

李抱一感慨悲怆的是，蔡锷“只手挽定共和，还诸国人”，病逝之后不到半年，国事就已“日不堪问”，衮衮诸公辜负了蔡将军的遗愿，仅仅一场国葬，如何能回报他生前的期望?

上午九时正，五响礼炮轰鸣，国葬仪式如期举行。大总统黎元洪特派代表、湖南省长兼督军谭延闿率文武官员与中央特派员、各省各界代表及来宾躬亲执绋，参与送葬的还有各国驻湘领事，以及各校师生、省城市民,总计人数不下五千人。“街道上送葬的人太多,伞具无法撑开，所有人都淋得一身透湿。”

送殡队伍从藩后街出发，经东长街、贡院东街、贡院西街、督军署、小东街（时务学堂所在地），沿福胜街、西长街出大西门，分别往四大码头乘船过江。江岸上，有座巨型的白布坊，前书“英雄逝水”，后书“天柱双倾”，联语用斗大的颜体字写成 :

四海同悲，伯仲勋名怀击楫 ;

万方多难，苍茫风雨泣同舟。

“双倾”指黄兴、蔡锷相继殒逝，“伯仲勋名怀击楫”指黄、蔡二公都曾经在湘江击楫中流，如同晋代名将祖逖一样怀有报国之志。

蔡锷将军的灵柩由南咸轮载运，船绕水陆洲（今橘子洲）至岳麓山。由于雨骤风狂，涛惊浪骇，出于安全考虑，过江小船一律停开，送葬的各界人士只得望江兴叹，废然而返。唯有中央特派员、各省各处代表及长沙各机关主管长官乘军舰渡湘江，护送蔡锷灵柩上岳麓山。

此前，为了办妥蔡、黄二公的国葬（时间先后仅相隔三天），方便灵柩和送葬人员上山，省政府直辖的营葬事务所决定开辟一条长约十里、宽约二丈的马路，起自湘江河岸牌楼口，绕出清风峡外，止于响鼓岭。与此相匹配，湘江边还添修了大码头，但此时尚未完工。

那天，谭延闿身披雨衣，脚穿皮靴，率领外宾和各界代表徒步先行，遗族、护送的军人、灵柩在后跟随。谭延闿在日记中这样写道：“泥滑路难，吾又足痛，勉强登山，颇觉喘气。”午后二时左右，灵柩抵达墓地，稳妥地置放于墓穴内，依照礼仪摆放祭案，陈设祭品，然后由大总统特派代表谭延闿率同各会祭官员二十余人致祭，由范治焕担任赞礼官，袁家普担任读祭文官，鸣放国葬礼炮十七响，演奏军乐，行礼如仪。礼毕，众人仍乘船返回江东。当时已是下午五时。

从上午九时出发，到下午五时完成国葬仪式，其间共计用时八个钟头。

风声、雨声、波涛声、汽笛声、礼炮声，还有人群中的哭声、啜泣声、山间的溪水声、林涛声、鸟鸣声……汇成交响乐，这自然之声不是贝多芬的《英雄交响曲》,却胜似贝多芬的《英雄交响曲》。

朱德参加过护国战争，先为支队长（相当于团长），后为旅长，深得蔡将军的赏识，他告诉美国记者史沫莱特：蔡锷是个典型的知识分子——体弱面白,“瘦瘦的脸上,两眼相距甚宽,双颊略象女性,但口角却显得严峻、刚强。为人沉静，态度庄重，对待自己及对待所有学员都要求甚严。时间可以证明，这个瘦弱的人乃是当时最出色、最富潜力的领导人之一，拥有与生俱来的组织和行政天才——而且是一个连最狡黠善变的官僚也会中他计谋的领导人”。朱德视蔡锷为“指路的明灯”，还称赞他是“危险的智星”。作为佐证，蔡锷部属周钟岳的忆述值得留意：“蔡公恂恂如书生，而英迈不群之气，溢于眉宇。其性坚忍深沉，平居不轻自表露，而遇当为之事，则奋厉踔发,穷日夜不息,无论如何艰阻,必期于成；又断制力极强，每议一事，众论纷呶，公徐出一言，则当机立断；自奉甚约，洁己奉公，不肯滥用一人，轻举一事……”

“敢唱满江红一阕,从头收拾旧山河”，这是蔡锷诗作中的壮句。他智勇双全,极富自信,均得力于精神卓绝。他曾对好友蒋百里说：“我面对困难，精神才会崭露。”1916年春，护国之役，争夺纳溪一仗最为凶险，亦最为关键。当护国军士气渐趋低落时，蔡锷鼓舞将士，与他们同生共死，士气遂复振。蒋百里对蔡锷知之甚悉，讲起他超强的好胜心，很有趣致：“公身不魁伟而绝有力。好弈，终夜不肯休，艺之强者，常以精神不继而负。其书法别成一家。公之东下,天下人无不想见颜色。有面谀者既退,公曰：‘咄,不算回事,战胜于国外乃为雄。’”蔡锷有志率领中国军队战胜外敌，这与湘籍

⊙ 蔡锷墓

先贤左宗棠的意愿如出一辙。

六

我登上岳麓山，肃立在蔡锷将军的墓塔前，不禁生发幽思。他抱有奇才壮志，是一位顶天立地的人物，视个人良知和全民人格为第一生命，要保全它们，不惜赴汤蹈火，与奸雄、劲敌、病魔、死神轮番搏杀。

一百多年前，梁启超就盛赞爱徒蔡锷是“天然的英雄”。

拿破仑曾说：“一百年后，东方将有兵略家出，承其古昔教训之原则，为欧人之大敌。”拿破仑的预言原本可以应验，这个不二的人选就是蔡锷，他精研古今中外的兵法，具有澄清浊世、戡平乱局的魄力。然而天妒英才，名将中路崩殂，这确实令人扼腕痛惜。

英雄的生命是什么？它是荒歉年代的一垅麦子，饥饿溜走了，还会疯狂回扑，可怕的是，麦种被短视浅识的人磨成面粉，纵然挺得过暂时的难关，也挺不过最终的绝境，这样的悲哀才是最沉重的。有人说，英雄不短命，便不足以称为英雄；美人不短命，便不足以称为美人。闻此言，惜才者痛心疾首，怜香者情何以堪。

真正的英雄，尤其是那些具有唯美气质、狂飙性格和浪漫情怀的英雄，他们的生命犹如风中之烛，总是燃烧得异常之快，熄灭得异常之早，“赍志以殁”这四个字，犹如中药店里的大黄，是短命的英雄留赠后世的一味解热的苦药。

我肃立在蔡锷将军的墓塔前，凝望墓塔上那块高达数米的方尖碑，“将军拔剑南天起”的歌声依稀萦绕在耳畔，被雨打风吹去的从来都只是山中的落叶，而不是他的豪情，也不是他的雄心。我细观墓塔的围栏，从诗文、联语和墓铭中找到一行清晰的字样——

“是真革命之先觉,乃敢特立而独行”。谁能够透辟地理解这行文字，谁就能深刻地认识蔡锷比班超和马援更了不起的雄奇之处。他将已在中国存活两千多年的帝制一举掀翻，这条死而不僵的百足之虫再无苟活的余息，再无反噬的余力。

我久久徘徊于蔡锷将军的墓塔旁，迟迟不愿离去。由衷的敬意自然而然地从心湖中升起，仿佛唤起一群雪白的鸥鹭。

梁任公《护国之役回顾谈》的结尾值得再听，它应和着岳麓山的阵阵林涛，持久不绝地回荡又回荡：

蔡公死了吗？蔡公不死，不死的蔡公啊！请你把你的精神变作百千万亿化身，永远住在我们青年心坎里头。

将星之光日夜闪耀，历史的丰碑上久已镌刻他的姓名，为四万万同胞争人格，甘愿赴汤蹈火，这份神勇乃是千古传奇的坚实内核。

折楫中流

民国时期，“湖湘三杰”黄兴、蔡锷、宋教仁为举世所敬重，可惜天不假年，令人扼腕。宋教仁的遗体葬于上海闸北公园内，其墓未能与黄兴墓、蔡锷墓齐聚岳麓山上，这的确是一个不小的遗憾。

一

但凡读过《桃花源记》的人，谁敢说自己没被陶渊明的文笔撩到心痒？谁敢说自己不愿代入那位武陵渔父的角色，偷渡入境做个快活神仙？“缘溪行，忘路之远近。忽逢桃花林，夹岸数百步，中无杂树，芳草鲜美，落英缤纷”，钻进秦人洞，“仿佛若有光”；钻出秦人洞，“豁然开朗”，“乃不知有汉，无论魏晋”，山民与世无争，与人无尤，和平长长久久，这样的乐土和福地，想象中必须有，现实中可能有吗？

宋教仁出生于湖南桃源县，在武陵源中长大，对世外桃源的向往，自然超乎众人。十六岁时，他“常效作诗”，某夜偶得一联，“月来窗纸薄，露下客衣单”，很开心。某日，在县城晚眺时，他吟

⊙ 宋教仁

成七律一首，颔联、颈联为“晚烟绿隐临江树，早稻黄催负郭田。楼阁参差余落日，关河萧索咽残蝉”。数年后，宋教仁在日本留学，忽然记起旧句“早稻黄催负郭田”，顿生乡国之感，憬然有诗谶之异。

1899年，宋教仁就读于漳江书院，吟成壮句“莫使真心堕尘雾，要将热血洗乾坤”的诗句，你说他是志士还是愤青？在学业上，他从不轻忽懈怠，于书无所不读，自信可以“文不借笔，武不借刀”，发出过“英雄起事赖文章”的感慨。

二十岁那年，宋教仁做了一件出格且危险的事情。参加府试时，他借题发挥，大胆造句：“不惜杀一人以谢四万万同胞，不惜杀一人以安万世之天下！”他并未明言要杀谁，矛头却暗指慈禧太后或李鸿章。奇怪的是，他并未因为忤逆桀骜而被黜落，反倒受到阅卷官的激赏，以第八名补博士弟子员。

在弱冠之年，宋教仁的眼界尚不开阔，但现实比教科书更能教他明白事理。他从小目睹官府鱼肉百姓，贪暴寡恩，升斗之民饱受欺凌，悲苦无告。读圣贤书就是为了做大官，做大官就是为了发大财，发大财就是为享洪福，他拒绝接受这样的逻辑推导。孔子郑重叮咛众生 :“邦无道，富且贵焉，耻也!”同读圣贤书，各自会读出迥异的结论和效果？疑惑在滚雪球，觉悟自然也在滚雪球。

1903 年，黄兴从日本游学归来，在武昌演讲其革命主张，宋教仁心悦诚服。志道相合，肝胆相照，两人很快就结为莫逆之交。这年冬月，他们开始秘密组织国内第一个革命团体——华兴会，翌年初春，华兴会在长沙成立，“开中国内地革命之先声”。

1904 年 10 月，长沙起义谋泄失败，黄兴、章士钊、刘揆一等华兴会主脑纷纷出逃。宋教仁尚在桃源变卖家产,未及时接到消息。其日记《我之历史》记下了这段涉险脱难的经历。

10 月 31 日,宋教仁雇客船离开桃源,拟赴省城筹款,与胡范庵、晏熊结伴同行。五天后，船抵长沙。宋教仁登岸后，先到东牌楼寻崇正书屋,“门已封闭,寂然无人迹”。他以为这个联络点已经迁走,便到浏阳门街寻东文讲习所，这个联络点也已关门大吉，他便起了疑心。最奇怪的是，他去黄兴家找人，门房说黄兴已出门十余日，不知所往。这么多的异常情况凑在一起，宋教仁于茫然之际认定近期必有变故。所幸他在福兴街遇到好友曹亚伯，曹亚伯见他在街上东张西望，顿时大惊失色，将他领至圣公会堂的密室，以详情相告 : 长沙城里已处死二人，一个是游得胜，一个是萧贵生，都是为华兴会放票致罪被捕，湖南巡抚俞廉三派兵四处捉拿黄兴、刘揆一等要犯，游得胜死前供出数人，据说其中有常德宋姓者。曹亚伯催促宋教仁赶紧逃生。“余猝闻之下，心忙意乱，乃率尔辞去。”真正

⊙ 宋教仁手迹

令宋教仁恐慌的是，他和同伴胡某、晏某均囊空如洗，须在长沙筹款之后方可脱身。

11月6日，宋教仁至高等学堂见到戴琫章，商借二元银洋。途中，他再次遇见好友曹亚伯，一同去圣公会堂会晤黄吉亭牧师，后者出示刚抄来的游得胜、萧贵生的口供，上列华兴会五路总管的姓名，宋教仁的姓名误写为“宋家仁”。曹亚伯透露，省城清兵已于昨日赴常德严拿要犯，直冲宋教仁而去，他应当赶快出逃，逃得越远越好。

长沙城表面上一切如常，实则外松内紧，唯有当事人能感受到那种氛围的惊悚可怖。宋教仁觅得一艘开往汉口的炭船，谈好了搭乘的船费。因为此前在途中已将行李典当，他入城购置了一床被具，下午还去了一趟好友黄尹持家中，若无其事，与黄尹持、黄葵修、黄倩容兄弟相谈甚欢。黄葵修不知宋教仁已被通缉，还以为他去湖北上学，交给他一块银洋，托他购买两张彩票。当晚，宋教仁就住在炭船上，翌日发船，开往汉口。途中，宋教仁在靖港遇到了昔日的室友王寿庵，对方也不知道他被通缉，坐谈良久，一起吸烟。

11 月 9 日，炭船驶入浩渺的洞庭湖。翌日，船过岳州螺山，宋教仁口占长歌一首，堪称楚辞之嗣音：

> 噫吁嘻，朕沅水流域之一汉人兮，愧手腕之不灵。
> 谋自由独立于湖湘之一隅兮，事竟败于垂成。
> 虏骑遍于道路兮，购吾头以千金。
> 效古人欲杀身以成仁兮，恐徒死之无益，且虑继起之乏人。
> 负衣徒步而走兮，遂去此生斯、长斯、歌斯、哭斯之国门。
> 嗟神州之久沦兮，尽天荆与地棘。
> 展支那图以大索兮，无一寸完全干净汉族自由之土地。
> 披发长啸而四顾兮，怅怅乎如何逝？
> 则欲完我神圣之主义兮，亦惟有重振夫天戈。

在日记中，宋教仁未能完整录下这首长歌，可惜！

11 月 16 日，船至武昌，宋教仁入住文昌门附近的庆云栈，写信给母校文普通中学堂的好友曾松乔，相约一见，又逛书店，购得畅销小说《施公案》和《七剑十三侠》。曾松乔应约而至，告诉好友，武汉风声很紧，科学补习所已被查封，武昌知府梁鼎芬正在追查华兴会志士胡瑛，“今日各营兵皆装束齐整，满街梭巡，城门严查出入，以防华兴会趁机起事”。好巧不巧，翌日，宋教仁在南楼购衣，邂逅了乔装打扮的胡瑛，悲喜之情，不可名状，便相偕到黄鹤楼旁的茶馆坐谈，胡瑛讲述了自己在湘阴获悉起义失败的消息，逃至武昌，才知华兴会的同志星散，补习所被查封，所幸关键人物无一被逮，均已逃至上海，在新马路余庆里组成新机关启华译书局作为掩护。

此后，宋教仁逃离武昌，前往上海，再逃离上海，前往东瀛。在逃亡途中，各路鹰犬并未直接盘查过他，但风声鹤唳，草木皆兵，恐怖气氛盈满字里行间。

二

1904 年 11 月，宋教仁在逃亡途中口占七绝一首：“满地腥膻岁月过，百年胡运竟如何？我今欲展回天策，只奈汉儿不肖多。”国人沉酣未醒，为虎作伥、助纣为虐的不肖者甚多，革命者暂且还只能蛰伏。他人在江湖，自号“渔父”。

到了东瀛，宋教仁就读于日本著名的私立大学——早稻田大学，他钻研政法，同时涉猎历史、地理、财经、哲学等科目，读吕叔简的《呻吟语》，读王阳明的《传习录》，读石村贞一辑录的《泰西名言》，在日记中抄摘了不少有益于良知良能的语录，“大其心，容天下之物；虚其心，受天下之善；平其心，受天下之事；潜其心，观天下之理；定其心，应天下之变”，“人惟患无志，不患无功”，“君子以正直行义，以诚实发言语”，“无德行与智识者，祟邦国之祸基”，“一心必成多事，多心不能成一事”，诸如此类。宋教仁于学无所不窥，在日本三年间，他购书之多、译书之多和读书之多令人咋舌惊叹。

当年，不少中国留日学生荒废学业，虚度年华，宋教仁却邃密群科。留学期间，他翻译了《日本宪法》《英国制度要览》《德国官制》

《美国制度概要》等十多部有关国家制度和法律的专著。对欧美各国政治制度和宪法都有深入的研究，使他成为中国人在研究近代政治制度方面首屈一指的理论家，为日后的政治生涯完成了丰厚的知识积累。

在同盟会中，剽忽敢死者多，条理缜密者少，宋教仁总是比别人想得更远。破坏易，建设难，将来要组织共和国，建设是个大问题，他抱此计划而毅然以之自任，与一些志同道合的留学生聚会，研究政治和法律。“每次讨论，有争议时，只有宋教仁能本末悉举，大家都很服气。”宋教仁特别留意人才，常用红蓝黑三种颜色的铅笔分类记下结交者的个性、爱好、志向和才能，做到心中有数。日后，他组织国民党，将同党人才和异党人才搜罗殆尽，可谓多年之功，一朝见效。

章太炎目高于顶，一向藐视群雄，他评点当代人物，首推宋教仁为宰辅之才。

理学家重道德，革命者也须重道德。朱熹的自警诗，“十年江海一身轻，归对黎涡却有情。世路无如人欲险，几人到此误平生”，未可完全抹杀。情与欲，是革命者必过的难关和雄关，在异国他乡更是如此。宋教仁留学期间，便一度有过感情恍惚。

1906年春天，宋教仁结识西村千代子，对方谈笑晏晏，出众的美貌令他心旌摇摇。这年3月14日晚间7点，千代子来访，“实出余意外，余大喜慰”，两人同至聚丰园品尝茶点，相处甚为欢洽。然而这感情的火苗很快就被宋教仁的友人吴绍先和杨勉卿联手掐灭了，他们上纲上线，批评宋教仁好色不好德。宋教仁明知“千代子言笑在若有情之间”，内心经过一番激战，最终决定“姑下一决志，切莫负此良友，而听从其言”。

凡是读过平江不肖生的揭露小说《留东外史》的人都知道，当年不少中国留学生在日本花天酒地，蝶浪蜂狂，某些革命党人也入乡随俗，不免于狎邪之行。但宋教仁只有过短时间的心思恍惚，便重返正道。

宋教仁具备诗人的真性情，情绪常有较大起伏，从事政治，这是不小的妨碍。在同盟会中，他排在孙中山、黄兴之后，是第三号人物，他与孙中山有过政见不合，但他明处做事，决不另立山头。

清末，革命党的武装起义屡仆屡起，屡起屡仆，革命成功的希望忽明忽晦，忽晦忽明。当时，悲观情绪就如同流感病毒一样广为传染。黄兴是侠骨豪肠硬汉子，尚且动过自杀的念头。章太炎说宋教仁在东京时“常郁郁，醉即卧地狂歌”。在 1906 年 2 月 22 日的日记中，宋教仁也自承“忧闷交集，兀然独坐，愁苦之极，至有披发入山之思”。

宋教仁一度患有较严重的神经衰弱症，先赴青山帝国脑病院，请院长斋藤纪一诊治，后赴东京脑病院，请院长后藤省吾诊治，且住院疗养了两个多月。病况非轻，纵然醉酒狂歌，也难以纾解。每逢长夜，漂泊者倍感孤独悲愁，在宋教仁 1906 年的日记中屡屡可以见到这样的魅影，“怆然泣下者良久”（4 月 12 日），“时夜方雨，孤灯对坐，万种凄凉，交集于心”（4 月 26 日），“夜，心中烦闷不堪，思及一切世事，皆令人烦恼之具，甚苦也”（8 月 4 日），“烦恼更甚，似又愦懑，甚难过”（9 月 19 日），“心中轴辘上下，悲感不堪，一时泪下如雨，几至失声，约二时间乃稍已，则衾枕皆有湿痕矣”（10 月 5 日）。最奇的是，1906 年 9 月 21 日，东京脑病院的护士长劝导宋教仁解除戒色禁欲的苦行，“与其勉强把持或成病因，则不如偶一为之，犹能使心内淡泊也”，令后者顿生疑虑。

1906 年 9 月 26 日，宋教仁在日记中写到家中的困境：收到哥哥宋教信的家书，知悉家中经济极度拮据，“衣物俱已当尽，又因饥荒预备积谷，将青苗田出售始了事，又言老母甚思念余，又甚望余之归家，又甚望余寄金回家或自己携回家，以纾家困云云”。宋教仁读罢家书，“更加忧愁丛生，安得振翼一飞以归省吾老母耶！又安得一获多金寄家以慰吾母之怀，以供吾母之甘旨耶！噫，余之处境真难堪矣！愁思良久，遂急就寝”，他知道，哥哥宋教信烟瘾日深，赌兴正浓，写信回家规劝，根本无济于事。五天后，他赋《思家诗》，“去国已三载，思家又一秋。亲忧知白发，闺怨定蓬头。禹城腥膻满，天涯道路悠。有家归未得，期待灭匈奴”，解决办法唯有民族革命一途，此外别无出路。

革命志士乃是有血有肉之人，身处逆境，性格之刚强和脆弱亦如硬币的正反面，就算宋教仁偶尔厌世，购读小说《石头记》(即《红楼梦》)等驱遣烦恼，也属正常，不必大惊小怪。意外的是，他对这部古典小说名著评价不高：“观《石头记》至第二十一卷，觉除写恋爱嫉妒之情外，无他文字，甚觉其平云云。”后来，他还是认为此书“但写人情之不可测，有暗合心理学处者而已”。

这年 10 月 27 日，宋教仁续成五言律诗《将晓》一首：

更残犹不寐，起坐独徬徨。
月落千山晓，鸡鸣万瓦霜。
客中忧病累，海外伤国亡。
谁继枕戈志？中原逐犬羊。

此作定稿远胜初稿，不复局限于异域为客的落寞感伤，尾联彰显了志士豪情。

宋教仁留学期间即已决定从政，他赞成日本明治时期头牌政治家大隈重信的名言："政治为吾人之生命，吾人一日不死，则一日不忘政治。"

三

1912年，宋教仁膺任南京临时政府法制局局长，独力草成多项法规，令时人赞佩。奸雄袁世凯极其欣赏他的政治才华，私底下对心腹亲信说：

"孙、黄诸人，均不足畏，所可畏者，惟湖南人小宋而已。"

在大庭广众之下，袁世凯则做出如下评点：

"黄克强忠厚笃实，汪精卫文彩奕奕，李烈钧英气勃勃，只有宋教仁心细才长，是民国最有希望的人物。"

袁世凯极力笼络宋教仁，邀请他牵头组阁，出任国务总理，但遭到后者婉言谢绝。嗣后，宋教仁还退还了袁世凯馈赠的五十万银圆的支票。在他看来，国务总理不应该由总统袁世凯直接任命，唯有国会能够代表民意，决定由谁来组阁。

在宋教仁眼中，袁世凯是个"不学无术，其品更恶劣可鄙"的角色，他怎会入其彀中？而宋教仁的政治理念过于超前，他极力主张的政党政治被袁派政客嫉视为"架空之术"。

1912年8月13日，宋教仁亲笔起草《国民党宣言》，开宗明义：

一国之政治，恒视其运用政治之中心势力以为推移。其中心势力强健而良善，其国之政治必灿然可观；其中心势力脆薄而恶劣，其国之政治必暗然无色。此消长倚伏之数，固不必论其国体之为君主共和，政体之为专制立宪，而无往不如是也。天相中国，帝制殄灭，既改国体为共和，变政体为立宪，然而共和立宪之国，其政治之中心势力，则不可不汇之于政党。

这篇宣言充分体现了宋教仁要澄清政治、建立强健而良善的中心势力的初衷。他的游说竟收到奇效。

1912年8月25日，同盟会与统一共和党、国民共进会、共和实进会、国民公党正式合并为国民党。宋教仁的才华、智慧、感召力、执行力摆在那儿，有目共睹，他被党员代表推举为九位理事之一，孙中山委托他代理理事长。国民党占据国会参、众两院多数席位后，由宋教仁组阁，乃是大势所趋。

袁世凯见政局并未朝着对自己有利的方向发展，深感忧烦和不快，他认为宋教仁制定的《临时约法》如同唐僧的紧箍咒，令人头痛不堪，要是由宋教仁组织政党责任内阁，他必然四大皆空。袁世凯反复强调，他不愿"自居于既神圣又赘疣的位置"，不肯充当民主政治的摆设。

宋教仁的想法非常明确："我们要在国会里头，获得过半数以上的议席，进而在朝，就可以组成一党的责任内阁；退而在野，也可以严密地监督政府，使它有所惮而不敢妄为，应该为的，也使它有所惮而不敢不为。"

政党责任内阁必然对总统念紧箍咒，但宋教仁并非专门针对袁世凯，他的见解是："内阁不善，而可以更迭之，总统不善，则无术更易之，如必欲更易之，必致摇动国本。此吾人不取总统制而取内阁制也。"

外界谣诼纷纷，多说宋教仁想当国务总理，故力主政党责任内阁制。宋教仁认为，通国之中，任谁想当国务总理都不可羞，倘能自信，正道直取，不妨当仁不让。有志者欲负此绝大之责任，只应问他能力之有无，非议嘲笑则大可不必。

真正危险的是，宋教仁在南方抨击北京政府一年来“几无一善状可言”，外交只知偷安，财政只知借款。袁世凯及其亲信无不怀恨在心。赵秉钧时任国务总理，尽管他与宋教仁称兄道弟，维持着表面上的交情，骨子里却充满嫉恨，害怕被小宋取而代之。

四

当年，宋教仁是中国政治舞台上最富激情、理想和才华的青年翘楚，是政党政治最富驱动力和号召力的宣传者、推行者，假若他能如愿以偿，组成以国民党为主体框架的政党内阁，袁世凯的专制手段就会迅即失灵，总统的权力就会大幅缩水，北洋系亲信的地位也将摇摇欲坠。袁世凯自然不甘心坐以待毙，他祭出了两大高招：一面假意邀请宋教仁赴京“会商要政”，一面授意国务总理赵秉钧，派杀手在宁、沪两地逡巡，乘宋教仁尚未在其虎皮交椅下掀起超级风暴，伺机刺杀这位头号政敌。

当年，有记者叹惜道：“宋渔父不是天生的政治家，而是天真的政治家。”意思是，宋教仁既无害人之心，也无防人之心。民国初年，南北政争，无不暗潮汹涌，险象环生，宋教仁穿行于野兽出没的丛林深处，遇害是大概率的事情。

1912 年 10 月 18 日，宋教仁在长沙主持完国民党湖南省国会议员的选举后，回到桃源。宋教仁逃离故土时二十二岁，亡命扶桑，乃一介文弱书生。此番回家，他已是民国要人。宋母白发苍颜，挽留儿子，一语催泪：

“你活着回家了，就不要再离开了呀！”

宋教仁有政治理想要去实现，不能恋家。这一别就是永诀。

1913年2月，在国会竞选中，由宋教仁领衔的国民党独得三百九十二个议席，一举成为国会中的多数党，组阁已无悬念。宋教仁闻讯之后，意气风发，在杭州南高峰吟出壮句“海门潮正涌，我欲挽强弓”。

宋教仁堪称天生的演说家，其言论风采倾动一时。历史学者唐德刚描述道：

“他少年气盛，精力过人，心比天高，自命不凡，又生个倔强的个性和毫无顾忌的大嘴巴。做起演说来，听众掌声如潮，欢声雷动，使政敌听来，就真以为他是拔毛成兵的齐天大圣了。”

殊不知，彼时袁世凯的浑圆大脑瓜中只疯跳着一个青磷鬼火般的念头：

“我不杀渔父，渔父必图我！”

1912年底，谭人凤在汉口得到陈犹龙的密报，黑道人物应夔丞暗中支领中央巨款，形迹可疑。宋教仁从湖南来到湖北，谭人凤以惯常幽默的话风提醒道：

“高明之家，鬼瞰其室。日间陶痴在京，侦得一极可疑虑之事，弟负物望，袁必见忌，宜稍知戒备焉。责任内阁现时难望成功，劝权养晦，无急于觊觎总理。予若任巡阅，备一火轮，相与载酒同游，浏览长江风景，不较置身内阁万几丛脞之为愈乎？”

宋教仁是怎么回答的？面对多年好友，他不打诳语，只有一贯的坦诚：

“总理我无冀望之心，载酒游江，亦诚乐事，惟责任内阁实应时势之必要，未便变其主张也。戒备之说，前在湖南亦有以此言相勖者，实则杯弓蛇影之事也，请毋虑。”

宋教仁抵达上海之后，陈其美、徐血儿等人也以种种传闻相告，再次劝他多加防范。宋教仁仍固持执念：谣言徒乱我心，不必在意。

此事其实很吊诡，当时革命党人陈其美膺任上海都督，难道保护宋教仁这么重要的事情不应该由他亲自操心布置吗？后来江湖上谣传陈其美实为幕后黑手，他也无词洗脱嫌疑。

五

1913年3月20日，夜间十点多钟，在上海北车站，黄兴、廖仲恺、于右任等人为赴京的宋教仁送行，他们谈笑风生，刚走到检票口附近，突然闪出来一个身形矮小的刺客，朝人群连射三枪，其中一弹从渔父的右后肋斜入腹部，是致命伤。

宋教仁中枪后，大家赶紧将他送到老靶子路沪宁铁路医院，不巧的是当时医生外出，须等待一晌。宋教仁痛极，仍嘱咐身旁的于右任：

“我伤成这样子，估计再好的医生也已无力回天。请你记着，将我在南京、北京和东京寄存的书籍全部捐赠给南京图书馆。我本是一介寒士，老母还健在，如我死后，请克强与您还有各位老朋友代我照料。”

医生到院后，迅速检查伤口，调子极为悲观：

“要将宋君的生命救回，已只剩下百分之一的希望。”

宋教仁告诉闻讯赶来采访的《民立报》记者锡三：

“我并不怕死，但伤处的痛苦太折磨人了。我没料到南北调和之事这等艰难，时局如此，奈何！奈何！……可惜凶手在逃，不知误会我的竟系何人。”

宋教仁最难以释怀的显然是他的政治理想有即刻灭灯的危险，于是他请好友黄兴代拟一通《致袁总统电文》，尚有哀恳："伏冀大总统开诚心，布公道，竭力保障民权，俾国家得确定不拔之宪法，则虽死之日，犹生之年。"

宋教仁真是宅心仁厚的长者，竟然未怀疑袁世凯就是暗杀事件的主谋。仁者无蛇蝎心肠，仁者爱人，并且以仁心度人。不管袁世凯看完这封电文后是否磔磔冷笑，宋教仁具备顶流政治家的大境界、高品格，则毫无疑问。

3 月 22 日下午四点多钟，由于医药罔效，宋教仁溘然长逝，年仅三十一岁。中华民国草创未久,这无疑是政界最为惨重的损失，是南北彻底撕裂的开始。

黄兴曾经质疑道："凶手是否欲杀我而误中宋？殊难悬断。"刺客武士英的枪法好到令人绝望，他事后招供，买凶者指定的刺杀对象是宋教仁，而非黄兴。

1920 年，蔡元培对此事有个分析，应该是无限接近真相的："先生百计联络，始以同盟会与其他三四政团相结合而组织为国民党；以为有此多数党为大本营，足以操纵袁氏。既而知袁氏终不足与有为，乃舍袁就黎，遂以此触袁之忌，而先生死矣。"蔡元培将宋教仁的死因总结为四个字——"舍袁就黎"，黎是黎元洪，当时的副总统，宋教仁挑边站，他更看好黎元洪，这就触犯了袁世凯的心头大忌。

在各界施加的强大压力之下，上海总巡捕房仅用几天时间就将暗杀宋教仁的两名凶手一举抓获。原来，此事是由江苏巡查长、青帮头目应桂馨收买退伍兵痞武士英所为。可悲可叹之处就在，应桂馨所付的买凶费才三十块银圆。

当年,“宋案”是民国第一大案,侦办过程颇有蹊跷和诡异之处,最奇者有二。

1914 年 1 月 19 日，应桂馨在京津列车上被人抹了脖子，血溅包厢。

2 月 27 日，国务总理赵秉钧死，传闻系被袁世凯鸩杀。据说，这位顶级奴才见应桂馨喋血遇害，兔死狐悲，竟派人追缉凶手，致电袁世凯鸣不平 :“此后还有谁肯为总统做事?”此言一出，赵秉钧必死无疑。

在中国近现代史的交接处，宋教仁自号“渔父”，也确实扮演着“渔父”的角色，那么他究竟是一位怎样的渔父呢?他不像《水浒传》中的阮氏兄弟,也不像《白鲸》中那位偏执狂似的埃哈伯船长,他倒是颇有几分像《老人与海》中那位刚毅沉着的老渔民桑提亚哥,后者付出八十余日的艰辛努力,拖回一具巨大的鱼骨。更不幸的是,宋教仁以毕生努力拖回的“鱼骨”竟遗落中途。无论是桑提亚哥,还是宋教仁，他们的生命意义都已经浓缩为一句极其精辟的名言 :

“一个人并不是生来要给打败的，你尽可以把他消灭掉，但他的精神是不可战胜的。”

孙中山撰诔词称道宋教仁 :“为宪法流血，公真第一人!”

在中国近代史上，湖南从来不缺少这样的第一人，宋教仁确实可以当仁不让。

欲支江山保共和

凭吊蒋翊武烈士墓的游人肯定少于赴麓山寺祈福的香客。该如何改变芸芸众生对历史无感、对神佛有求的惯性？这一道烧脑的难题究竟有正解乎？无正解乎？蒋翊武首造共和，泽及后世，知之者自觉受赐良多，不知者亦浑然不受责，二者相安可也。试想，仅相隔一箭之遥，首造共和的蒋翊武与再造共和的蔡锷结为近邻，世间还有比这更巧妙的安排吗？

一

蒋翊武年少即胸怀大志，“资性敏捷，读书过目不忘，工诗善饮，有侠气，喜为人鸣不平”。虽处僻陋之乡，其反清思想萌芽甚早，且表达方式尤为激烈。1902 年，族兄蒋念堂邀他一同参加科举考试，他不愿前往考棚，言辞间流露出自己的轻蔑：“奴隶功名，要它何用！”

晚清时期，民族革命思想兴起，经章太炎、邹容、陈天华、杨毓麟等人大力宣传，觉醒者渐多，革命志士闻风而起。蒋翊武就是这类觉醒者和革命志士，其民族革命激情纯粹发自天良。

1900 年，八国联军攻入北京，十六岁的蒋翊武洒泪而言：“中国欲图自强，首当倾覆清廷，建设新政府！”闻者无不惊骇。日后，

⊙ 蒋翊武

他与友人言及革命宗旨，声言："吾国沉沦异族二百余年，政治之腐败，社会之污浊，达于极点，而我国士夫鼾睡如故，虽以克虏伯之巨炮不能惊醒其幻梦。彼满人者，方抱定'宁赠友邦，不与家奴'之主旨，利用我汉人之愚，以实肆其专制之蛮毒，奴隶我，牛马我，以致国势日弱，瓜分之说喧腾于各国朝野上下，彼则褎如充耳，莫之或顾。故居今日而言改革，非以种族革命之手段达政治革命之目的，虽洒尽国民之血，掷尽志士之头，讵有丝毫之裨益乎？"

1904 年，蒋翊武参加黄兴、宋教仁等华兴会成员策划的长沙起义，因事机不密而失败。两年之后，他前往上海，就读于中国公学，加入同盟会。两江总督端方手下鹰犬众多，在险恶的环境中，革命者出生入死，蒋翊武"时或仗剑高吟，旁若无人，人亦不测其为何也"。

蒋翊武深知秀才造反，十年难成，于是翻然改图，谋求武力制胜。1909 年，他与好友刘复基相约投笔从戎，投入湖北新军四十一标三营左队，并参加群治学社，在士兵中广交朋友。后来，群治学社易名为振武学社。蛟龙得水，必有惊天动地的壮举，蒋翊武积累人望，终有水火既济时。他“聚合军界中人，借研究文学为媒以组织同志”，于辛亥年元旦集会于黄鹤楼，创立文学社。在酒酣耳热之际，蒋翊武指着奥略楼的楹联念道：“昔贤整顿乾坤，缔造都从江汉起。”众人回应：“这岂不是张文襄发出的暗示吗？我辈首义，非在武昌不可！”张文襄即湖广总督张之洞。他经营武汉三镇十余年，编练新军，创建汉阳兵工厂，不料想却给清王朝培养了一大批掘墓人。

作为文学社社长，蒋翊武秘密鼓吹民族革命，广泛吸纳具有良知良能的士兵，中高级军官竟被蒙在鼓里。该社成立不久，成员就遍布湖北新军，组织之严密，发展之迅速，都是众人始料未及的。

革命团体必须拥有自己的舆论阵地，文学社创办《大江报》，有两大作用：一是教成员明晓革命宗旨，清楚国内形势；二是联络其他秘密组织，扩充革命力量，神州学社、益智社相继并入文学社，就是显著的成绩。文学社与共进会适时联合，将湖北新军中两大革命团体拧成了一股绳。

1911 年 9 月 24 日，文学社和共进会百余名代表在武昌胭脂巷 11 号召开大会，确定了军政府的组成人员：总理刘公、军事总指挥蒋翊武、参谋长孙武，准备伺机起义，光复神州。

这年 10 月 9 日清晨，蒋翊武从宜昌返回武昌，拟定十条命令，明确宗旨和纪律，部署兵力，分配任务，拟定进攻次第。

这天晚间，蒋翊武与刘复基等人正在张廷辅寓所议事，宪警突然蜂拥而至，在座众人同时被捕。蒋翊武趁着天黑，途中卸去身上各种标志，到总局后，宪警见他长服拖辫，身上亦空无一物，就并未将他当作重要的人物看待，蒋翊武得以寻机脱险。由于全城突然戒严，邓玉麟未能将蒋翊武签署的命令送至炮队，号炮迟迟未响，准备起义的各标营代表不敢贸然行动，因此武汉三镇内外寂然。

10月10日凌晨，刘复基、彭楚藩、杨鸿胜被宪警押赴刑场，于总督署东辕门内惨遭杀害，师未出而三烈士罹于难，有足悲者，亦有足惜者！

当时，革命党人梅宝玑从俄租界宝善里带伤逃至武昌，见机行事，暗地里与工程营同志取得联系，以危言激发对方："武昌城关已闭，瑞澂将按名索捕，营中各同志，如不速自为计，势成瓮中捉鳖！"

10月10日晚间，工程营士兵总代表熊秉坤奋然打响第一枪，各处迅即响应，起义获得成功。一切本在计划之中，一切又都在计划之外，当武昌起义发动时，蒋翊武、刘公、孙武等人都因为此前遭到通缉，仓促离开了武昌，群龙无首的起义者推举协统黎元洪为湖北军政府都督。革命的成果并未被革命者全盘掌握，从此命运的齿轮开始转动，将直接造成革命志士的不断牺牲，民主共和的难以确立。

蒋翊武离开武昌仅两天，但这两天是关系中华民国国运的两天，也是关系他个人命运的两天。日后，他为龚霞初（笔名咏簪）的《武昌两日记》作序，文中有言："盖此两日者，非犹夫等闲过去之时日也。我民国之起仆，我汉族之存亡，实于是焉系之。"这句话，怎么解读都不为过。

试想，如果武昌起义由蒋翊武亲自指挥，众人公举湖北军政府都督时，还会不会强推黎元洪？比武昌起义稍迟，革命党人焦达峰领导长沙起义，便被推举为湖南军政府都督。须知，在当年，"其兴也勃”的事例很常见，革命党人焦达峰比蒋翊武还要年轻，不过二十四岁，在湖南新军中的资望和影响力远不及蒋翊武在湖北新军中的资望和影响力。一旦蒋翊武被众人推举为湖北军政府都督，以其文韬武略和把控全局的才能，类似焦达峰那样被反动分子逆风翻盘以致仅任都督十日就不幸罹难的惨祸，是不太可能发生的。这就愈发令人扼腕扎心，两天时间究竟能够改变多少事情？这么说绝不为过，关键的两天时间，改变了历史走向。牵一发而动全身，当命运的齿轮开始反向转动，所有人的命运都将随之发生错位，甚至出现变异，深思极怅，细思极恐。

二

蒋翊武刚脱险时，并未立即离开武昌，而是藏身于后山马家巷蔡大辅寓所，使命在身，须臾未忘，10 日拂晓，他派胡培才等人赶往各标营传令：着各标营仍按原命令中的程序于今日晚间起义。这天上午九点半、十一点半，下午六点，他先后发出了五道命令——《攻击之合同命令》《给火攻队之命令》《给水攻队之命令》《给第一独立整队长之命令》《给第二独立整队长之命令》。

10 月 10 日，临近傍晚，全城如临大敌，气氛相当紧张，蔡寓已非安身之所，于是蒋翊武转移到李长龄处，然而此处亦非久留之地，只得暂时乘船离开武昌，“循汉水而上，欲赴安陆，以图再举”。

蒋翊武的补救措施有力挽狂澜于既倒之效，从小朝街发出的起义命令，已经把散布在武昌各标营的革命党人动员起来。此后发生的大事史有明书，工程第八营的士兵奋然打响第一枪，各标营应声而作，起义进入升挡加速模式，湖广总督瑞澂令人挖开督署砖墙，仓皇逃逸。蒋翊武于险境之中运筹帷幄，指挥若定，武昌首义一举成功。

清军大举南下，反扑够迅猛，陆军大臣荫昌和海军提督萨镇冰都赶到前线督战。清廷起复袁世凯为钦差大臣，督师孝感，咄咄逼人，外国列强也增派军舰二十艘巡弋长江，准备出面干涉。革命阵营顿时面临重重危机，黑云压城城欲摧。

在新成立的湖北军政府中，蒋翊武受到湖北都督黎元洪等人的排挤和打压，仅挂虚职军务部副部长、军事顾问和防御使。阳夏之役和武昌保卫战非常激烈，蒋翊武联络各军，视察前线，周详地计划一切，目的只有一个：巩固革命阵营，保卫首义成果。黄兴出任革命军战时总司令后，蒋翊武以经理部长和顾问官的身份竭尽股肱之力，调度全军后勤，协助黄兴将汉阳革命军整编为第一军，分片定区，四面设防。黄兴对蒋翊武的周密部署赞不绝口，称许他“谋勇兼备”，是军事奇才。紧要关头，黎元洪却想捣糨糊，他任命张景良为总指挥，以牵制蒋翊武，因此完善的攻守计划被彻底打乱。张景良刚愎自用，实非可与合作之对象。汉口失守被焚，汉阳又败，黄兴负气离鄂，黎元洪逃往葛店驻兵，武昌城岌岌可危，摇摇欲坠。这时，唯有蒋翊武挺身而出，护理战时总司令，调遣张廷辅、杨载雄等将领分驻沿江，扼守要区，顶住了清军的攻势，迎来了南北停战的机会窗口，革命基地武昌暂获安全。“守危城，却强敌”，这六个字，字字千钧，明白人自能掂量出它的轻重。

有人说，蒋翊武受到黎元洪、孙武等人的排挤和打压，吃亏就吃亏在他不是湖北人，而是湖南人。有道是“天上的九头鸟，地上的湖北佬”，受固有的乡土观念影响，湖北人抱团排挤湖南人，这一点都不奇怪，但黎元洪对武昌首义的功臣张振武（湖北罗田人）、方维（湖北随县人）同样无差别暗害，又该作何解释？阵营不同，利益冲突，与此相较，乡土观念根本不值一提。须知，革命阵营并非铁板一块，而是由许多个封闭或半封闭的圈子构成。蒋翊武未曾到日本留过学，也并非陆军士官学校出身，他创立的文学社非常团结，但核心成员多为士兵代表，少有中高级军官，因此在短期内他要融入其他军政圈子颇有难度。孙中山下野后，蒋翊武将文学社整体并入同盟会，此举堪称雪里送炭。袁世凯以勋二位、陆军中将加上将衔笼络蒋翊武时，后者却刻意与之保持距离，择机南下，加入国民党，显示出与袁党决绝的态度。尤其是他立场鲜明，坚决支持宋教仁组织政党内阁，反对袁氏专制独裁。蒋翊武与谁为敌，与谁为友，一目了然。

民国初年，政潮迭起，共和飘摇，有些革命党人失望之极，蔡济民赋诗《书愤》，“无量头颅无量血，可怜购得假共和”；有些成色不足的革命者追名逐利，浑水摸鱼，专做投机买卖；蒋翊武仍然保持本色，未改初衷。

1913 年，宋教仁在上海火车北站遇刺身亡，嗣后孙中山、黄兴发动倒袁的“二次革命”，国内最积极的响应者是谁？是蒋翊武。他屯兵岳阳，以鄂豫招抚使的名义草檄，昭告天下：“翊武本拥护共和之心，掬忱陨泪，告我军人：责任所在，义不容辞！”他的北伐计划相当清晰，先规取荆州、襄阳，继而直捣武汉，进窥河、洛，务期殄灭袁獠。须知，蒋翊武早就看穿了袁世凯包藏祸心，视之为民国最大的一笔负资产，必须完全剥离。尽管蒋翊武手中的兵力不足以大举北伐，但他的先见之明令人佩服。

黎元洪缺少才能和威望，不具备领袖气质，然而因缘际会，躺赚辛亥革命的红利。袁世凯自始至终都将他当作顺从的牵线木偶，京津沪三地的报人因此戏称这个民国头号傀儡为“黎菩萨”。黎元洪表面木讷，实则忮心甚重，阴贼险狠，一样不缺。他对付“首义三武”，可谓手段尽出，利用孙武，敌视张振武，仇恨蒋翊武，最终振武、翊武皆间接死于其手。共进会成员李作栋说过一句公道话：“‘三武’比较起来，孙武不如振武，振武不如翊武。翊武纯朴，即敌对者亦表示好感。”然而这得看看那人究竟是何品行和级别的敌对者，似袁世凯和黎元洪这样的狠角色，与蒋翊武势不两立，对他就只怀杀心，绝无善意。

三

1913 年夏，湖南都督谭延闿、长江巡阅使谭人凤宣布湖南独立，蒋翊武亦以鄂豫招抚使的身份发布檄文，声称将率军北伐。

8 月 13 日，谭延闿见风使舵，宣布湖南取消独立。革命党人嗅到了危险的气息，纷纷出走，蒋翊武遭到北洋政府通缉，处境尤为艰难。他从岳州返回长沙，向谭延闿筹款七万元，以五万元安排同志，以二万元作为川资，初拟从水路前往上海，担心汉口眼线多，会有阻碍，又计划坐火车出萍乡，取道江西，适逢江西军政府都督李烈钧所部已被北军击败，退入萍乡老关，蒋翊武担心途中将会遭遇稽查，便改道广西，广西陆军第一师师长陈炳焜是其旧友，张俭望门投止，可求旦夕之安。不幸的是，他行至全州唐家司，在路边小饭店被驻于该地的巡防士兵捕获。秦步衢立即致电广西都督陆荣廷邀功，陆荣廷不敢自作主张，致电总统袁世凯，袁世凯又征求副总统黎元洪的意见。

1912 年 8 月，黎元洪暗中勾结袁世凯，罗织武昌首义功臣张振武、方维的罪状，将他们杀害于北京。相较张、方二人，黎元洪忌惮忮刻蒋翊武，有过之而无不及，于是他故伎重演，密电袁世凯，建议将蒋翊武在广西桂林就地枪决。

描述蒋翊武英勇就义的原始版本主要有两个：一是陈荆（字树人）撰写的《蒋翊武先生就义历略》，二是岳森的补记。先看陈荆的描述：

先生就义之前几日，闷坐署中……及就义之日，陈炳焜备以酒筵、装殓等项，出示袁复电，先生一一过目。席上演说，慷慨悲歌，写家信两封，并嘱其柩停湖南会馆，随即送回原籍。及出丽泽门时，先生盘坐于地，刽手出短枪，距背后一尺许，一弹殒命。

蒋翊武被北洋政府通缉，是头号要犯，秦步衢以为有此捕获之大功，可收泼天之富贵，殊不知天理昭昭，善恶有报。1925 年，乱兵破门入室，将他砍死在家中。秦步衢的书法作品本甚可观，然此事发生之后，即被视为不祥之物，坊间再无善价，其旧作亦多被人销毁扔弃。

岳森的描述则抽绎于奉命行刑的贲克昭（字凤亭）团长的追忆，仅隔几年，可信度很高：

时凤亭为广西第一师第一团团长，驻桂林，蒋公就义事即其奉命执行者，所言与树人所记不同，用录之于后：蒋公翊武在全州为秦步衢捕获时，即分电邕、桂，旋得幹老电："解桂候命。"蒋公解至桂林，陈舜老命押余之团部，蒋请见舜老，舜老借词却之。当蒋被押于余之团部时，（余时与之深谈，余深敬佩其为人。及正法命下，）余踌躇久之，不忍宣布，然亦无法可以救援。蒋公亦时询余南宁有电否，蒋固自知其无生理也。临刑之夕，余预置酒为之饯，蒋知之，固询余，余始以省令告。蒋公遂请余贻纸墨，且多置酒，并不令余同席饮，余从之。迨后酒尽三升，所备纸亦已书完，其中言国家事及奔走情形甚详，并处分家事无巨细遗余，读之痛，泪夺眶出，其中二纸余迄今尚宝藏之。蒋公慷慨行，甫出见余设备简单，意殊不悦，顾余曰："余一中将也，应有一连之仪仗兵，且须有军乐队，尔不知之耶？"余应之曰："此间无军乐，当多用鼓号兵以代之；仪仗兵则遵先生之命。"蒋公欣然。稍间，准备如仪，即赴刑场，蒋公从容不迫，若无事然，唯一顾及其老仆，辄为动容。行刑之后，余心至为不安。

补记中的"幹老"是广西都督陆荣廷（字幹卿），"舜老"是广西第一师师长陈炳焜（字舜琴）。与陈荆所记相反，蒋翊武欲见陈炳焜一面，陈氏推托未见，自然就不存在他为蒋翊武摆筵送行了，由此可见世态炎凉，人情淡薄。由于深受蒋翊武的人格魅力感染，赍克昭团长为他置酒送行，代购纸墨，供他草写遗书，处分家事，陪他痛饮壮行酒。蒋翊武要求赍克昭安排仪仗兵和军乐队，并非摆谱，只因军乐队颇具仪式感，足壮行色。

古人尝言："慷慨殉节易，从容就义难。"蒋翊武饮啖自如，谈笑自若，为其难者居然毫不费力。李烈钧对此有一语盛赞："辛亥举义以还，为国驰驱，威武不屈，临难不苟，为世人所称道弗衰者，则蒋烈士翊武，亦其一人也。"

蒋翊武在遗书中向父母诀别道："儿誓志杀贼，保障共和，否则不生还也！"他留下绝命诗四首，第四首尤为感人：

斩断尘根感晚秋，中原无主倍增愁。

是谁支得江山住？只有余哀逐水流。

豪迈之情，惜别之意，怅触之怀，尽在这首七言绝句中。诚然，“中原无主”，袁世凯、黎元洪均为败坏共和之人，前者为独夫民贼，后者为匹夫蟊贼，万里江山，怎能靠此二夫二贼撑撑？蒋翊武至死犹有殷忧。

从当年的忆述文章中，读者还可以看到蒋翊武在就义之前的非凡表现。他先立后坐于大红毯之上，向围观的群众演讲国民大义和革命真谛，临到结尾，他以悲愤的语气表示：“予死固所甘，请悬余首北门，以观袁氏之盗国，天下后世一有知余得死所者。且此次失败，为国尽忠者寥寥，翊武请先君等拚为之！”春秋烈士伍子胥被杀时，请挂其双眼于姑苏城东门上，预言越国之师异日必飞奔而来，他的预言应验了。民国烈士蒋翊武请挂其首于桂林北门上，异日袁世凯必盗国而称帝，他的预言同样应验了。

蒋翊武的演讲慷慨激昂，闻者无不动容，有人叹息，有人拭泪。最不可思议的是，行刑的士兵亦凝神倾听，迟迟不肯拉开枪栓，监刑官担心事态生变，拔出手枪从背后击杀蒋翊武。从烈士的遗像可见，他死后仍锐目圆睁。

四

1916 年，护国战争取得胜利之后不久，袁世凯在不绝于耳的唾骂声中暴毙身亡。这年 9 月，蒋翊武的遗骸从桂林迁葬至长沙岳麓山，墓地在麓山寺正下方，半山亭正上方。湖南省长兼督军谭延闿主持国葬仪式，且亲书挽联一副：

遗烈炳湖南，殉身早夺奸雄胆；
英声留粤峤，归骨还怆后故人。

三年前，湖南都督谭延闿取消湖南独立，蒋翊武被迫出走，谭延闿虽未卖友，但他首鼠两端，已觍然失态。现在他主持蒋翊武的国葬仪式，算是给自己的良心打了个大补丁。谭延闿为陈荆的《蒋翊武先生就义历略》作过补记，借用《晋史》王导、周颢的典故，内心总难免会有“吾虽不杀伯仁，伯仁由我而死。幽冥之中，负此良友”的愧叹。相比那些至死犹为铁石心肠，既不忏悔也不愧疚的当事人，谭延闿的做法应算不错了，虽厚颜，却并非无耻。

巧合的是，蒋翊武的遗骸从桂林迁葬长沙岳麓山的同时，袁世凯的楠棺也从北京运往河南彰德。时人贾运谨撰联道其事：

公榇返湘，袁榇返彰，烈士奸雄同结局；
江南生橘，淮南生枳，伟人帝孽杂登场。

时候一到，必见分晓。袁世凯帝制自为，身败名裂，遗臭万年；蒋翊武首造共和，且誓死保障共和，万古流芳。

悼挽蒋翊武的联语不少，以下这副挽联对他做出全面总结而恰到好处：

立功在楚北，殉节在粤西，推翻专制，拥护共和，英雄成败均千古；
奋迹于涔阳，首丘于岳麓，昔年欢迎，今日追悼，故里春风又一时。

此联作者叫谢春轩，湖南澧县人。今之澧县古称涔阳，是蒋翊武的出生地。他最终安葬在岳麓山，墓地位于麓山寺下方，半山亭上方，开阔的大坪，浑厚的碑体，周遭大树参天，浓荫匝地，梵呗鸟语，暮鼓晨钟，可极耳目之娱。汉白玉碑面上刻着“蒋公翊武之墓”六个遒劲的大字，是曾继梧所书，当年他任湖南护国军第一军总司令，书法造诣精深。

岳麓山半山亭已于2011年更名为翊武亭，游人登山至此可小憩，倘若还能够念准“翊”字的读音，百度到蒋翊武是何许人，那就更好了。

有人质疑，墓址选这儿真就合适吗？凭吊蒋翊武烈士墓的游人肯定少于赴麓山寺祈福的香客。该如何改变芸芸众生对历史无感、对神佛有求的惯性？这一道烧脑的难题究竟有正解乎？无正解乎？蒋翊武首造共和，泽及后世，知之者自觉受赐良多，不知者亦浑然不受责，二者相安可也。试想，仅相隔一箭之遥，首造共和的蒋翊武与再造共和的蔡锷结为近邻，世间还有比这更巧妙的安排吗？

1921年冬，孙中山赴桂林督师，为了表彰蒋翊武为国事尽忠的壮烈事迹，在丽泽门外特竖立纪念碑一座，亲题且亲书碑额“开国元勋蒋翊武先生就义处”。中华民国的缔造者不少，但称得上“开国元勋”的有几人？被孙中山亲口或亲笔称许为“开国元勋”的有几人？由同盟会元老胡汉民撰写的碑铭对此做出了扼要而精到的诠释：

蒋公翊武，澧县人，笃志革命。辛亥武昌发难，以公功为冠。以武昌防御使守危城，却强敌，事定即引去，当道縻以官爵不受。癸丑讨袁，将有事于桂，至全州，为贼所得。贼酋阿袁氏旨，遂戕

⊙ 蒋翊武墓

公于桂林丽泽门外。今年冬，大总统督师桂林，念公勋烈，特为公立碑，而命汉民书公事略，以诏来者。公之死事与瞿、张二公不同，而其成仁取义之志则一也。

碑铭言简意赅，应点到的都点到了，应点准的也都点准了。为何说蒋翊武是名副其实的“开国元勋”？因为他策划和领导了武昌起义，“守危城，却强敌”六字即高度概括了他的大作为；“公功为冠”则确认其赫赫战功既为首功，亦为丰功，可谓一时无两。“事定即引去，当道縻以官爵不受”十三字称赞他功高不居的美德。碑铭末尾笔锋陡转，以古之烈士衬托今之烈士，蒋翊武为了保障共和国的命脉而捐躯，瞿式耜、张同敞为了保住南明小朝廷的气数而殒命，虽然同属于英勇牺牲，但是在价值和意义两方面还是有差别的，在格局和境界两方面也不好相提并论，唯有成仁取义的烈士志节是极其一致的。

在午夜，我仔细读罢胡汉民撰写的精短碑铭，不禁陷入沉思，为何竟要等到中华民国建国十年之后，孙中山才正式表彰蒋翊武为开国元勋，为这位中华民国元勋正名，立碑于桂林丽泽门外就义处？这究竟是触景生情的偶然之作，还是伤怀感旧的必然之举？不妨推测其心境，孙中山到粤西动员北伐，是由于他在粤东遭遇种种不顺所致，其昔日的爱将陈炯明鼓吹联省自治，反对广东军政府北伐，为此不惜以辞去广东省长、粤军总司令和大本营内务部长等职相要挟。不久，陈炯明便公然反叛，指使部下炮轰广州总统府，逼迫孙中山离开广东。当时，孙中山心境苦涩，来到蒋翊武就义处凭吊，自然是五味杂陈，百感交集。革命之不易成功，良将之难以再得，同志之风云气少，北伐之举步维艰，在此背景下，孙中山对于蒋翊武的功业高度肯定，旨在提升两广将士的革命斗志和牺牲精神。其“开国元勋”四字绝非滥许，正如蔡锷挽黄兴，“以勇健开国”五字绝非滥许一样，将它当作盖棺论定，允为确当。

辑四

神勇之举

『革命者，救人世之圣药也。终古无革命，则终古成长夜矣。』——陈天华

公葬陈姚举世惊

公葬场面出奇的宏大，人群组成两条长龙：由禹之谟领头的那条长龙，前头抬着陈天华的灵柩；由宁调元领头的那条长龙，前头则抬着姚宏业的灵柩。两条长龙，通身缟素，各擎白旗，穿街过市，气氛肃穆庄严，送葬的队伍紧随其后，观者如堵，万人空巷。

一

黑铁年代，凛冬季节，天穹上飘浮的彤云映红了滔滔北去的湘水，仿佛殷殷热血，从一道豁开的伤口中奔涌而出，令人触目惊心。

晚清时期，志士在哪里？勇士在哪里？义士在哪里？烈士在哪里？

灵魂的叩问直击心扉，湘籍书生必将做出强力回应。

陈天华是湖南新化人，家境贫苦，少年时期做过小商小贩。后得乡邻资助，他入读资江书院和新化求实学堂，饱览中外史志，尤其喜欢听弹词，观杂剧，读话本小说，对于江湖奇侠、民间义士心存好感。十余岁时，陈天华痛感国势危殆，发愤书联一副，张挂于路边凉亭，上联是“莫谓草庐无俊杰”，下联是“须知山泽起英雄”，

⊙ 陈天华

已隐约露出反骨。

1900年秋，湖南学政吴树梅视察岳麓书院，见新生陈天华埋头苦读，心无旁骛，顿生好感，及至读过他的文章，这位学台大人更是拍案叫绝，竟主动请山长做月老，欲收新化才子为东床快婿。然而陈天华以“天下方多故，安能再以儿女情累我乎？国不安，吾不娶”为辞，婉拒了这桩现成的攀龙附凤的婚事。

《马君武回忆录》描述陈天华“平日面无笑容”，可见其性格严肃。别人学孔孟之道，十有八九越学越矜持，这位“新化蛮子”学孔孟之道，却越学越刚猛。孔子的语录那么多，他独爱一句“志士仁人，无求生以害仁，有杀身以成仁”。孟子的名言那么多，他独爱一句“志士不忘在沟壑，勇士不忘丧其元”。

陈天华述志，曾谓“不幸而布衣终老，名山著述，亦所愿也”，但他很快就改变了主意，决定随时采取断然行动，免于老死于窗牖之下的“不幸”。

当年，川人邹容和湘人陈天华是公认的两大革命宣传家，前者撰写了《革命军》，后者起草了同盟会的著名文告《革命方略》。邹容和陈天华均潜心于著述，无意于权谋，实基于“革命之前，须有教育；革命之后，须有教育”的睿智共识。

1903 年夏，《苏报》案发，章太炎和邹容被捕入狱，两支如椽巨笔同被暗黑势力收缴。此时，前有刀丛剑树，后有虎豹豺狼，陈天华异军突起，其《警世钟》《猛回头》《狮子吼》和《国民必读》振聋发聩，时人誉之为“革命党之大文豪”。

1905 年，陈天华撰写《中国革命史论》，坚确无疑地断言道：

“革命者，救人世之圣药也。终古无革命，则终古成长夜矣。”

这年秋天，革命志士吴樾作《绝命书》，论及生死，同样是一语破的：

“人之生死亦大矣哉！盖生必有胜于死，然后可生；死必有胜于生，然后可死。可以生则生，可以死则死，此之谓知命，此之谓英雄。”

革命志士仗义则有为，知命则无畏，生有生的价值，死有死的意义。

二

近代中国孱弱衰败，民族意识尚未觉醒，陈天华的《警世钟》发出悲愤的呼号：

长梦千年何日醒，睡乡谁遣警世钟？
腥风血雨难为我，好个江山忍送人！

而且，这位新化汉子甘为血钟长鸣，不作木铎闷响。他警告道：

要保皇的，这时候可以保了，过这时没有皇了；要革命的，这时候可以革了，过了这时没有命了。一刻千金，时乎，时乎，不再来，我亲爱的同胞，快醒！快醒！不要再睡了！

《警世钟》中有十项“须知”和十条“奉劝”，布满了“滋滋”冒烟的惊叹号。陈天华揭橥汉人遭满人迫害和压榨的血泪史，揭露清政府对内逞凶、对外示弱的真面目，揭示众汉奸认贼作父、为虎作伥的丑恶行径……这“冰桶浴”寒彻骨髓，令初次体验的读者无不惊愕。

近代中国人一直被鸦片烟、裹脚布、风水迷信、三纲五常合计毒害着，缺乏猛然振作的精气神。革命党人奔走于旷野，号呼于荒

⊙ 陈天华著《警世钟》《猛回头》

原，只为激起回声。

陈天华的《猛回头》是说唱间半的“文明戏”，类似北方的鼓词和南方的弹词，“务使舆夫走卒皆能读之了解”，好把革命道理传播给底层民众。

烈士史坚如曾把中国的旧政体比作“几千年的一所破屋”，他认为“要住新屋,非把破屋拆去重建不可”,否则“一辈子也修不好”。

在《猛回头》中,陈天华主张“十要”,颇具建设性,“讲公德”“重武备”“务实业”“兴学堂”“倡女学”等项尤为亟需。除此之外，还有“四要学”“四莫学”，均有兴有革，有破有立，有方有药。

瓜分豆剖逼人来，同种沉沦剧可哀。

太息神州今去矣，劝君猛省莫徘徊！

1905年秋冬之际，陈天华撰写的章回小说《狮子吼》，在同盟会机关刊物《民报》上分期连载。这部政治小说线索清晰，“混沌国”的政府被外敌削弱了主权,“民权村”的百姓被内鬼剥夺了尊严，于是乎文明种、孙念祖、狄必攘、马世英、康镜世等志士有所觉悟，加强串联，准备行动，决意救亡保种，将业已丧失殆尽的国家主权和国民尊严强争回来。这些志士的经历丰富,个性鲜明,语言犀利，行动果敢，无不活灵活现。

可惜这部章回小说尚未完工，作者就投海殉义而永远搁笔了。

陈天华的著作如同洪钟大吕，在神州大地上久久震荡，唤醒了许许多多不愿做孬种、劣种、贱种的热血男儿，激活了他们内心久已麻木的良知。黄兴在长沙明德学堂任教时，代印代发革命书刊，邹容的《革命军》、陈天华的《猛回头》《警世钟》、杨毓麟的《新湖南》

是重点书目。

1906 年 1 月 4 日，宋教仁在自己的日记中写道 :“倒卧于席上，仰天歌陈星台《猛回头》曲，一时百感交集，歌已，不觉凄然泪下，几失声。”陈星台就是陈天华。

当年，民间人士演唱《猛回头》，风险极大，浙江人曹阿狗因为“顶风作案”，被金华知县嵩连捕杀。这充分说明，清廷走狗们对于陈天华的著作畏之如虎。

三

1905 年 12 月 7 日傍晚，陈天华神色萧然，趺坐在书案前。

室友见他伏案写作，时而苦思冥想，时而奋笔疾书，便没去打扰他。

翌日清晨，陈天华神色疲惫，两眼布满血丝。他草草地咽下一个热饭团，向室友借了两元钱，说是要去邮局寄信，语气平静如常，毫无异样。

陈天华确实去邮局寄了两封信，寄完信，他就径直去了海边。

他脱下布鞋，沿着银色的沙滩径直往前走，往前走。寥廓天地间，这位新化汉子长发垂肩，眼中泪光闪烁，念及白发慈母仍在故国老家倚闾而望，自己早岁的头号志向“立功绝域，决胜疆场”和二号志向“布衣终老，名山著述”即将化为泡影，内心隐隐作痛。别了，多难的故国，可怜的慈母，未竟的事业，他的脚步已偏离沙滩，双拳紧握，神色坚毅，海水渐次没过了脚踝，没过了膝盖，没过了腰间，没过了胸际，没过了头顶……

1905 年 12 月 8 日夜里，陈天华迟迟未归，东京中国留学生会馆突然接到警局的电话，说是东京大森湾有渔民打捞到陈天华的尸身。乍闻噩耗，黄兴和宋教仁如听惊雷，他们立刻带人赶赴大森湾警署认领好友的遗体。一具窄狭而短小的倭式棺材惨然入目，陈天华仰卧在里面，显得十分局促，又见他头发湿漉，面色苍白，双眼微闭，牙关紧咬。

黄兴为人极重义气，陈天华蹈海自沉，他如失手足，如丧兄弟，心情悲痛无比。他和宋教仁办完遗体认领手续后，匆匆返回留学生会馆，果然在新到的信件中拣出了陈天华的《绝命书》，他立刻当众朗读：

……我不自亡，人孰能亡我者！惟留学生而皆“放纵卑劣”，则中国真亡矣。岂特亡国而已，二十世纪之后，有“放纵卑劣”之人种，能存于世乎？鄙人心痛此言，欲我同胞时时勿忘此语，力除此四字，而做此四字之反面——“坚忍奉公，力学爱国”。恐同胞不见听而或忘之，故以身投东海，为诸君之纪念。……

会馆中的中国留学生，无论平日跟陈天华是否相识，受其精诚所感，个个潸然泪下，痛哭失声。

陈天华蹈海自沉，毅然殒身而无所顾惜，探寻其初衷，无非是要劝诫八千多名中国留日学生勿做“放纵卑劣”之人，以免贻人口实，勿忘“坚忍奉公，力学爱国”之忠告，维持团体之道德。他以决绝的方式为众人留下特殊而永久的纪念，乍看去，不可思议，细想想，他对同胞的深情厚爱可谓无以复加。

陈天华投海自沉绝非一时冲动，其深思熟虑见于《绝命书》的字里行间。他认定自己投海而死的价值远远大过将以有为的期待值，这样做，既可抗议日本政府驱逐中国留学生的卑劣行径，也可向那些闹内讧的同胞及时示警：应当像鸟儿爱惜羽毛一样爱惜团体名誉，共登救国之途，决不可兄弟阋墙，为东洋人所轻视、鄙视。

“舍死向前去，莫愁敌不住，千斤担子肩上担，打救同胞出水火。这方算大英雄、大豪杰，怎么同胞不想做呢？”

以往，陈天华这么问别人，答案不确定。现在，他这么问自己，答案很确定。

陈天华原本就预料“将来自处，惟有两途”：一是“作书报以警世”，他干了多年，开始自我怀疑，长此以往，“生而多言，或不如死而少言之有效”，可避免空谈误国的流弊；二是“遇有可死之机会则死之”，这样的机会一旦出现，他就没理由错过它。

革命阵营中原本有五种人：一是出于道义心参加革命的，二是出于责任心参加革命的，三是出于功利心参加革命的，四是出于虚荣心参加革命的，五是出于好奇心参加革命的。陈天华出于道义心、责任心参加革命，求仁得仁，求义得义，以赴死为终结，亦甘之如饴。

出于道义心、责任心，陈天华视死如归，其榜样的力量怎样高估都不为过。在辛亥革命之前，众烈士为革命事业奋斗，舍小我而为大我，争一时亦争千秋。秋瑾的“拼将十万头颅血，须把乾坤力挽回”，吴樾的“予愿予死后，化一我为千万我”，林觉民的“吾今死无余憾，国事成不成自有同志者在”，朱执信的“好头颅，谁当斫去”，韩衍的“所欠故人惟一死，头颅掷地作雷鸣”，这些由华夏儿女的鲜血和精魂炼成的壮句，自足传世而感人。

四

1903 年夏，在《复湖南同学诸君书》中，陈天华表明了自己的心迹：

“若真有死之一日，则弟之万幸也。可为弟幸，何悲之有？”

陈天华蹈日本海大森湾身亡后，东京中国留学生闻讯莫不悲痛，立即推举秋瑾为总召集人，于留学生会馆召开陈天华追悼会。

秋瑾二十岁时嫁至湖南湘乡王家，她对湘籍革命志士的好感度一直很高。

在陈天华的追悼会上，秋瑾有个举动颇为凌厉，几乎惊爆与会诸君的眼球，只见她当众宣布：判处那些不敢抗议日本政府、不肯返回中国大陆的留日学生集体死刑！言毕，她从腰间拔出一柄雪亮的倭刀，冷静打量全场，猛然呵斥：

“投降满虏，卖友求荣，欺压汉人，吃我一刀！”

秋瑾极具民族革命思想，其刀锋指向留学生中一部分怯懦分子、投机分子和反动分子。陈天华追悼会以如此迥异于常规的方式开场，必然引起少数青年的心理不适，但更多同胞怀有悲伤之意、激奋之情，热血在体内奔流，也在心头呐喊。

陈天华蹈海自沉，消息传回国内，学界和新闻界的反应算不上迅速，但民心士气指向明确，步调也较为一致。

1905 年 12 月 30 日，湖南学界对陈天华之死做出了回应，各学堂正副监督至学务处开会，多半赞成抵制日本政府的歧视和打压，将湘籍留日学生全部召回，同时将省内各学堂聘请的日本教习悉数辞退。湖南学界公举郭宗熙等四人去日本迎回湘籍留学生，如果有谁不愿退学或仍要逗留东瀛，不肯同期归国，将来即不被视为湖湘学界中人。翌日，湖南学界同仁相约至南城天心阁举行追悼会，遥祭陈天华的在天之灵，到场者数百人。

1906 年 1 月 1 日，北京《华字汇报》以较大篇幅报道了《陈君天华死事述略》，对于烈士蹈海的过程、死因和死志有详略不一的介绍，并且对那些信口雌黄、混淆是非、颠倒黑白的宵小之辈多有批驳和斥责。

1906 年 1 月 19 日，北京学界召开陈天华追悼会，设奠地点选在湖广会馆，到会者数百人，多为京师大学堂的学生。嗣后，在陶然亭，各学堂学生还加开了一场追悼大会，闻者无不踊跃，亦可见烈士事迹感人至深矣。

五

1905 年 12 月，中国留日学生归国潮波澜壮阔，据上海《申报》记者调查后统计，截至年底，留日学生归国人数多达三千人以上。这么多留学生络绎归国，学业如何善后？创办一所较高水平的学校，命名为中国公学，以维护民族尊严，践行民族自立，是部分革命党人的主张。

当时，清政府驻日本公使杨枢立功心切，向朝廷报告时，竟一口咬定："密探学生风潮，为孙文逆党煽动，借抵抗文部命令为名，现结死党三四百人，各携凶器胁众回沪，以租界为护符，实行革命，聚众起事。"清政府顿时如临大敌。

时值隆冬时节，不少家境贫寒的留学生滞留沪上，衣衫单薄，身心俱疲，踯躅街头，举目无亲，不仅处境堪忧，心境凄苦，而且前途渺茫。

中国公学创办之初，由姚宏业负责选定校址，筹建新校，自始便彰显同盟会的革命色彩。学校定位受到沪埠的官绅质疑，从社会各界获得的赞助很少。日本文部省修改《清国留学生取缔规则》后，中国公学的基础旋即遭到动摇和颠覆，大部分归国留学生陆续重返日本，已经报名入校的五十多名学生也纷纷要求退学，他们与校方

⊙ 姚宏业

杯葛不断，竟然联名登报诋毁中国公学，致使舆论哗然。

创办学校，经费不可短缺，可是海内外仅有郑孝胥等寥寥数人热心赞助中国公学，可谓杯水车薪。“求助于政府无效，求助于官府无效，求助于绅商学界又无效，非独无效，且有仇视我公学，诽谤我公学，破坏我公学者，我同志等虽拮据号呼，然权轻力薄，难动听闻。”姚宏业笔下悲呼哀鸣，眼前山穷水尽，巧妇难为无米之炊，他将中国公学办成“中国第一学堂”“世界第一学堂”的宏愿濒临破灭。这位抑郁症患者，扛不住苦闷和绝望，他的生命进入了倒计时。

1906 年 3 月 27 日，秋瑾、禹之谟、易本羲等留学生护送陈天华的灵柩抵达上海。陈天华蹈海而死，这件事更加深了姚宏业的悲伤，成为压垮骆驼的最后一根稻草。他仰天大哭，悲号道：

“我以死来感动国人吧！但愿我死之后，公学能摆脱困境，我生既于事无补，我死也就不足为惜！”

4月4日，姚宏业写下遗书。两天后，他毅然决然投黄浦江自沉，七天后才找到他的遗体。

姚宏业的遗书处处可见其道义心和责任心，这一点与陈天华极其相似：

我性褊急，诚不忍坐待我公学破坏，致外强以我中国人为绝无血性之国民，因而剖分我土地，渐灭我同胞，而亲见此惨状也。故蹈江而死，以谢我无才无识无学无勇不能扶持公学之罪。

若撂挑子，他尚可苟活；若担责任，他唯有以死明志。此乃湘人的血性使然。

在遗书中，姚宏业自述“舍父母、弃妻子、捐躯蹈江之苦衷”，自承为中国公学而死，为全国四万万同胞而死。人之将死，其言也善，姚宏业的遗书中有善言五条：

其一，创立中国公学实关系中国前途，“于二十世纪淘汰惨酷之秋”，必须“培养通才与列强共竞生存……注重德育，以谋造成真国民之资格、真救时之人才”。

其二，中国公学可作为“民族能力之试金石”，发达与否，可检验其优胜或劣败。

其三，中国公学熔全国人才于一炉，可破除各行省的畛域之见，达成共识，化解冲突于无形。

其四，中国公学设立于上海，此东方大都会是各国势力侵入的集中点，可使同学们“生其爱国之心”“消其野蛮之气”，普及全国，

“则可鼓铸强健文明之国民”。

其五，“今我中国公学实为中国前途民立大学之基础”，以美国的耶鲁大学、日本的早稻田大学为参照坐标，日进不已，可超过美、日两国的民办大学。如若不然，“民气将永不伸，即学术将永不振，而中国亦将永无强盛之一日”。

姚宏业将中国公学的成败与中华民族能力的优劣牢牢地绑定在一起，这样的死谏便引起了社会各界的震动、反思和哀悼。

姚宏业投江自尽后，中国公学获得社会各界的援助，得以站稳脚跟，形成独有的几大特色：一是推广国语，胡适就是在上海公学读书时学会国语的；二是聚集革命力量，教师马君武、于右任、沈曼云、梁乔山、但懋辛都是同盟会员，秋瑾、陈其美、章太炎、陶成章、戴季陶等革命党人都曾以中国公学为“掩体”；中国公学师生创办的《神州日报》《竞业旬报》颇具影响力，尤其是后者，四项宗旨（“振兴教育”“提倡民气”“改良社会”“主张自治”）等于鼓吹革命；中国公学师生中涌现出许多烈士，如蒋翊武、廖德瑶、杨卓林、马宗汉、陈伯平、饶可权。

孙中山赖以实行民主革命的基干力量由学生、华侨、新军三者组成，“学生供给革命的思想，华侨供给革命的金钱，新军供给革命的实力”。中国公学确确实实供给了革命的思想。

当中国公学处于最脆弱、最艰难的时节，姚宏业未曾逃避责任，放弃努力，而是以一死挽狂澜于既倒，其心甚苦，其志可嘉。他的临终心愿“一点灵魂与中国公学共不朽”，真正达成了。

前后半年之间，陈天华蹈海，姚宏业投江，两个湖南人，两件伤心事，最终在上海引起了普遍的震惊和感动。

1906 年 4 月 29 日，由中国同盟会湖南分会会长禹之谟主持，在中国公学召开了一次千人大会，宣读了陈天华的绝命词和姚宏业的遗书，闻者无不堕泪。

楚国三闾大夫屈原怀沙自沉，湘北汨罗江是他永恒的归宿。重道义，重责任，重灵魂，只要走得安心，不违背初衷，就死得其所。

湖南人受屈原的影响至深，素以投水自沉为最佳死法。明朝遗民、湘潭高士黄周星不肯变服效忠清朝，自镌一枚私印，印文为“性刚骨傲，肠热心慈”。黄周星越老越硬气，“年七十，自撰墓志，作《解脱吟》十二章，纵饮尽一斗，大醉，沉南浔河而死。时五月五日也”，就连投水自沉的时间都掐准在端午节那天。

还有湘籍志士易白沙，也是掐准端午节那天蹈海自沉的，欲以一死奋然唤醒民众。毛泽东为他写过一副挽联，上联是“无用之人不死，有用之人愤死，我为民国前途哭”，下联是“去年追悼杨公，今年追悼易公，其奈长沙后进何”。可见易白沙的蹈海自沉，如同深水炸弹，具有极大的震荡力。

黄周星投河，是为了寻求解脱。陈天华、易白沙投海，姚宏业投江，则是为了寻求解决。还有，湘籍志士杨毓麟在英国利物浦投海，解脱的同时，他也是渴望有所解决的，只可惜他病了，帮不上忙。

迄至晚清时期，死谏作为极端的解决方式仍旧存在，比如1879年吏部主事吴可读自尽前上遗折，请求慈禧太后为同治皇帝立嗣；1896年太监寇连材挨骂后上奏折，请求慈禧太后勿揽权、早归政，勿挪用海军经费修缮颐和园……两次死谏轰动一时，死者的极限愚忠令人动容，效果却如出一辙，仿佛东风射马耳，慈禧太后照旧垂帘听政，为所欲为。

陈天华蹈海，姚宏业投江，实际上也是死谏，但他们谏诤的对象、目的均与吴可读、寇连材迥异。他们谏诤的对象是分裂的团体和冷漠的社会，而并非一手遮天的统治者。陈天华谏诤中国留日学生慎勿放纵卑劣，而必须团结精进，力学爱国；姚宏业谏诤社会各界必须关心民办大学教育，使中国公学维持不坠。

吴可读、寇连材舍命谏诤，出发点只为皇室不为自己，慈禧太后并不领情，二人果决的牺牲纯属徒死、枉死，令朝野间莫名惊诧之后，很快就归于无声无息。陈天华、姚宏业舍命谏诤，出发点只为公义不为私利，他们选择的对象并非皇室，而是团体和社会，勇烈的牺牲精神特别突出，令世人感慨万端，立刻在海内引发了同道中人的回应。

六

1906 年 5 月 20 日，陈天华、姚宏业二烈士的追悼会在长沙湘春街左宗棠祠举行，又是千人齐集的规模，又是群情悲痛的场面。禹之谟的演说“极为动人”，他盛赞了陈、姚二烈士求仁、取义、爱群、殉道的价值和意义，听者无不肃然起敬。在追悼会现场，众人达成决议，将陈、姚二烈士公葬于长沙西郊岳麓山，以激扬民气，提振士气。

公葬陈、姚二烈士的决议案形成后，虽有开明绅士谭延闿表明“同情之理解”和“理解之同情”，但此举激怒了长善学务处总监督俞诰庆。俞某头脑僵固，手段强硬，严禁学生集会结社，以整顿学风、革退进步学生著称，诱导湖南学界尊孔读经是他的拿手好戏，逼迫莘莘学子诵唱湖广总督张之洞作词的《学堂歌》是他的保留节目，什么“维新党，多躁狂，奉劝少年须安详”之类，令人厌憎。俞诰庆联合湘绅领袖王先谦、孔宪教、陆鸿逵等人，向署理湖南巡抚庞鸿书呈状控告陈天华、姚宏业是大逆不道的反贼，如果听由学生公葬二人于岳麓山，就等于任由他们藐视朝廷和官府，藐视大清律例，给“忠君爱国”者心头插上一柄锋利的钢刀。

湖南按察使庄赓良迅即出面，干预和阻挠由同盟会会员禹之谟、宁调元主持的公葬活动。面对官府的强力打压，禹之谟不畏淫威，义正词严、理直气壮地抗议道：

“今台湾、胶州、广州（湾）、大连等地皆为外人所占领不惜，独以中国人葬中国一抔土，反不能容乎！”

1906 年 5 月 23 日，陈、姚二烈士灵柩由秋瑾等人从上海护送至长沙，公葬仪式定于六天后启动。

5 月 29 日，禹之谟、宁调元组织学生、群众一万余人，为魂兮归来的陈天华、姚宏业二烈士送葬，省城各校学生采取“自动主义”，罢课一天，他们全然不惧军警的阻挠，身穿素服，手执白色三角小旗，排成整齐的队列，高唱悲壮的挽歌，分别从朱张渡、小西门两个码头横渡湘江，护送陈天华的灵柩向长沙西郊岳麓山进发。

公葬场面出奇的宏大，人群组成两条长龙：由禹之谟领头的那条长龙，前头抬着陈天华的灵柩；由宁调元领头的那条长龙，前头则抬着姚宏业的灵柩。两条长龙，通身缟素，各擎白旗，穿街过市，气氛肃穆庄严，送葬的队伍紧随其后，观者如堵，万人空巷。

领队禹之谟身着短衣，头戴礼冠，手举长刀，间或斫击路旁电杆，为打头阵的唯一学堂学生壮胆鼓劲，他厉声宣言：

“如清吏有阻吾等送葬者，有如电杆然，吾手有刀，各同学切不用畏惧！”

禹之谟亲撰亲书的挽联浓墨大字遒劲醒目，上联是“杀同胞是湖南，救同胞又是湖南，倘中原起事，应首湖南，志士竟捐躯，双棺得赎湖南罪”，下联是“兼夷狄成汉族，奴夷狄不成汉族，痛满酋入关，乃亡汉族，国民不畏死，一举伸张汉族威”。这副对联立意奇崛，措辞猛厉，气势如虹，上联有湘人赎罪（赎湘军之罪）意识，下联有民族革命（革满酋之命）精神，足壮声威，读之令人热血沸腾。

送葬队伍抵达岳麓山，葬地选在麓山寺左后方，葬礼进入到最后阶段。禹之谟、宁调元发表演说，盛赞陈、姚二烈士的爱国事迹和殉道精神，中外友人也先后发言，对陈、姚二烈士深表哀悼之忱和钦敬之意。

万人流泪送葬，首尾十里相衔，缟素漫山遍野，哀歌动地惊天，这样的奇观，放在偌大的省城长沙，也是全体市民见所未见、闻所未闻的，官府忍气吞声，束手无策，沿途维持治安的军警呆若木鸡，更属不可思议。

湖南学界公葬陈天华、姚宏业二烈士，乃空前绝后的壮举，用亲历者毫不夸张的文字来形容，可谓再恰当不过：

“湖南的士气，在这时候，几于中狂发癫，激昂到了极点！”

七

湖南学界公葬陈、姚二烈士于长沙西郊岳麓山，既公然挑战了清王朝的专制手段，又初步检阅了湖南省的革命力量，抑官威，削绅权，一度取得了完胜。

事后，几位巨绅首先跳脚，他们数次谒见署理湖南巡抚庞鸿书，面陈时事，喋喋不休：岳麓山向来不准许安葬外来坟茔，往年岳麓书院山长罗典和湘军领袖曾国藩奏请入葬，均被本省士绅劝阻，未能如愿，现在竟然有人不知照地方绅董，就斗胆破坏惯例和旧规，将陈、姚二留学生公葬于山中，“殊属藐玩谬妄”，请求官府从严惩

⊙ 陈天华、姚宏业合葬墓

陳烈士天華之
中華民

纠，勒令迁葬。

王朝末期，君威、官威锐减，署理湖南巡抚庞鸿书老于世故，是个和稀泥的高手，他不想开罪任何一方，临时致电学部和军机处，请示办法。当时的军机大臣瞿鸿禨和学部大臣张百熙均为湘籍高官，不愿意蹚这趟浑水，仍令地方长官便宜处置。庞鸿书只好命令学务处出面，前往各学堂解散学生团体。不料学界中人并不软弱，群集南城天心阁开大会，到会者多达六百余人，“均愿以死争迁葬之事，虽学务处严示而不恤，两道员禁阻而不能，即至张臬欲请庞抚派兵严捕，而学界中人亦不惧矣”。

当年，《中西日报》的记者感叹而发问：真是太令人痛心了，湖南的官绅竟仇视死去的烈士！他们何不想想，百年之后，他们必与陈、姚二君同为枯骨，“试问此骨谁香谁臭？此名谁存谁没？……能迫迁陈、姚二君香骸于岳麓之外，能驱除陈、姚二君灵魂于学生之心乎？”记者还讲了句公道话：日本人诋毁中国留学生“放纵卑劣”，陈天华以一死告诫留学生务必根除此病，这对中国学界的前途大有裨益。湖南官绅就算仇视陈、姚于生前，也理应谅解陈、姚于死后，何至于无视学生的感情，头脑如此顽钝不化呢？

官员之中跳脚跳得最高的仍是长善学务处监督俞诰庆，他干出了令人切齿痛恨的恶事——指使军警拘捕了十余名筑墓立碑的学生，彻底激化了矛盾。俞诰庆还采取高压态势，派遣心腹手下到各个学堂张贴布告，指责学生“纷纷扰动，任意出堂，游行街市，开会喧嚣”，限令将陈、姚二烈士的灵柩克日迁葬。他杀气腾腾地宣称：“如有违抗之人，严拿到案惩办！”

1906 年 6 月 19 日夜间，俞诰庆照例前往长沙樊西巷某妓院嫖宿，被跟踪而至的进步学生堵在屋内，捉住现行。妙就妙在，学生们为俞某量身定制的“戏剧套餐”颇有创意，将他和妓女春苔双双押解到药王街镜中天照相馆拍摄照片，背景配置的是俞诰庆赠送给春苔的嵌名赞美联，其亵玩意味昭然若揭，上联是“十分春色无人管”，下联是“一径苔痕带雨青”。后头还有好戏，俞诰庆被学生扭送到西长街濂溪阁，在那里由禹之谟主持召开公审大会，五六百人围观，指戳笑骂。如此两番公演，学界蟊贼俞诰庆颜面尽失，彻底沦为落水狗。

巧之又巧的是，俞诰庆字敕华，是善化（今属湖南长沙）人。

有位高手获得了灵感的神助攻，撰成一副谐谑联，貌似不动声色，实则褒贬分明：上联是“天华千古，敕华千古”，下联是“新化一人，善化一人”。

陈天华的英名流芳千古，俞诰庆的恶名遗臭万年，至此形成鲜明的对照。

谁与斯人慷慨同

人世间有许多故事一直蜷缩在厚厚的黄卷中叹息，也有不少故事宛如优美旋律中古灵精怪的音符，不肯停歇它爱飞的翅膀。在岳麓山清风峡边，在刘道一、曹庄夫妇合葬墓前，你便能感受到故事的陈香悠悠不绝，由缕缕松风在耳畔轻轻吟诵。

一

刘道一，字炳生，有夙慧，读书过目成诵，五六岁时，就能将整部《孟子》读至滚瓜烂熟。他为人勇敢坚毅，博大深沉，慕豪侠，喜交游，吹箫说剑，慈母不能呵禁。道一的少年时代正逢海内多事之秋，他常常口诵壮语，“志士不忘在沟壑，勇士不忘丧其元”，一早就在内心发下誓愿，不惜拼却头颅，驱除鞑虏，光复汉家河山。

刘道一好学精思，在语言方面极有天赋。在湘潭，美国教会学校的老师凌霄志收他为徒，仅用三年时间，他便通晓英文，凌氏称赞他为“东方之杰”。至于本国方言，刘道一更是学来全不费工夫。他在湖北逗留一段时间，就能讲湖北话；在上海居住几个月，就能讲上海话。声气密合，地地道道，听话听音，谁也猜不出他究竟是

⊙ 刘道一

何方人氏。刘道一风度翩翩，尤其长于辞令，他交游甚广，人缘极佳，优异的语言天赋往往有机会派上用场，与个性各异的革命同志合作，与旗号林立的江湖会党周旋，他总能辩才无碍，游刃有余。

有一次，刘道一去拜会拥众逾万、雄踞一方的“山大王”马福益，对方见来者是个白面书生，态度不免有些轻慢。刘道一倒是不慌不忙，不卑不亢，显得神完气足，一开腔就有棱有角：“马大哥究竟是遵照洪门遗训，担起灭清复明的责任呢？还是只开开山、拜拜台，收点党徒，集点金钱，头上插个草标，出卖人头呢？还是集结力量，使官军疲于奔命，莫奈我何，然后再接受官厅的招抚，别开一条门径，去做满清的奴才呢？”刘道一频频发问，句句贴题，理路清晰，话锋犀利。武林高手用判官笔精准点穴，就是这个路数。马福益心知对方绝非庸手，态度立刻大变，由轻慢转为谦和。刘道一阐述革命宗旨，可谓要言不烦：“第一是为图强，请看我们今日之中国，还成国家吗？推原其故，都是满人弄成这样的，所以非革他的命不可；第二是满人的心中，认为我辈是他的家奴，情愿将国家送给外国人，不愿还给原来的主人。古人有一句话说得好，‘非我族类，其心必异’。因此又非实行种族革命不可。”马福益闻言悦服，当即慨然应允：“日后有用得着马某的地方，无不唯命是从！”刘道一联络会党，倾心结交，往往强调：时局正崩毁，各路英雄须勠力同心，方可有为。诸党人大喜，认为刘道一可成大事，各自捐弃前嫌，化解积怨，迅速凝聚到中国同盟会的大旗下。

1904 年 2 月，华兴会创立之初，黄兴、宋教仁等人定下良策，“雄踞一省，然后号召各省响应”，以此波荡全局。当时，华兴会力量薄弱，于急切之间揭举义旗，有两股地方势力理应争取：其一是活跃在湘、鄂、赣三省的洪门各堂口，其二是驻扎于省城的新军。湖南哥老会内部鱼龙混杂，但它的旗号是“反清复明”，在“反清”的立场上，彼此同仇敌忾；新军武器精良，部分官佐受新思想熏陶，已潜移默化，与革命党人互通声气，对黑暗腐败的政治现状极为不满，很显然，待到时机成熟，新军反戈一击，这是不难预知的大概率事件。

刘道一的父兄与哥老会交情不浅。有一年，省府派员到湘潭缉拿哥老会正龙头马福益，刘方尧常在衙门走动，探得确切消息，便抢先一步，让长子刘揆一去客栈给洪门伙计通风报信，马福益顺利摆脱追捕。当天夜里，洪门兄弟循例给刘家送去猪头肉作为谢忱。那以后，马福益称呼刘揆一为“恩哥”，两人义结金兰。刘家与哥老会有这样一段善缘，再加上刘道一长于引导，几个回合，他就说服了马福益出面与黄兴会晤，彼此精诚合作。

1904 年夏，刘道一东渡扶桑，在海轮上，他结识了鉴湖女侠秋瑾，两人同为热忱性情，当着辽阔海天，畅述革命怀抱，志同道合，深相投契。到了日本后，刘道一入东京清华学校，与秋瑾、刘复权、王时泽等人秘结“十人会”，以“反抗清廷，恢复中原”为职志。不久，他又与刘复权、秋瑾、仇亮、王时泽一同加入冯自由、梁慕光创设的洪门三合会。宣誓仪式很特别，冯自由与梁慕光横牵六七尺长的白布，上书斗大字样“翻清复明”，新成员俯身从布下穿过，以示忠于主义。他们还在室内燃起篝火，各人在火上反复跳越，表示赴汤蹈火在所不辞。末了，他们共饮碗中雄鸡血酒，表示至死不渝。在会中，刘复权被封为洪棍（元帅），秋瑾为纸扇（军师），刘道一为草鞋（将军）。

刘道一牺牲之后，汤增璧撰文论及他与秋瑾的友谊，见解不凡，有独到之处，大意如下：秋瑾的长处，在于猛厉的作风；秋瑾的短处，在于缺乏沉毅的气质；孤注一掷，是她的优先选项；从容而勃发，期望于必定成功，她多半不能做到。秋瑾不死，或许会成为刺客中的高手？刘道一向来不喜欢与书生相处，而喜欢与侠客交游，所以他敬秋瑾为姊，刘道一能做聂政，秋瑾就能做聂嫈。

二

1906 年春夏之交，湖南洪水泛滥，几百里地方汪洋一片。死者数万人，浮尸蔽江，不可收拾。由于米价暴涨，饥民四出乞食，清政府无意赈济灾黎，致使民怨沸腾。年前，湖南哥老会正龙头马福益已被湖南巡抚端方捕获杀害，洪门与清廷结下了不共戴天的血海深仇。根据形势变化，同盟会代总理黄兴认为，在湖南首义的条件业已成熟。于是他派遣刘道一、蔡绍南等人潜回内地，“运动军队，重整会党”，联络反清力量，共图大举。

从东瀛归国之前，刘道一于稠人广众间慨然叹息道：“大丈夫不当流亡终身！”东瀛只是革命党人的暂栖之所，绝非久留之乡，应把民族革命当成大事业来做，仅从远处发声是不够的，还必须从近处发难，才可以影响众生，震撼全局。

刘道一、蔡绍南受同盟会总部指派归国后，抓紧时间，在长沙水陆洲畔开会集议，传达黄兴的主张：“革命军发难，以军队与会党同时并举为上策，否则亦必会党发难，军队急为响应之，以会党缺乏饷械，且少军队训练，难于持久故也。且甲辰一役，会党分为五路，势远力涣，遣调不灵，疏忽致败。今欲规取省城，宜集合会党于省城附近之萍浏醴各县，与运动成熟之军队联合，方可举事。”随后他们到萍乡、安源等地的矿场组织机关，集合会党，同时运动新军和联防营。

准备起义需要足够的时间，而时间恰恰是起义者的天敌，常言道夜长梦多，一旦风声走漏，鹰犬就会警觉，人员易遭搜捕；一旦起义者操之过急，贸然提前发难，各部尚未协调，则胜算太小。萍浏醴起义，既败于军械准备不足，又败于指挥系统失灵。洪江会首领、中华国民军南军革命先锋队都督龚春台尚未定期，前营统带廖淑保就擅自召集队伍，举起“汉”字旗，发布檄文，宣布起义。尽管有浏阳洪福会首领姜守旦统领的新中华大帝国南部起义恢复军为之策应，但他们面对武器精良、训练有素的五万官军，无法扭转颓势。

消息传到长沙，刘道一深以为忧。数日后，起义军首领龚春台突围而出，潜入省城，身份不慎暴露，被巡捕逮入监牢。事已至此，形势万分危急，刘道一置身龙潭虎穴，已难以掩藏自己的行踪。

萍浏醴起义失败了，起义军首领和将领，除了龚春台逃脱追捕，姜守旦隐匿民间，蔡绍南、魏宗铨、冯乃古等都被捕杀。清政府所采取的清乡镇压可谓残酷，起义军前后被杀者一万余人，群众被杀者二万余人。

1906 年 12 月上旬，刘道一从衡州（今湖南衡阳）返回长沙，途中被清军虎标右营游击熊得寿捕获，解至长沙司门口湖南臬司署。刘道一身在缧绁中，写信给友人，语气相当淡定 ：“道一必不忍以父母所爱之躯为毒刑所坏，彼若刑讯，吾则自承为刘揆一，以死代兄，吾志决矣。”然而他不幸撞在湖南按察使庄赓良和巡警道赖承裕手中，受尽酷刑。他们拷问刘道一 ：“你不做本朝良民，非要闹什么革命，就不怕剁脑壳？快讲，你究竟是何居心？”刘道一奋然回答 ：“革命大义，跟你们这些愚不可及的走狗讲了也等于白费唇舌，何不取下我的佩章，仔细看个分明！”佩章上面雕刻了“锄非”二字。酷吏庄赓良为了邀功请赏，打算把此案整成大案要案，罗织的人多，还可发笔横财。虽被拷打得体无完肤，但刘道一宁死不肯出卖同志，他厉声呵斥行刑者 ：“士可杀，不可辱，死即死耳！”

1906 年 12 月 31 日，是个既寒冷又阴惨的日子，刘道一被行刑队押解到长沙市浏阳门外，“魁刽举刀斫之，四击乃断其头”。行刑之前，刽子手通常会预备两把鬼头刀，一把是经常磨砺的快刀，一把是很少磨砺的钝刀，他们斩决普通死刑犯，只要犯人家属肯打点酒钱，便用快刀行刑，刀起头落，一举了断 ；他们杀害革命党人，则会奉命使用那把钝刀，故意对受刑者施加更多身体上的痛苦和心理上的煎熬。刘道一被虐杀就是如此，刽子手举起锈钝的鬼头刀，对着他的脖颈连斫四下才完全砍断，血肉飞迸，死状极为惨烈，围观者无不胆落魂飞。

刘道一不仅是烈士，而且是孝子。自古忠孝难以两全，他为革命事业奔走四方，在日本，有时与兄长刘揆一相聚，念及高堂寂寞，无人奉养，兄弟俩抱头痛哭。道一对揆一说："国难方殷，虽谓大丈夫誓扫匈奴不顾身，然我兄弟二人，浪迹天涯，贻忧父母，可为锥心。昔楚有伍尚、伍员兄弟，一留一行，不有留者，无以尽孝，不有行者，无以复仇。今日当颠倒其序，弟愿为伍尚，兄为子胥可也。"道一的父亲刘方尧晚年患偏枯症，半身不遂。道一急于归国，一半是为了谋大事，一半是为了尽孝思。此行凶险，回家才一个多月，他就惨遭杀身之祸。噩耗传来，刘父让人用肩舆抬着他去刑场为道一收尸。从刑场到码头有一里多路，刘翁心痛情伤，竟然奇迹般地下地行走。然而老年丧子，悲恸过度，一个月后，他就溘然病故了。

三

迟至 1907 年 1 月下旬，刘道一在长沙浏阳门外被官府杀害的消息才传到日本。刘揆一悲恸欲绝，一口气吟成八首《哭炳生弟》，其末章尤为凄怆：

夜阑灯暗泪潸然，予季魂兮宛在前。
早日深情棠棣赋，清流遗恨豆萁篇。
苦心漫说仇三世，掩面还当入九泉。
速死倘能重聚首，人间无复弟兄缘。

刘道一的英勇牺牲在中国同盟会中引发深悲效应，比起一年前的陈天华蹈海自沉有过之而无不及，孙中山、黄兴、宋教仁、章炳麟、黄侃、柳亚子等人都赋诗悼挽，可称哀荣备至。

有史料显示，孙中山请江西才子汤增璧代作了一首极具悲壮色彩的挽诗，由他署名发表，然而细心的读者很难从《孙中山全集》中找到同类型的作品，可见这次孙中山带头悼挽刘道一是罕见的义举，是特殊的礼遇，原因只有一个：萍浏醴起义“爆发于中国腹心地区……参加人数之多，为历次起义所无，是同盟会成立后第一次大规模的起义，激起了巨大的反响”。刘道一是同盟会会员中为革命起义流血牺牲的第一人，作为先驱者，杀身成仁，舍生取义，令同志感奋不已。

孙中山名下的这首悼诗高度赞扬了刘道一的才智和气概，可谓无以复加，对于国内哀鸿遍野的形势颇为悲悯，尾联的乐观气息则显而易见。

半壁东南三楚雄，刘郎死去霸图空。
尚余遗孽艰难甚，谁与斯人慷慨同。
塞上秋风悲战马，神州落日泣哀鸿。
几时痛饮黄龙酒，横揽江流一奠公。

从华兴会到同盟会，黄兴与刘氏兄弟志同道合，生死与共，早就结成了刎颈之交，因此他的挽诗更见悲伤的烈度，尤其痛惜革命队伍中不幸丧失了一位年轻的国士、奇才：

英雄无命哭刘郎，惨淡中原侠骨香。
我未吞胡恢汉业，君先悬首看吴荒。
啾啾赤子天何意？猎猎黄旗日有光。
眼底人才思国士，万方多难立苍茫。

爱才者最惋惜英才早逝，黄兴感慨：我每次谋划革命方略，只有道一能够周详，并且他精通英语，辩才无碍，是“将来外交绝好人物”，奈何就死于这次起义呢！

梁启超并非革命党人，亦痛惜人才凋零，他撰写《刘道一传赞》，大意如下：上天笃定降下一位奇才，着实不易，而被万恶的社会加害，使他竭尽聪明才力去奋斗，只得到死神的眷顾。死亡何足愤恨、遗憾，但社会元气的损失，不可恢复。

是啊，人固有一死，革命志士视死如归，但青年才俊的早逝无疑是中华民族的损失。孙中山晚年，呕心沥血，殚精竭虑，却左支右绌，大有独木难支之感，何故如此？因为宋教仁、黄兴、蔡锷等大批雄姿伟抱的栋梁之材先已倾折。智士烨烨其文，勇士桓桓其武，得一可安天下。孙中山何其有幸，他得到了这批精英倾心舍命的拥戴；又何其不幸，眼睁睁地看着他们纷纷凋零。孙中山遗嘱中那句“革命尚未成功，同志仍须努力”，固然是黾勉之词，又何尝不是伤感之语。

四

每到深秋时节，岳麓山清风峡的景致就比旺晴天的朝霞夕晖还要绚烂，无论是谁，俯身拾起一片流丹溢彩的枫叶，都无异于拾起一段激情燃烧的岁月，似乎只需轻轻嘘一口气，它就会迸溅出几簇火星。

从清风峡拾级而上，路旁的一座烈士夫妻合葬墓引人注目，烈士刘道一牺牲时二十二岁，其爱妻曹庄殉情时也是二十二岁。烈士夫妇遗体初葬于湘潭县花萼乡杨柳村，1912 年，湖南都督府表彰英烈，将他们的棺椁迁葬于岳麓山。

⊙ 刘道一、曹庄合葬墓

我久久地凝视墓碑，“烈士刘道一曹庄墓”，谭延闿题写的八个颜体字厚重而质朴，左右两块附碑上镌刻着刘揆一撰写的碑记，细述烈士生平，堪称原原本本。我抚拍围栏，摩挲阡表，朝向拜台和香炉，双手合十，默默礼赞，不禁感叹一百多年前的革命狂飙和青春献祭依然封印如故，此时无声胜有声，此地有义亦有情。

人世间有许多故事一直蜷缩在厚厚的黄卷中叹息，也有不少故事宛如优美旋律中古灵精怪的音符，不肯停歇它爱飞的翅膀。在岳麓山清风峡边，在刘道一、曹庄夫妇合葬墓前，你便能感受到故事的陈香悠悠不绝，由缕缕松风在耳畔轻轻吟诵。

1903 年，刘道一留学东瀛前，与曹庄结婚。刘道一刚刚加冠（二十岁），曹庄正值二九芳华（十八岁），一个玉树临风，一个春花吐蕊，可谓天作之合。曹庄出生于诗礼之家，不仅知书达理，而且深明大义。刘道一留学东瀛之后，常在书信中称赞秋瑾的襟怀、胆魄和才识是女界典范，认为妇女欲改造社会，就应当负起相当职责，不可袖手旁观，以此激励正在长沙周氏家塾（今周南女校前身）求学的曹庄，不要听天由命，甘愿做个低眉顺眼的闺阁女子，而要提升自我，成为新女性，向鉴湖女侠秋瑾看齐，琴心剑胆，不让须眉。

1906 年冬，刘道一英勇牺牲后，曹庄痛不欲生，患上了严重的抑郁症。刘道一的大嫂黄自珍与曹庄妯娌情深，哀怜后者膝下荒凉，将刚刚出生的次女过继给她，取名“孝娥”，即孝女曹娥的意思。然而天下有情人哀莫大于心死，悲莫甚于幽明永隔，两年后，刚过农历十一月十六日刘道一的忌辰没多久，曹庄选在大年初一那天殉情自尽了。黄自珍有咏絮之才，感伤此变，吟成七言诗《哭娣妇曹守道》（曹庄字守道），其中四句尤为凄伤：“红粉竟如斯命薄，金丹医不到心枯。家家爆竹颂元日，正是蛾眉死幽室。”曹庄天性贞烈，一死殉情，痛快斩截。

年轻的革命烈士视死如归，他们的爱妻扛不住内心的深悲剧痛，殉情自杀和因病早逝的情形往往有之。刘道一的爱妻曹庄殉情自缢，林觉民的爱妻陈意映则因病早逝，她们均亡故于烈士牺牲之后的两年间。

1913 年，湖南都督谭延闿主张将刘道一、曹庄夫妇的遗骸迁葬于岳麓山，他有感而发，堪称名论：“自古奇伟非常之人……冒死犯难以与暴政相搏，幸而济，则吾事举；不济，则以身殉之已耳。”这种预先不计成败的流血牺牲，近代湘人常为嚆矢、先声，允为楷模、表率。

刘道一刑前赋绝命诗，有句“但期吾道不终孤”，诚然，道不孤，必有邻，岳麓山上葬有那么多英才烈士，全都是他的芳邻。

辜负我满腔心事矣

禹之谟敢于鼓动民众，勇于争取民权，获罪于本省官府，最终被绞杀于靖州，名闻天下。百年沧桑，千载名业，从浓厚的历史雾霾中，至今还能够透射出几缕真光？这应视凭吊者之领悟力高下而定：其下者或许认为，他在岳麓山躺得一块风水宝地，永垂不朽，亦云幸矣；其高者则另有评判，他为生民请命，万死不辞，令人感奋而思慕，亦云壮矣。

一

大禹治水，三过家门而不入，被墨家奉为鼻祖。

在《仁学》中，谭嗣同郑重明言：中国需要墨家精神的加持，而非儒家文化的陶冶。他批判儒家代表人物荀况的学说纯属“乡愿”，只知“工媚大盗”，评价之低，令人咋舌。

墨家具有淑世情怀，摩顶放踵，勇敢精勤，热爱建设，崇尚创造，重视工商，珍惜和平。他们悲悯生民之苦，如同出自本能。

在近代湖南，有一位志士、侠士和烈士，极具墨家精神，而且这位铮铮铁汉极可能就是大禹的嫡亲后裔，他就是禹之谟。

禹之谟的祖父禹荣达以耕读立业，以勤俭持家，营建贻则堂，取义于《尚书·五子之歌》中“明明我祖，万邦之君。有典有则，贻厥子孙”之句。在湘乡，禹荣达是公认的好塾师，以志行高洁为尚，以己饥己溺为怀，讲信修睦，辅世长民，祖父的言传身教有益于禹之谟青少年时期的人格形成。

禹之谟不喜欢吟读八股文，十五岁便投笔经商，在老店铺做学徒，他不习惯以奸巧欺诈的手段牟利，只好回家自修，涉猎史鉴和杂学，通晓大义，好发奇论，爱结交底层“草根”，与之熟络无嫌。“提三尺剑，挟一卷书，早识先生有侠骨”，这是少年同窗对禹之谟的真确印象，可见他性喜抱打不平，侠义精神由来有自。他关心民间疾苦，无论谁欺负弱者穷人，他都会义愤填膺，急于为他们出主意，帮他们写状纸。

有一年，天降灾荒，民间饥馑，禹之谟见舅父刘献廷囤积居奇，闭仓不粜，就伸张大义，鼓动闹粜的饥民去舅父家试试运气，他还当众骂舅父为“财猪”。刘献廷记仇记得牢，不报不休。多年后，禹之谟被捕入狱，舅父竟然向官府呈递禀帖，请求处死外甥，毫不顾忌人伦之惨变。

1886 年，经叔叔禹骏烈介绍，禹之谟前往江苏南京，开启了长达十年的游幕生涯。他做过文案，办过军需，常往来于江、浙、皖、闽诸省，由于行事勤谨，待人谦和，极受官兵敬重。十年间，禹之谟眼界大开，不仅饱览名山大川，而且熟识三教九流，与许多志士豪杰建立了深厚的友谊，对清政府的腐败无能也有了极其痛切的认知，民族革命思想在内心长成壮苗。

匣中三尺水，跃起作龙鸣。
有鬼哀风雨，何人托死生？
只今无季子，在昔见荆卿。

清夜飞腾志，时时为尔萌。

从这首述志诗中，我们可以清晰地看到禹之谟寻求信义知己的愿望、铲除专制暴政的决心和投入革命事业的激越情怀。

中日甲午战争时，作为运送军需物资的人员，禹之谟“经敌垒，冒重险，卒完所事”，以劳绩获赏五品顶戴。一场大战竟由假主战派、真投降派主导进攻守御，最终必以惨败收场，李鸿章代表清政府签署了丧权辱国的《马关条约》，这就等于把利刺深深地扎入了四万万人的五脏六腑。

眼见国事日非，禹之谟弃官还湘，潜心于实学，先是在上海研习矿务科目，然后考察长江流域的矿区，“屡兴工程，辄因阻力而止”。他发现，由腐败政府把持的任何经济活动，贪官污吏都会想方设法从中捞取油水，开矿利润高，尤其如此，若不肯与之勾兑，必定寸步难行。

二

1898 年秋，百日维新失败，谭嗣同、杨锐、林旭等“六君子”被杀，血淋淋的教训告诉禹之谟，倚赖清朝政府变法图强，重铸中国魂魄，实无异于与虎谋皮，唯有力倡革命，方可救亡。

1900 年，禹之谟与唐才常筹划自立军起义，他主要负责军需。8 月 22 日，他将部分枪械从上海偷运至汉口。那天早晨，他走近唐才常的寓所，才发现督署衙役正在抓人，于是他急中生智，冒称邮差，侥幸逃脱。

以政治改良救国，以武装起义救国，这两条路线全被堵死后，禹之谟决定以实业和教育救国。于是，他去日本学习技术和工艺，吃了许多苦，但甘之如饴。

1902年，禹之谟在安庆办阜湘织布厂，在湘潭设湘利黔织布局，两年之后，将工厂迁至长沙。在湖南开机器织布厂，禹之谟是头一个。这位企业主显然与众不同，“跟职工同寝食、同起坐、同工作、同商量、同谈笑，恍若一家父子兄弟之亲密，毫无劳资长属之区别”，分配尤其公平，他从不多拿一分钱，而是由大家商议，将大部分利润投入再生产，剩下的利润，该做公益就做公益，该资助贫苦就资助贫苦，这样的生产联合体营造出职工人人爱厂的氛围。

1904年，禹之谟加入华兴会。翌年，由易本羲主盟，禹之谟加入了同盟会。不久，同盟会湖南分会成立，禹之谟被推举为首任会长。当时，禹之谟还被推举为湖南商会会董、湖南学生自治会干事长，是公认的一脚踏三界（学界、工界、商界）的牛人。

1906年，志在兴学育才、教育救国的禹之谟创办了惟一学堂，暂借湘乡试馆为校舍，禹之谟自任学堂监督，黎尚雯主持教务。黎尚雯为人极重气节，堪称学界奇才。在禹之谟被逮捕入狱、惟一学堂遭到查封的至暗时刻，他力挽狂澜，将惟一学堂及时更名为广益英算专修科，使惟一学堂得以脱险续命。黎尚雯还与众同仁惨淡经营，共渡难关，使广益英算专修科获得清朝学部核准，改名为广益中学堂。他拥护孙中山的革命主张，日后做过中华民国参议院参议员，1918年在长沙病逝，公葬于岳麓山。

当年，禹之谟在惟一学堂宣传民族革命思想，鼓励师生“脱离奴籍”，短期内即形成虹吸效应，彭遂良、王光甲等外校进步学生慕名而至。当时，惟一学堂口碑极佳，“其学生皆有自尊独立之风，校风为全省各校之冠”。

1906年初夏，禹之谟组织社会各界热心人士和青年学生公葬

⊙ 禹之谟

烈士陈天华、姚宏业，万人素服结队，护送双棺过湘江，上岳麓，声势极浩大。惟一学堂的学生打头阵，身着素服，手举白旗，先行队队长即该校学生、后来也公葬于岳麓山的辛亥革命志士彭遂良。一时间，省城官绅心惊胆战，害怕民气伸张，政府也自感危栗。

在湖南商界，禹之谟享有盛誉，是商会会董，更可贵的是，他带头出资创办了湘乡驻省中学（湘乡一中前身）和惟一学堂（湖南师范大学附中前身），膺任湘学会会长，在教育界的人望一时无几。在湘籍革命队伍中，禹之谟是一位卓越的领导者，湖南民族革命力量的茁壮成长，离不开他的精心组织。

长沙学务处总监督俞诰庆以迫害学生、打压学运为能事，平日里道貌岸然，实则是个好作狎邪行的嫖客，时或以学务处灯笼为前导，逛窑子如同走亲戚。某日，他又到相好的妓女春苔那里嫖宿，学生们眼明手快，将二人捉到药王街镜中天照相馆，涂其面，裸其体，拍照片以确证其男盗女娼。禹之谟当然不会轻易放过俞某，特意选在濂溪阁召开大会羞辱此人，斥其下流无耻，令其声名扫地。

俞诰庆怀恨在心，暗中向官府告密，诬指禹之谟是革命党魁，将集结本省军、学、商人员伺机起事，清朝大吏格于清议，并且忌惮禹之谟在本地积攒的美誉度，迟迟不敢抓人。

三

世间有两类传奇人物令人印象深刻：一类是救民于水火、解民于倒悬的英雄，另一类是惊天地、泣鬼神的烈士。禹之谟属于后者。

1906 年夏，禹之谟率领暑期回乡的一百多名学生，赴湘乡县衙交涉，要求县衙协同追缴畅远盐行历年浮收的盐税附加款，以此充作办学经费，他据理力争："食盐加税，已违人道，浮收巨额，民命更危。不得已，争浮收之款办学，免入贪囊。"湘乡知县陶福曾为官难言清正，不肯出面主持公道，遭到禹之谟严词斥责，青年学生血气方刚，尤为激愤，摘下县衙里面高悬的德政匾，将它当场砸烂。陶福曾本就与俞诰庆之流共裤连裆，一个鼻孔出气，眼下被诶受辱，恼羞成怒，于是"据实上闻"，控告禹之谟"率众哄堂塞署"。对于学生运动，俞诰庆等人畏之如虎，惶惶不可终日，眼下揪住现成的"罪证"，自然要群起而谋害之。他们先是动用报纸多方污损禹之谟的清誉，然后向湖广总督张之洞进言，"不杀禹不足以寒革命党之胆"；转头又向署理湖南巡抚庞鸿书面陈，"不杀禹无以正学界人心"；意犹未尽，他们还动用学部主事范源濂的关系，从上向下施加压力。

形势日益凶险，禹之谟很清楚自己的处境恶化之快，他写信告诉家人：

“我之不容于虏，固也。加以群小构陷，置之死地，意中事也。”

当日，众口铄金，嚣嚣之声不绝，有三人成虎之势，亲友们纷纷劝说禹之谟藏器待时，规避凶锋，远走高飞。面对来人，禹之谟的回复可谓百虑而一致：

一是时不我待。他说：“俟河之清，人寿几何？今何时也？尚可待乎？人人皆待，天下将谁待耶？”

二是空间已无优容的余地，天生的血性也不准许他出逃。他说：“死耳，夫复何言！吾湖南人，不住湖南，将焉往？倘他日异族下一令曰：‘屠杀汉人。’吾汉人又将焉往？前途莽莽，其各勉旃，无以我为念。”

三是为求仁取义，他乐意牺牲。他说：“各国改革，孰不流血，吾当为前驱！”这句话怎么这么耳熟？“各国变法，无不从流血而成，今中国未闻有因变法而流血者，此国之所以不昌也。有之，请自嗣同始！”禹之谟与谭嗣同所言如出一口。

四是他反复思忖，大责未尽，壮志未酬，无以偿故友相知之厚，无以慰大众相望之殷。

禹之谟的胞弟赶紧托人设法帮哥哥火速加入英国国籍，冀望借此作救命铁券、免死金牌。禹之谟知道后，以临危受难向洋人乞怜求活为耻，坚决不允许此方案实行。

禹之谟被捕后，先是被囚禁于善化县（今属湖南长沙）牢狱，知县王章祺心知此人素具民望，故而“相待不虐”。半月后，禹之谟被移解靖州，王章祺还破例礼送他八元零花钱。押解途中，武陵（今属湖南常德）知县廖世英也有样学样，优待禹之谟，赠送制钱六千文，足见湖南官场并非铁板一块，其中不乏明白人。

患难见真情，最难得的是同乡和同志陈荆，他先是与宁调元等

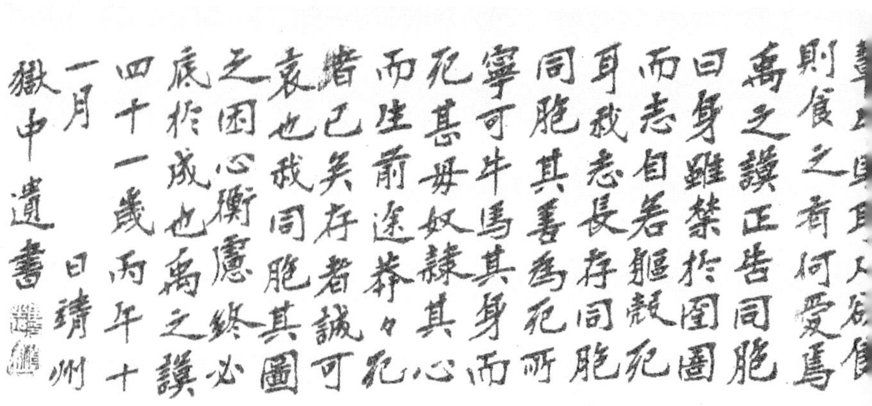
則食之者何愛焉
禹之謨正告同胞
曰身雖禁於囹圄
而志自若軀殼死
耳我志長存同胞
同胞其善為死所
寧可牛馬其身而
死甚毋奴隸其心
而生前途莽莽死
者已矣存者誠可
哀也我同胞其圖
之困心衡慮終必
底於成也禹之謨
四十一歲丙午年十
一月 日靖州
獄中遺書

⊙ 禹之谟狱中遗书

人撰写文章，为禹之谟鸣不平，后来又自沪返湘，从长沙徒步前往靖州探望陷狱受刑的好友，禹之谟感慨系之："来则使我忘为狱居，去后又使我郁郁相思！"

初到靖州，禹之谟撰联明志，上联是"暂藏丰城剑"，下联是"待著羑里书"，尚有收敛锋芒、狱中著书的想法。士林学界不少人都在设法营救禹之谟，可是并未成功。他致书友人，略抒愤懑：

"捕拿下狱，不遂我杀身之志；幽居无聊，又不能尽建设之义务。恨如何之！"

靖州知州金蓉镜是著名的酷吏，由他穷治此狱，禹之谟的境况险恶之极，再加上被捕的革命党人杨怀三受刑不过，已经供认不讳，案情定性遂发生逆转。

1906 年冬，湖南巡抚岑春蓂下令对禹之谟"严加惩办"，给予金蓉镜"当机立决"的自主裁量权。

靖州监狱原本就堪称人间地狱，《武昌革命真史》的作者曹亚

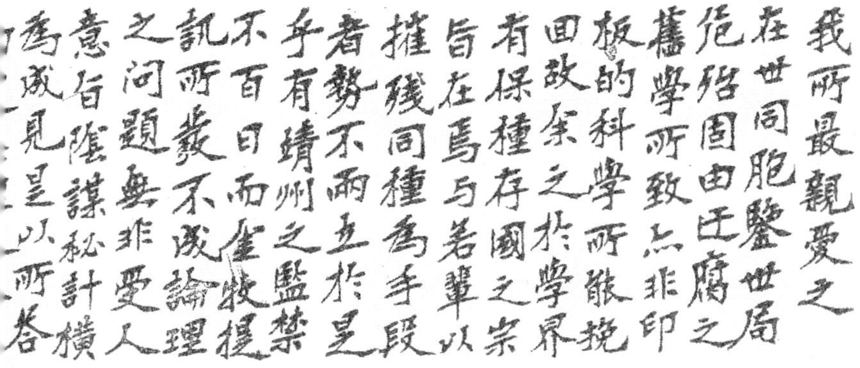
我所最親愛之
在世同胞鑒世局
危殆固由任腐之
舊學所致点非印
板的科學所能挽
回故余之於學界
有保種存國之宗
旨在焉与若輩以
摧殘同種為手段
者勢不兩立於是
乎有靖州之監禁
不百日而全牧提
訊所發不成論理
之問題無非受人
意旨陰謀秘計横
為成見是以所答

伯言之凿凿 :“靖州牢狱役卒，向来非常凶残，苛求犯人，备历苦楚，必须重贿，方能免祸，真不堪之惨。其无钱者，如欲打草鞋度日，即割断其绳索，且终（日）幽闭笼内，虽至亲不得面晤。”

禹之谟惨遭酷刑的摧残，跪铁链、压木棍都不算什么，金蓉镜还命令狱卒用辣椒末熏呛他的口鼻，且亲持一大把点燃的线香灼烫禹之谟的背部，甚至用结实的麻绳吊断他的拇指，其目的昭然若揭，即威逼禹之谟供出在湖南进行地下活动的革命党人的名单，摸清楚他们的踪迹，好将他们一网打尽。禹之谟受尽地狱般的考验，却始终坚不吐实，以保护同志周全。

靖州有人同情禹之谟的悲惨遭遇，便将下过毒的白斩鸡、红烧肉送进牢房，想帮禹之谟及早解脱肉体上的痛苦。禹之谟当然明白他们的好意，也非常领情，但他绝对不肯像懦夫那样自杀。

太史公司马迁说过 :“人固有一死，或重于泰山，或轻于鸿毛，用之所趋异也。”眼下，禹之谟深知，重于泰山的历史机会就摆在自己面前。他告诉好心人：

“大丈夫光明磊落，如白日青天，禹之谟岂畏死者？若畏死，则不至此地矣！”

处绞刑之前，禹之谟作遗书多通，《致诸伯母书》尤见其意气之昂扬：

“侄十年以来，不甘为满洲之奴隶，且大声疾呼，唤世人无为奴隶……宗旨甚正，程度渐高，思想甚大，牺牲其身，无所惜也。”

1907 年 2 月 6 日凌晨，酷吏金蓉镜在靖州城西门外设置刑场，禹之谟被押解到刑场后，面对绞刑架，他昂首怒目，厉声质问金蓉镜：

“我要流血，为何绞之？吾热血不流，辜负我满腔心事矣！”

金蓉镜先是磔磔冷笑，然后洋洋得意地说：

“汝辈素讲流血，今日偏不给你流血的机会，何如？”

禹之谟凛然以对，随即高呼：

“好！好！免得污坏我的赤血。禹之谟为救中国而死！救四万万人而死！继我志者自有人！”

这位铁骨铮铮的湘乡汉子，物质生命停留在第四十一个刻度上，精神生命则进入了永垂不朽的殿堂。

四

禹之谟壮烈牺牲后，族人和友人先是用薄板棺将他的遗体暂厝于靖州西门外异溪河畔，翌年春天，家人收拾其遗骸，迁回湘乡青树坪。

革命志士都敬佩禹之谟，没有人会忘记他。中华民国成立后，陆军部长黄兴呈请临时大总统孙文，追赠禹之谟为“陆军左将军”，抚恤其遗族。

1912年10月，湖南都督谭延闿委派专人将禹之谟遗骸从湘乡青树坪迁葬至长沙岳麓山。两个月后，湖南都督谭延闿亲自出面，社会各界积极参与，举行了盛大的公祭仪式。禹之谟的次子禹宣三时年十二岁，后来他回忆道："追悼会后，接着发引，灵车向岳麓山进发，黄兴执绋前导。在行进途中，照了张大照片，一个大胖子走在前头，就是黄兴……"谭延闿宣读他亲笔撰写的《祭禹之谟烈士文》，遗属获赠一批印有"就义成仁"字样的铜质纪念章。

在众多挽联中，有两副挽联颇为精切，值得留意。

昔日公葬人，今日人葬公，麓山无恙，好与陈天华、姚宏业诸烈话旧；

世治道殉身，世乱身殉道，鼎镬诚甘，只恨金蓉镜、庄赓良二贼未诛！

民国学者朱启寰撰成此联，缕述禹之谟公葬陈天华、姚宏业的义举，简略而精详，表彰烈士以身殉道，追究凶手有罪未诛，也耐人寻味。

禹之谟与陈天华、姚宏业情深义重，最终聚首于岳麓山中，必有叙不完的旧，道不完的乏。且看禹之谟的好友陈恕撰写的挽联：

因麓山死，以麓山名，陈、姚倘有灵，自应化鹤归来，相将携手迎知己；

抱天下才，为天下忧，黄、黎犹余恨，未克黄龙直捣，能不拊髀思先生。

禹之谟敢于鼓动民众，勇于争取民权，获罪于本省官府，最终被绞杀于靖州，名闻天下。陈、姚化鹤归来，一定会在岳麓山上迎迓这位生死不隔的知己。此联还推进一层，认为黄兴、黎元洪未能率领革命军直捣黄龙府，而是假手于袁世凯推翻清朝，终究差了些意思，他们拊髀缅怀烈士禹之谟，难免心生愧疚和遗憾。

禹之谟烈士墓位于麓山寺北侧，与陈天华、姚宏业烈士墓上下毗邻。

百年沧桑，千载名业，从浓厚的历史雾霾中，至今还能够透射出几缕真光？这应视凭吊者之领悟力高下而定：其下者或许认为，他在岳麓山躺得一块风水宝地，永垂不朽，亦云幸矣；其高者则另有评判，他为生民请命，万死不辞，令人感奋而思慕，亦云壮矣。

惟一学堂是广益中学的前身，广益中学曾有一位铁骨铮铮的好校长——教育家任邦柱。他执掌广益中学之初，正值1927年“马日事变”之后，他毅然辞去原先的高薪职务，毁家办学，竭力改善广益中学的校舍和教学设施。湖南省政府主席何键为了沽名钓誉，表示愿意赠送十万银圆赞助广益中学办学，只需挂名该校董事长即可。然而他这个在别人眼里“不算过分的要求”遭到任邦柱的断然拒绝。任校长深知，这笔巨款沾染了革命者的鲜血，若贸然收受，广益中学的清誉必然含垢而蒙羞。

广益中学的校训是“公勤仁勇”，培养人才，服务社会。为了办好广益中学，任邦柱校长内举不避亲，劝导侄子任自立来校任教。任自立毕业于北京大学物理研究院，原本准备出国留学，架不过叔叔的盛情邀请，成为广益中学的骨干教师。1936年，任邦柱病逝，湘籍名士曹孟其接任校长，任自立为教务主任。五十年间，广益中学人才辈出，李立三、柳直荀、欧阳予倩、任俨、朱干民、周继溪、劳特夫、沈立人都曾就读于广益中学。黎鳌、黎介寿、黎磊石三兄弟，以及张履谦、朱之悌，均为中国工程院院士，他们都曾是广益中学的学霸。

1955年初，湖南省立广益中学改名为湖南师范学院（今湖南师范大学）附属中学，禹之谟烈士被确认为该校的创始人。如今，他的半身铜像就矗立在校园内逸夫图书馆前，端详其神情，若沉思往事，又若注视远方，令人肃然起敬。每逢清明时节，禹之谟铜像前必定摆满鲜花，师大附中的师生还会结队登上附近的岳麓山，给这位师祖扫墓。

在“烈士禹之谟墓”前，青少年学子默念或诵读其墓碑上镌刻的绝笔《告在世同胞书》，其中满是披沥肝胆的热血文字：

“禹之谟正告同胞曰：身虽禁于囹圄，而志自若；躯壳死耳，我志长存。同胞！同胞！其善为死所，宁可牛马其身而死，甚毋奴隶其心而生！”

这句话如同锐利的银针，不知能否刺痛那些麻木不仁的灵魂？

青山听见了，白云听见了，一切有灵者全都听见了；在九泉之下，禹之谟也必定听见了，这一刻他感到欣慰了吗？

十日都督亦壮哉

1916 年 10 月，焦达峰的遗骸迁葬于岳麓山麓山寺东侧禹王碑下方，筑为圆形石冢，主碑上题字为“陆军上将光复湖南大都督焦公达峰之墓”。墓首加立一块石碑，谓之“浏水堕泪之碑”，铭文由刘人熙题写。此碑的左右两侧镌刻有焦达峰撰于 1906 年的一副首字嵌名自题联，上联是“达向九霄云路近”，下联是“峰高五岳众山低”，细品之，属实气韵非凡，胸襟不俗。

一

焦达峰出生于湖南浏阳，从小就以争强好胜名噪乡里，说他霸气外露，绝不为过。焦达峰年少豪健，每次私塾散学回家，就集合邻里儿童，分为两队决战。己方不胜，必定重开一盘，直到对方溃败为止。

生于斯，长于斯，志行易受同乡人物的影响。“浏阳二杰”谭嗣同、唐才常均为首屈一指的激进人士，壮烈事迹家喻户晓。清末时，前者参与戊戌变法，喋血京师；后者领导庚子自立军起义，授首武昌。焦达峰就读于浏阳学堂，喜欢聆听长辈讲述谭、唐二烈士的故事，每次听完，“必怒目抵案而立”，足见他内心波涛百尺，汹涌不息。

焦达峰颇具运动天赋，尤擅竞走、足球，作风硬派，“持论刚断，不苟言”。同学给他取绰号“谭唐”，意即谭嗣同、唐才常的合体。有人看好他的前程，夸赞他将来一定会成为俾斯麦和纳尔逊那样的狠角色，前者是德国的铁血宰相，后者是英国的神勇上将，他毫不谦虚，照单全收。

1903 年，焦达峰来到长沙，入华兴会创办的东文讲习所学习日语，为翌年留学日本做必要的语言准备，他还加入了华兴会的分支同仇会，联络江湖袍哥。

当年，湘籍留日学生唯黄兴马首是瞻，宋教仁、陈天华、刘揆一、刘道一、章士钊等大才子全是他忠实的粉丝。焦达峰却轻文重武，与众不同，入日本东斌步兵学校，张扬血性，江湖义气优先，与醴陵、浏阳一带洪江会的徒众联系紧密，有一呼百应的本领。黄兴向来重视与江湖会党的联络和沟通，对焦达峰这方面的优异表现还是感到满意的。

1905 年秋，由禹之谟介绍，焦达峰在东京加入了同盟会。嗣后，同盟会新设十部，其中有专门联络各地会党的联络部，由焦达峰出任部长。

1907 年，革命勇士徐锡麟刺杀安徽巡抚恩铭，消息传出，震动全国。焦达峰自觉留在同盟会机关难有作为，随黄兴赴边区起义亦非其志，便与四川张百祥、江西邓文翚、湖北孙武等数十人在东京另组共进会，欲以勇敢踔厉振奋国民精神，集结江湖勇士和新军志士，伺机在长江流域的中段（武汉三镇）发动武装起义，公推孙武、焦达峰负责两湖事宜。

黄兴从越南回来后，发现共进会有擅离同盟会、自主行动的迹象，便责问焦达峰何故另立山头，焦达峰的回答相当直率：

⊙ 焦达峰

“同盟会举事舒缓，故以共进会赴急，并非我们斗胆立异。”

黄兴担心经过共进会这番猛虎般的操作，革命阵营内会出现两个不同的系统，谁才是正统将成为一个问题。

“兵还没起，就争什么正统呢？将来你功盖天下，我拥护你；我功盖天下，你应当拥护我！”

焦达峰的话颇为粗豪，还有点托大，说起来倒也没什么大毛病。

黄兴闻言默然。

二

1908 年冬，光绪皇帝和慈禧太后相继病死，三岁小童溥仪即位于太和殿，其父载沣为摄政王，袁世凯权斗失利，罢官归养于彰德洹上村。

焦达峰感觉大势可乘，从日本匆匆归国，共进会在两湖地区迅速活跃起来。

1909年夏，焦达峰化名为左耀国，在湘东赣西地区（湘阴、平江、浏阳、醴陵、萍乡、万载）联络各江湖堂口的龙头大哥，被公推为首领。迄至1910年秋，他已将湘东赣西共进会成员扩充至数千人，其中不少人参加过1906年的萍浏醴起义，具有一定的革命觉悟和战斗经验。

1910年4月，长沙发生抢米风潮，新军四十九标排长陈作新眼见满街饥民，群情汹涌，欲迅即策动新军起义。他建议管带陈强相机行事，以为对方是同盟会会员、革命同志，必定欣然接受自己的进言。殊不知陈强胆怯，根本不敢冒险，还借故开除了陈作新的军籍。陈作新虽离开了军营，但他一直与新军中的下级军官、目兵和陆军小学的学生保持联络，常借出游的机会到岳麓山白鹤泉一带秘密集会，宣讲革命道理，讨论起义策略。随着同盟会会员刘文锦、吴任打入湖南新军，他们分别担任马队排长和四十九标文案，采取新的组织措施，标代表、营代表、队代表、排代表全由革命觉悟高的士兵充任，各级军官都觉察到士兵哗变的可能性正在不断变大，却无计可施，便纷纷请假，能避一时算一时。

1911年春，焦达峰前往湖北夏口，欲策应黄兴的广州起义，苦于经费奇绌，无从着手。凡事众人愁不如众人筹，集思广益，必定能想出好主意，湖北同盟会负责人居正脑子里灵光一闪，说是眼下有件难事不知当为不当为，有笔横财不知当发不当发，湖北蕲春洗马坡有一座达城庙，庙里有一尊金菩萨，只要偷出它来，换成银子，充作革命经费，就可以渡过难关。

共进会派人偷金菩萨？乍听去，这事太过离奇，也太过离谱。然而细想来，佛性慈悲，舍肉身饲虎都毅然乐为，舍金像赞助革命，又有何不可？焦达峰随即从湖南招募壮汉数名，前往蕲春，凿通了达城庙后墙，偷获金菩萨，结果被巡庙的寺僧发觉，鸣锣报警，惊动了当地的团防。众人为了脱身，“不得已将菩萨弃诸庙旁池塘而去，此数月奔驰之筹饷奇计，遂一旦付诸水泡矣。众闻此举功亏一篑，颇形懊丧”。据冯自由《革命逸史》中《鄂党人三盗金菩萨》一文所记，焦达峰等党人施展空空妙手偷盗金佛，不止一次，均功败垂成。日后，焦达峰被梅馨戕杀，迷信者竟将其遇害说成是偷盗金菩萨招致报应，就更加离奇和离谱了。

1911 年夏，武汉方面的共进会同志拟订方案：于深秋起事，为了防范清军从武胜关南下，遂决定先在长沙发动起义，武昌随即响应。焦达峰明确表态：

“长沙发难容易，但要是武昌新军十天之内还不响应，我必率军攻打武昌！”

武昌同志当即允诺，同时提出要求，倘若武昌方面先行发动，长沙同志必须迅即兴兵，焦达峰指天为誓。

10 月 10 日，武昌新军起义，传檄长沙，焦达峰决定在数日内响应，众人却犹豫不决。这时，清廷派大军从武胜关络绎南下，直逼武汉三镇，形势岌岌可危。湖南中路巡防营统领黄忠浩欲挥师北上镇压湖北新军，事态愈加危急。

焦达峰愤然呼吁道：“中国废兴在今日矣，尚观望耶？”

10 月 22 日，焦达峰亲自统领新军攻打小吴门，命令陈作新带队攻打北门，途中遭遇巡防军，彼此心领神会，臂缠白布，入据军械局。湖南巡抚余诚格闻讯逃之夭夭,巡防营统领黄忠浩见势不妙，亦觅路而逃，其护卫兵杨泳淞是哥老会成员，倾向革命，于混乱中故意大叫一声：“黄军门在此，休得无礼！”说时迟，那时快，炮兵正目李金山将黄忠浩挑落马下，解到小吴门城楼上斩首示众，长沙起义至此告捷。

10 月 23 日，湖南谘议局推举焦达峰为湖南都督，陈作新为副都督。

焦达峰为共进会筹集资金，在两湖地区长期秘密活动，广泛联络，追随他的江湖人士和中低级军官很多，清政府一直未能察觉他的意图，更不用说将他擒拿制服。倘若不是他坚决承诺出兵驰援武昌新军，后者根本不敢孤立地发动起义。焦达峰就任湖南都督仅三天，即决定派遣王隆中率领新编独立第一协出师援鄂。他还紧急招募兵员，训练军队，组建四镇人马：以余钦翼为第一镇统制，赵春霆为第二镇统制，易堂龄为第三镇统制，阎鸿翥为第四镇统制。

焦达峰扩军太快而经费不足，省城里面到处都是新兵，他们要吃要喝要饷，不守营规，日夜喧闹，各机关应接不暇，众士绅烦恼不已，因此军方和民间积累了许多矛盾和怨气。

三

在中国人的认知里，暴富骤贵易致不祥，大意轻心必速其祸。

焦达峰誉闻未广而心气奇高，实力未增而举措颇大，根基未稳而任免频繁，年方二十五岁，就膺任湖南都督，省城里的多数官员与之缺乏交情，心有不服，甚至怀有嫉恨。他们接连使出添乱添堵的损招和杀招：一是扬言湖南应接济武昌义军饷银数十万元，由于财政拮据，焦达峰拿不出；二是声称湖南新军士官有功未赏，未参加长沙起义的军官升迁无望，以此激怒某些中、低级军官。比如五十标第二营管带梅馨，于起义前夕被调至益阳驻防，寸功未立；一些事前请假观望的军官，也被晾在一边，其不满情绪肉眼可见。

焦达峰仓促下令在小吴门城楼下斩杀湖南中路巡防营统领黄忠浩，也是一大失策。黄忠浩不仅是武将，而且是湖南立宪派的骨干分子，还兼任湖南教育会会长，论资格、根基、人脉、口碑，都属省城军界、政界、学界的顶流，将他斩首示众，旧军派、立宪派人士均如丧考妣，视之为湖南都督焦达峰的一大罪愆，不可饶恕。

谭延闿是湖南立宪派领袖，见好友黄忠浩被新军斩杀，不免有兔死狐悲之感。他在公开场合宣称“吾辈但取政权，不杀官吏”，认为“杀机不可逞”，有人轻描淡写地说，杀掉黄忠浩不算什么，谭延闿即正色相告：

“不戮一人，而天下治，岂不更好！”

当年，湖南军队内部实际分为四大派系：士官派、新军派、旧军派、外江派。湖南都督焦达峰、副都督陈作新仅赢得新军派的支持，而新军中的精锐部队第四十九标将于数日内驰援湖北前线。不待龟蓍卜算，焦、陈显然是势单力薄，危在旦夕。

1911 年 10 月 27 日，资深革命党人、黄兴信任的好朋友谭人凤来到长沙，发现参议院凌驾于都督府之上，军政部长谭延闿与湖南都督焦达峰平起平坐，实际上，焦达峰已大权旁落，沦为“一笼中之鸟”。他建议焦达峰火速采取措施，取消立宪派首领谭延闿总揽的参议院和把持的民政、军政两部，由都督掌握全权，统驭全局。最好是先下手为强，杀掉谭延闿，使立宪派群龙无首。

焦达峰初闻此计，不以为然，说什么“谭延闿如此想当都督，就把都督让给他吧，我上前线去”。谭人凤舌敝唇焦，无法说服焦达峰接受忠告良谋，便托故起身告辞。都督府参谋黎先诚极力赞成谭人凤的应对之策，焦达峰却坚持认为自己身为湖南都督，不应当耍弄阴谋，使用暗黑伎俩。

副都督陈作新同为浏阳人，比焦达峰年长十七岁，阅历相当丰富。1898 年，他参加过谭嗣同主持的南学会。1900 年，他又参加了唐才常组织的自立军。他还发行过《俚语日报》，翻印过邹容的《革命军》和陈天华的《猛回头》《警世钟》，加入过同盟会湖南分会，毕业于湖南弁目学堂。按理说，他应该熟谙江湖险恶、革命艰难，居然也颇为大意，认为新军正在驱除鞑虏，民族革命必将取得成功，“今日复见汉官威仪，如家人聚首”，还用得着彼此猜疑，互相戒备吗？

焦达峰和陈作新的天真、乐观都完全用错了时间、地点。

10 月 29 日，五十标统带余钦翼在长沙坡子街徐长兴饭馆设席，由二营管带梅馨出面，邀集陈维城、危道丰、蒋国经、向瑞琮、李致良、戴凤翔等多位中级军官聚饮。在座的，除了戴凤翔毕业于保定军官学校，其他几位都曾是日本陆军士官学校的留学生。言谈间，他们都瞧不起湖南都督焦达峰的江湖会党出身和副都督陈作新（原本是他们的老部下）微不足道的资望。戴凤翔指出，焦、陈二人只是过渡性人物，好比雨天的烂斗笠，可以叫他们走，不必要他们的命。梅馨闻言，在餐桌上猛拍一巴掌吼道：“你真是妇人之仁，若叫他们走，反倒留下个后患，以后枝节横生！”李致良立刻从旁附和：“杀了倒爽快！”

在觥筹交错的饭局中，五十标的军官们竟然轻轻松松就达成了杀掉湖南军政首脑的决议，这真是骇人听闻。

10 月 31 日，不少市民到长沙北门外善记和丰火柴公司闹事，发生纸币挤兑风潮，副都督陈作新安民心切，单骑前往视察，结果遭到预先埋伏在该地的士兵袭击，陈作新当场遇害。

可叹他年初新婚，儿子陈基尚未满月，仍在襁褓之中。

谋定于密室，事发于俄顷。五十标第二营士兵将湖南都督府包围得水泄不通，口口声声要为黄忠浩报仇，焦达峰插翅难飞，用懊悔的语气感叹道：

“悔不用谭石屏之言，将若辈先除，竟为若辈所算，余惟有一身受之，毋令残害我湘民。且余信革命终当成功，若辈反覆，自有天谴！”

湖南新军起义不过十日，都督焦达峰、副都督陈作新即双双遇害。省城局面混乱，谣言四起。最离奇的说法是，焦达峰实为匪首姜守旦冒充，他利用新军，密结会党，只为达到开山立堂的目的。军官集团公然宣称“诛杀会匪”，以彰显其以下犯上、杀伐果断的特别行动具备正当性、合法性。在宣传方面，除了登报声明，还特事特办，派出几队军人举高脚牌，在内城各大街游行，上书安民告示：

焦陈二督，逆迹昭彰，
把持省政，妄作主张。
今日授首，与民无关，
并非暴动，毋得惊慌。

许多人如堕五里雾中，不明就里，多有猜疑。报纸上的粉饰之词，全城“匕鬯不惊”之类，倒也没谁肯信。不少士绅认为大难将至，纷纷逃往乡下。

焦、陈二都督遇害后，标统余钦翼、管带梅馨均不肯就任湖南都督，以示其动武杀人的目的极其单纯，“实为省民除害，绝非有取而代之的权利思想”。

余、梅二人不敢上位是有原因的。当时，援鄂湘军正在防守汉阳，听说焦、陈二位都督在长沙遇害，部曲发誓要报仇雪恨。龙璋时任湖南民政长，痛哭力劝各方以大局为重，不要自相残杀。

最终，谭延闿被军政府的全体成员推举为湖南都督，也有说他是被军官集团胁迫上台的，大队士兵登门迎接他时，谭府阖宅受惊，男女老少号啕痛哭。

在《石叟牌词》中，亲历者谭人凤在陈述事实的同时，也隐约表露了质疑：

“谭督不惟不问罪，且赏杀焦督兵士五百金，不得谓非奇异之事也。”

周南女校的创办者朱剑凡可就没那么隐晦了，尽管他曾参加过立宪派俱乐部，与谭延闿组织的宪友会多有交集和呼应，但他眼看着好友陈作新被反动派残杀，当即认定谭延闿是幕后操纵者。在家中，朱剑凡对长子朱伯深说：

“谭延闿为人柔愎难测，但陈为人豪爽，才华卓越，过目成诵，领悟力奇强，死在谭手，实在可惜，使人为之寒心！”

这反映了当时不少智者的直觉判断。谭延闿出任湖南都督后，拟聘请朱剑凡主管省府教育行政，后者婉拒了其美意。朱剑凡为人耿介，自觉受聘就职，便会愧对死友。

四

在错进错出的年代，很少有人能够扛得过历史的随机选择。

1911 年 11 月初，黄兴特派专使赍送密信给湖南革命党人周震鳞、谭人凤，内容大致是：

为了稳定全局，湖南局面不能再乱，如果再乱，湖北将会支持不住，其他各省响应亦恐发生迟疑观望，我们再不能失去这次两湖光复千载一时的机会。既然谭延闿已经被推举为都督，就应权且维持他的威信，共同安定湖南。

信中还一再强调当前首要任务是迅速出兵援鄂。

以大局为重，就得捐弃前嫌，历史总归是由多方面的权衡、权宜耦合而成。有时候，利益攸关，正义必须躲闪一旁，真相更是终古莫白。

值得铭记的是，焦达峰派遣湘军援鄂，奋迅及时，为稳住大局，湘军众将士做出了极大的牺牲。湘籍志士黎尚雯有一副《追悼援鄂湘军死事联》，上联是“拼命争长江上游，论功最多，其死亦烈”，下联是“招魂有异乡旧馆，准礼宜祀，取怀不忘”。在岳麓山东大门附近，至今尚存辛亥援鄂汉阳阵亡将士公墓，青松簇拥，百年如斯，清明时节，有心人依然会来扫墓献花。

在辛亥革命时期，奇事非常多，焦、陈二都督竟于新军光复省城后旬日之间授首，可谓奇事中的奇事。

千古奇烈，必多哀挽，谭人凤的挽联尤其耐人寻味。

生为革命，死为革命，旬日感沧桑，古之良史今何在？
成亦英雄，败亦英雄，垂老嗟麟凤，人皆欲杀我怜才！

字里行间，对焦达峰、陈作新二都督，不仅寄予了深度的同情，而且给予了高度的肯定。

章太炎为焦达峰作小传，称赞焦达峰“年少蹶起”“智勇仁强”“平行湘汉”，组建义师，是陈胜、项羽一流的英雄人物，他说：首倡大义的人多半会遭遇横死的悲惨结局，由于衔辔不整，陈胜被车夫庄贾刺杀，又何况他人。

在小传中，章太炎为焦达峰鸣不平，认为国民党内风气越来越差，上层厌恶谠直，喜欢阿谀，宣扬浮名，湮没实功，焦达峰已经死去，后来者掩盖他的功劳，自以为功勋卓绝，虽众口一词，又何足一哂。

焦达峰立实功，谭延闿享浮名，于是十日都督渐渐被众人遗忘。章太炎撰写小传，为焦达峰公开鸣不平，对谭延闿隐约有微词。

在冯自由的《革命逸史》中，有一篇《湖南都督焦达峰》，值得留意，说是焦达峰遇害之后十余年，梅馨已被解去兵权，闲居沪上，罹患乳痈，医药无济，万念俱灰。焦达峰的恩义故旧邓玉麟前往医院探视梅馨，按捺不住心头压抑了多年的疑念，向眼前垂死的病人发出了灵魂的拷问：

“得无焦公为厉耶？”

梅馨沉吟良久，摇头叹息，然后徐徐作答：

“当时直为人作猎狗耳！”

梅馨话中有话，弦外有音。当年，他带兵杀害焦达峰、陈作新，幕后主使者另有其人，他只不过是一条服从命令的猎狗罢了，却必须扛下全部罪责和骂名。

唯岳麓山有幸，又收留了焦达峰、陈作新二都督的忠魂与忠骨。

1912 年 11 月，陈作新的遗骸葬于岳麓山阳，墓碑上刻有“恤赠左将军湘军首义都督陈公作新府君之墓”十九字。谁能想到，名义上的立碑人是其年仅一岁的孤子陈基。

1916 年 10 月，焦达峰的遗骸迁葬于岳麓山麓山寺东侧禹王碑

⊙ 焦达峰墓

下方，筑为圆形石冢，主碑上题字为“陆军上将光复湖南大都督焦公达峰之墓”。墓首加立一块石碑，谓之“浏水堕泪之碑”，铭文由刘人熙题写。此碑的左右两侧镌刻有焦达峰撰于1906年的一副首字嵌名自题联，上联是“达向九霄云路近”，下联是“峰高五岳众山低”，细品之，属实气韵非凡，胸襟不俗。

刘人熙也是浏阳人，并且是谭嗣同的老师，晚年他推崇王夫之的学说，创立船山学社，为首任会长。眼见袁世凯悍然称帝，倒行逆施，共和事业一度受到了重大挫折，险些被彻底葬送，他特立此碑，泪祭为共和流血的烈士焦达峰，借以警示后人，缔造共和难，毁弃共和易。

值得欣慰的是，短命的“洪宪王朝”垮台后，袁世凯的走狗、人称“汤屠夫”的汤芗铭被赶出了湖南。刘人熙因德高望重，被官绅两界公推为湖南省长兼督军，虽已年逾古稀，他仍然殚精竭虑，勉力而行，避免了湖南出现剧烈动荡的局面。

焦达峰九泉之下有知，也会喜极而泣吧。

辑五

信念之旗

『将来我如做不出大事业，我要把自己粉碎起来，烧成灰！』——向警予

恰同学少年

新民学会以长沙城和岳麓山为双圆心展开活动，两点之间有湘江，湘江之中有橘子洲。“到中流击水”，可见会友之体健；“指点江山，激扬文字，粪土当年万户侯”，可见会友之心雄。清风峡的霜枫、爱晚亭的萤火，都肯作证，他们有“改造中国与世界”的理想，精神焕发，意志坚强……

一

1915年，毛泽东有感于“来日之中国，艰难百倍于昔，非有奇杰不足言救济……人非圣贤，不能孑然有所成就，亲师而外，取友为急”，故化名“二十八画生”，到长沙各名校传达室张贴用八裁湘纸油印的征友启事，好一句“愿嘤鸣以求友”，既高雅，又有诚意。启事上注明：来信由第一师范附小陈章甫转交。这个征友启事效果不错，毛泽东结识到六位志同道合的良友，蔡和森、萧子升、邹彝鼎、罗章龙、罗学瓒，还有李隆郅（李立三）。他们选择岳麓山爱晚亭和南门口天心阁等处作为交流思想、传递信息、探求国是的天然道场。

萧子升是湖南第一师范的高材生，比毛泽东高三个年级，当时在一师附小教书。因征友启事,两人一见如故,相见恨晚,经常见面,意犹未尽，复以书信交流见解。毛泽东在信中表白道：“相违咫尺数日，情若千里三秋。”萧子升打算将祖传典籍七十七种无偿赠送给毛泽东,这相当于赠送一笔巨款给他,毛泽东婉拒道：“赠而不读,读而无得，有负盛心。”其交情之深，由此可见。他们常在第一师范的后山妙高峰君子亭谈心，兴致居高不下的时候，还会效仿古人联诗。有一首诗保存至今。

萧子升首起诗联：晚霭峰间起，归人江上行。云流千里远，

毛泽东接咏：人对一帆轻。落日荒林暗，

萧子升续对：寒钟古寺生。深林归倦鸟，

毛泽东答对：高阁倚佳人。

他们纵眺岳麓山，横览湘江水，百般感慨，一时交集。

1916年，湖南高等师范学校学生邓中夏随杨昌济、毛泽东等师友沉浸式夜游岳麓山，玩兴浓处，诗兴大发，赋七律《夜登岳麓山》：

麓山高处隐天光，待月何人踏夜凉。
灯火万家迷故国，江流一线认危樯。
青磷应有血成碧，白骨终当土化黄。
载酒过从思沃酹，满天风战一林霜。

“青磷”“白骨”出现在诗中，着实令人触目惊心，由此可见，他们师友间感怀的是乱世的国家命运和黎庶生死，二十岁上下的青年，忧国忧民一至如此。

众所周知，杨昌济是杨开慧的父亲，是毛泽东的老师和岳丈。

毛泽东在延安告诉美国记者埃德加·斯诺："给我印象最深的教员是杨昌济，他是从英国回来的留学生，后来我与他的生活有密切的关系。他教授伦理学，是一个道德高尚的人。他对自己的伦理学有强烈的信仰，努力鼓励学生立志做有益于社会的正大光明的人。"毛泽东还说，他写过一篇文章《心之力》，杨昌济给他打了一百分。

杨昌济留下一部《达化斋日记》，保存了许多珍贵的史料。1915 年 4 月，他的日记中有一大段记载，可见他与弟子交流之畅快："毛生泽东，言其所居之地为湘潭与湘乡连界之地，仅隔一山，而两地之语言各异。其地在高山之中，聚族而居，人多务农，易于致富，富则往湘乡买田。风俗纯朴，烟赌甚稀。渠之父先亦务农，现业转贩，其弟亦务农，其外家为湘乡人，亦农家也。而资质俊秀若此，殊为难得。余因以农家多出异材，引曾涤生、梁任公例以勉之。毛生曾务农二年，民国反正时又曾当兵半年，亦有趣味之履历也。"诚然，农家子弟中多奇才，远的有曾国藩、左宗棠堪称榜样，近的有梁启超可作楷模，杨昌济常以此劝勉和激励弟子。师生间知根知底，这样聊天，既开心，又暖心。

1917 年 4 月中旬，北洋政府为元勋蔡锷、黄兴举行盛大国葬，其间有一个特别的插曲，青年学生萧植蕃（萧三）和毛泽东联名致书白浪滔天（宫崎寅藏），冀求当面请益：

白浪滔天先生阁下：

久钦高谊，觌面无缘，远道闻风，令人兴起。先生之于黄公，生以精神助之，死以涕泪吊之。今将葬矣，波涛万里，又复临穴送棺。高谊贯于日月，精诚动乎鬼神，此天下所希闻，古今所未有也。

植蕃、泽东，湘之学生，尝读诗书，颇立志气。今者愿一望见丰采，聆取宏教。惟先生实赐容接，幸甚，幸甚！

湖南省立第一师范学校学生萧植蕃、毛泽东上

白浪滔天是孙中山、黄兴的莫逆之交，对中国革命事业尽心竭力。他此行日程安排太紧，仅相隔三天，蔡锷、黄兴国葬仪式接连举行。很遗憾，他们未能见面，但潇湘学子对这位日本友人的致敬颇为得体。此举也说明，青年毛泽东、萧植蕃对于积极参与社会活动、结识前辈革命友人具有真挚热烈的感情。

二

经由 1917 年冬十月革命的发动，进步青年毛泽东、蔡和森、萧子升有意集合同志，创造新环境，改造旧社会，实践“个人及全人类的生活向上”之理想,追求“动的生活和团体的生活”之目标。

1918 年 4 月 14 日，他们在岳麓山下溁湾镇刘家台子（后称周家台子）沩痴寄庐（蔡和森租住的寓所）正式成立了新民学会，萧子升取义于《礼记》的警言“大学之道，在明明德，在新民，在止于至善”而定名，众推萧子升任总干事，毛泽东、陈书农任干事。新民学会强调“革新学术,砥砺品行”,规定不虚伪、不懒惰、不浪费、不赌博、不狎妓等几条戒律。新民学会会章由毛泽东、邹彝鼎起草，条文颇详,“子升不赞成将现在不见诸行事的条文加入,颇加删削”。

新民学会成立那天，风和日丽，春意盎然，罗章龙即席赋诗一首，将众人脑子里经久不磨的印象定格下来：

济济新民会，风云一代英。

沩痴盟众士，湀水泛流觥。
佳气郁衡麓，春风拂郡城。
庄严公约在，掷地作金声。

成立会上有个插曲，值得一述。据罗章龙、萧三回忆，何叔衡当众询问，他已年近半百，参加青年组织是否合适？大家一致表态，参加学会只须志同道合，不受年龄限制。何叔衡闻言，喜出望外，当即表示："好！我年老志远，跟你们在一起，我也年轻了。"

新民学会吸收新会员的条件有四项：一是纯洁；二是诚恳；三是有向上奋斗的精神；四是服从真理。大家一致认为，会友之间交往，应具六宜：宜有真意；宜恳切；宜互相规过；勿漠视会友之过失与苦痛而不顾；宜虚心容纳别人的劝戒；宜努力求学。毛泽东总结出新民学会的四大信条：一是"不标榜"；二是"不张扬"；三是"不求急效"；四是"不依赖旧势力"。

杨昌济是新民学会会友公认的精神导师，新民学会念兹在兹的"心之力"，以及制定的纪律，"不虚伪""不懒惰""不浪费""不赌博""不狎妓"，乃是杨昌济一以贯之的主张。此外，会友不混世，不受生活琐事羁绊，不向腐败社会妥协，出淤泥而不染，同样与杨昌济对于政治和生活的态度高度一致。杨昌济认为青年欲求进步，首要立志，必须树立"一种奋斗的向上的人生观"。他解释"三军可夺帅也，匹夫不可夺志也"的"志"，乃是坚定不移的信仰，牺牲自己的利益可以，牺牲自己的主义不可以。他鼓励青年人勇于竞争，"竞争者，进步之母也"；他教导青年务求"猛进"，贵在"坚忍"，因此"以久制胜"被众会友确定为"达化斋的法门"。杨门弟子个个不甘平庸，无不闻言而感奋。

⊙ 新民学会成立会旧址

当时，蔡和森尚在湖南高等师范学校读书，借住在岳麓山饮马塘，茅屋仅够避雨，间或还有断炊之虞，人不堪其忧，而他不改其乐。何乐之有？他常常提一篮书籍去爱晚亭研读半天。毛泽东得悉蔡和森生活困难，便与萧子升合计，以共同研讨人生、改造社会等问题为由，安排蔡和森去楚怡学校与萧子升、何叔衡合住，由萧、何二人提供生活费用。新民学会会友情同手足，由此可见一斑。

会友们聚在一起，漫谈人生、历史和有切肤之痛的社会问题。张昆弟介绍自己的假期生活：白天帮助农民抢修堤垸，晚上自学，凡一切沽名钓誉书籍，都不看；凡一切有益于人民、有益于国家、有益于人类的学问，尽力求之。这非常好！闻者无不击节赞叹。蔡和森介绍他的作息时间安排：凌晨四点起床，早晨，静坐吐纳，读书；每天只吃两顿饭，上午十点为首餐，食后继续读书；下午，访友或种菜，或看报刊、文学作品；十六点为尾餐，食后散步。每日两次冷水浴，起床后一次，睡觉前一次。遇上大风大雨，则顶风冒雨而行。他恪遵杨昌济的教导：以静坐修心，以运动练体，大丈夫最怕的是没有强壮的体魄，体健而心雄，则大事可为。蔡和森认可谭嗣同《仁学》中冲决一切网罗的主张，唯有突破旧思想、旧习俗、旧势力的包围圈，才能找到一条适合自身发展的出路。

发出征友启事后两三年间，毛泽东欣喜地发现，自己的朋友圈已扩容许多倍，特别谈得拢的朋友往往志趣相投，蔡和森、萧子升、陈章甫、张昆弟、罗学瓒、何叔衡、萧植蕃、陈绍休、邹彝鼎、李维汉、罗章龙、周世钊、彭道良等十多位，彼此走得最近。1917年5月4日，罗学瓒在日记中写道：“近数星期来，每天下午与同学远游三四里处，或临山，或眺水，或漫谈，觉心志愉快异常，真大有益处。”修身立志，求真务实，借由这样密切的交往，会友的共同进步和健康成长皆有保障。

当年，罗学瓒有古风二首，题为《与诸友人雇舟畅游水陆洲》，第二首最能见出他们的豪情壮气：

龙蛇争大地，豹虎满环瀛。
蹂躏无余隙，巢空草木惊。
安得异人起，拔剑扫妖氛。
倾洋涤宇宙，重建此乾坤。
一同登乐园，万世庆升平。

相比 1925 年毛泽东的词《沁园春·长沙》，“恰同学少年，风华正茂；书生意气，挥斥方遒。指点江山，激扬文字，粪土当年万户侯”，罗学瓒的诗歌气势相埒，乐观精神生机勃勃，也非常接近。

1935 年，毛泽东在延安窑洞中接受美国记者埃德加·斯诺采访，对于新民学会的回忆依然鲜活：“这是一小批态度严肃的人，他们不屑于议论身边琐事。他们的一言一行，都一定要有一个目的。他们没有时间谈情说爱，他们认为时局危急，求知的需要迫切，不允许他们去谈论女人和私人问题。……在这个年龄的青年的生活中，议论女性的魅力通常占有重要的位置，可是我的同伴非但没有这么做，而且连日常生活的普通事情也拒绝谈论。……我的朋友和我只愿意谈论大事——人的天性，人类社会，中国，世界，宇宙。”

三

如今，我们浏览新民学会著名会友的名单，不禁感慨万千，赞一句“惟楚有材”，毫不为过；夸一声“藏龙卧虎”，也恰如其分。

有中国共产党的最高领导人和政坛的风云人物：毛泽东、谢觉哉、李维汉、周世钊、蔡畅、熊瑾玎、易礼容、罗章龙等。

有许多为革命事业抛头颅洒热血、英勇牺牲的烈士：李启汉、郭亮、向警予、谢南岭、罗学瓒、陈昌、彭平之、蔡和森、张昆弟、彭道良、何叔衡、方维夏、夏曦、傅昌钰等。

有著名的作家、学者、教授、科学家和教育家：朱剑凡、萧子升、萧三、陈书农、曾以鲁、魏璧、蒋竹如、劳君展、李振翩、匡互生等。

有多位品学兼优的会友英年早逝，令人扼腕叹息：叶兆桢、邹彝鼎、陈绍休、彭璜、陈子博、欧阳泽、陶毅等。

和平的国度有福了，温煦的春天总是如期而至。

岳麓山的春意弥漫星城，花与花的仰头微笑，叶与叶的鼓掌欢呼，细听多么熟悉，多么亲切。游人徜徉在清风峡里，或伫立于爱晚亭前，他们是否意识到自己所行所立之处，曾经是百余年前新民学会那些年轻志士所行所立的地方？一百余年，近四万日，全都消逝无踪了吗？山间的古树会告诉你，那些年轻志士神采飞扬的样子和激昂慷慨的声音已被它们刻录在年轮上，如同一盘黑胶唱片，不用担心由于年深月久而哑寂。这就对了，毛泽东、蔡和森给新民学会确立的宗旨并未被雨打风吹去。他们的青春曾散发出耀眼的光芒，“指点江山，激扬文字，粪土当年万户侯”，那场景至今仍活现在国人的集体想象之中。

岳麓山有福了，见证过那个时代最意气风发的志士在眼前坐而论其真理，起而行其主义，历史的齿轮曾在此转动。

湘江的女儿

在周南女学堂读书时，向警予与岳麓山结下了不解之缘。她有不少快乐的时光拜此名山所赐，与同窗姐妹蔡畅、陶斯咏在山中盘桓，彼此结下了极深厚的友谊。后来，她与毛泽东、蔡和森、萧子升等新民学会会员常在爱晚亭激辩风云，切磋学问，探寻真理，更提升了她的认知能力。岳麓山上的红枫仿佛向她预示着一种绚烂至极的人生，她决定为崇高的理想而活。

一

1895年9月4日，一名女婴初出产门，其异常响亮的哭声即划破了周遭的寂静，从湖南溆浦县牛角冲一所宅院中传出。向瑞龄怀抱着这个肉嘟嘟的女婴，瞬间就被她的小表情萌化了，也就在那一刻，向瑞龄当众叫出了她的乳名：九九。“玄生万物，九九归一”，向瑞龄思想开明，心地敦厚，并未因为此度“弄瓦”而非“弄璋”心生失望。

六岁时，九九入私塾，父亲给她取学名“俊贤”，本意在于巾帼不逊须眉。向瑞龄培养儿女，在教育方面舍得投入，“有破产弗惜之慨”。他将几个儿子先后送往日本留学，在封闭落后的溆浦，这颇有些不同寻常，向俊贤自幼受到家庭影响，也是不断追求新知。

1903 年，向俊贤的长兄向仙钺与人合作，在溆浦城西文昌阁开办了一所新式小学，向俊贤成为溆浦县首名入读新式学堂的女学生。在课堂外，她喜欢朗诵《木兰辞》，原因只有一个：花木兰是她心目中的女英雄，那种果敢决绝的精神令她十分钦佩。

1911 年春，向警予就读于常德女子师范学校，与蒋胜眉（丁玲之母）等六名女同学结拜为义姊妹，共同创作了一首誓词：

姊妹七人，誓同心愿，
振奋女子志气，励志读书，
男女平等，图强获胜，
以达到教育救国之目的。

1912 年秋，向俊贤以优异的成绩转学到湖南省立第一女子师范学校。就读期间，她最敬佩的前辈是校长朱剑凡和教师杨昌济。杨昌济博古通今，学问和道德兼优，曾经留学日本三年，留学英国六年，还在德国游学过数月，具有深厚的西学功底。他讲授逻辑学、哲学、伦理学和教育学，勉励学生成为国家的栋梁之材。谭嗣同推崇墨子的学说，杨昌济推崇谭嗣同的《仁学》，向俊贤受到老师点拨，也欣赏古代贤人墨子摩顶放踵、勇于践行的作风，反对那些不切实际的空疏之学，她以“积诚力学”为座右铭，认为“盲谈瞽论，无当实际”，“有名无实，害人害己”。墨子呼吁建立一个平等公正、和平友爱的社会，更是深惬其心。向俊贤总忍不住向朋友们阐述墨子的学说，宣扬墨子的思想，因此大家谑称她为“女界墨子”，并且推举她为学校乐群会的道德部长。

当时，第一女子师范学校仍以养成贤妻良母为教育方针，“警

⊙ 向警予

予受此陶冶，在学校有‘圣人’之称。她的刻苦、她的奋发、她的诚恳，为一般同学所敬爱”。

1914年5月14日，杨昌济的《达化斋日记》中有一段话：“昨至第一女子师范学校赴其成绩展览会，见本班二年生向俊贤之日记颇有抱负……可谓女教育界中之人才。”

这年冬天，朱剑凡因思想左倾，鼓吹新学，受到政府的打压钳制，被迫辞去了湖南省立第一女子师范学校校长的职务，重返他亲手创建的周南女学堂。向俊贤也随之转学，并且改名为“警予”，寓意为时刻敲响警钟提醒我，切勿忘记了自己身在何处，所为何事。后来，蔡和森在传记中描写这个时期的向警予，相信“教育救国”，抱持“独身主义”，还强调一点：“她不知道别的欲望，唯一的欲望只是要她能干‘惊天动地的事业’。她是一个‘事业的野心家’，她每每自己这样奋激地幻想：‘将来我如做不出大事业，我要把自己粉碎起来，烧成灰！’”

在周南女学堂读书时，向警予与岳麓山结下了不解之缘。她有不少快乐的时光拜此名山所赐，与同窗姐妹蔡畅、陶斯咏在山中盘桓，彼此结下了极深厚的友谊。后来，她与毛泽东、蔡和森、萧子升等新民学会会员常在爱晚亭激辩风云，切磋学问，探寻真理，更提升了她的认知能力。岳麓山上的红枫仿佛向她预示着一种绚烂至极的人生，她决定为崇高的理想而活。

巧的是，蔡畅是蔡和森的妹妹，蔡和森与毛泽东是莫逆之交。蔡、毛二人都是杨昌济的得意门生，向警予对他们的亲切感纯粹出于自然。蔡畅常常邀约向警予去家里吃饭，她母亲葛健豪虽年已五旬，但一点儿也不像旧式家庭中那种观念保守、思想僵化的老太太。恰恰相反，葛健豪接受新知识、新思想的魄力丝毫不逊色于年轻人。她出身豪门，所嫁也是豪门，她的朋友圈中有“鉴湖女侠”秋瑾、“踏波女杰”唐群英，只因丈夫嫖赌逍遥，不知悛悔改过，她便毅然离开了他，独辟新天。

有极好的师友助力，可以说，向警予的精神就如同壮苗生长在沃土之中。

二

1916年，向警予从周南女校毕业，她怀揣着“教育救国”和“妇女解放”的理想，回到家乡溆浦。她血气方刚，精力充沛，到处奔走游说，得到当地进步人士的大力支持。其父向瑞龄捐献了一块橘园，终于在城西文昌阁办起溆浦县立女校，向警予担任校长，聘请了好几位从周南女校毕业的同学来做教员。在开学典礼上，她郑重宣布：

“我们不是为了学习而学习，也不是为了嫁给一个能配得上的人，我们在这里读书的目的，是要做一个新国民！”

向警予为溆浦县立女校校歌填词，非常鼓舞士气：

美哉！
卢峰之下溆水滨。
我校巍巍矗立当其前。
看，
我们姊妹一堂，相爱相亲。
现在已是男女平等，
天然淘汰，
触目惊心！
愿同学做好准备，
为我女界啊，
大放光明。

溆浦县立女校开办顺利，第一年共有四个年级一百六十名学生，第二年即扩充为六个年级。向警予阐明办学宗旨：传授新知识，传递新风尚，传播新思想。某日，她打算把文昌阁大殿辟为新教室，顺手绰起木棍，在文昌帝君的脑壳上狠敲数下，对围观的师生说：“这是木头做的，有什么可怕？”闻者哄堂大笑。

向警予在学堂中开设缝纫班和刺绣班，举办运动会，从事通衢的洒扫，引领县城的卫生新风。省立第一女子师范学校的优秀毕业生杨德群也被她吸引到溆浦学堂来任教，这位杨德群正是鲁迅在《记念刘和珍君》中写到的那位侠义湘女，从枪林弹雨中救助倒下的同学。

1918年，驻扎于溆浦的湘西镇守副使兼第五守备区司令周则范垂涎于新女性，想娶向警予做姨太太，好装点门面。这人财雄势大，曾捐款给向警予办学。向瑞龄顾忌周则范的权势，勉强同意嫁女。向警予却不甘屈服,径直闯入周公馆,当面表明了她“以身许国，终生不婚”的宏愿，周则范的“美意”竟被女校长断然拒绝，他顿时面色紫胀，哑口无言。

三

处境所迫，时势所激，向警予并未在十字路口彷徨，毕竟省城有些新生事物如同磁场一般吸引着她。可喜的是，同学蔡畅正在周南女校筹组赴法勤工俭学会，力邀向警予前来帮忙，共襄盛举。嗣后，向警予写信告诉友人：“自出溆来，觉从前种种，皆是错误，皆是罪恶，此后驾飞艇以追之，犹恐不及。而精力有限，更不足以餍予之所欲，奈何？计惟努力求之耳！数年后，或有以报同志。”

五四运动后不久，向警予在长沙正式加入了进步团体新民学会，共同探讨如何改造中国与世界的大方案。当时，向警予编辑刊物《女界钟》，此刊主张解放妇女的身心束缚，还她们求知、思考、恋爱、婚姻的自由和议政、参政的权利。

1919年乃是极富转折意义的年份，对国家如此，对个人尤其如此。蔡和森是湖南留法勤工俭学运动的最初发起人，他提出以三年为期，“必使我辈团体成为中国之重心点，并且要使女界同时进化”。向警予深受鼓舞，有感于“做大事业，须有大准备”，立即与蔡畅发起周南女子留法勤工俭学会。她们情绪稳定，心态积极，总是一副笑吟吟的样子。

向警予对蔡和森的印象越来越好，她读过他的《少年行》，“大陆龙蛇起，乾坤一少年。乡国骚扰尽，风雨送征船。世乱吾自治，为学志转坚。从师万里外，访友人文渊。……匡复有吾在，与人撑巨艰。……”这首诗气魄大，情怀大，志向大，格局大，四大而不空。论气魄、情怀、志向、格局，向警予也不遑多让！“冲决世界之层层罗网，造出自由之人格、自由之地位、自由之事功”，这是她的宣言。向、蔡二人在“工读神圣”“教育救国”“体力劳动与脑力劳动兼营并进”这些方面想法一致，年轻人之间，精神的投契无疑是最好的投契。

1919年12月，法国邮轮“央脱来蓬”号载着湘籍赴法勤工俭学的全体人员离开了上海黄浦码头，驶向碧波万顷的太平洋，在浩瀚的大海之上，鸟飞鱼跃的景象令大家格外兴奋。新旅途就如同铺在脚下的红地毯，情侣们肯定不厌其长。三十五天，向警予和蔡和森穷尽了各种话题，早已暗生情愫，两心相许。有一天，蔡和森告诉向警予：他曾与好友毛泽东健步登上岳麓山巅，对着夕阳和晚霞发誓：“为祖国未来奋斗终生，不婚不娶。”向警予听完之后打趣道：前半句言之可信，至于“不婚不娶”嘛，恐怕你们言之尚早。蔡和森也机智地反将一军：某人“以身许国，终生不婚”恐怕也只是半句实话吧？此言一出，两人笑成一团。

邮轮停靠于法国里昂，湘籍留学生的目的地是距离巴黎相当近的蒙达尼城。他们入读该城的男子公学和女子公学，一边读书，一边做工。向警予写信告诉父母，她每日半工半读，其乐陶然。父母担心女儿在异国他乡备尝艰苦，向警予回复道：“我的爹爹呀，不要愁，你的九儿在这里，努力做人，努力向上。总要不辱你老这

⊙ 1920 年，向警予与蔡和森在法国蒙达尼合影

块肉与这滴血，而且这块肉这滴血还要在世界上放一个特别光明。”为了“造真学问，储真能力”，做工时，向警予主动接触产业工人，全面了解法国大革命和巴黎公社的历史，阅读马克思原著，其共产主义信念自然而然在心田里开枝散叶。

尽管萧子升与向警予、蔡和森的政治观点有分歧，但他与这对情侣仍保持着友谊。他评论向警予，“她的作文和书法是非常杰出的，并有天赋的演说才能”，“她的性格特别诚恳，同时她也很漂亮和温柔”，“是一位招人喜爱、有才智的姑娘”。

萧子升在华法教育会工作。有一次，他从巴黎到蒙达尼，与蔡和森、向警予、陈绍休在旅馆房间讨论各种问题到凌晨两点多，四人累了，便横躺在床上睡觉。萧子升回忆道：

“我们都没想到向警予是个姑娘，我相信她自己在那时也没想起她是个女性。直到后来，我为那天我们表现出的纯洁思想和崇高的信念而深深感动。”

1920 年 5 月，一场特殊而简朴的婚礼在法国蒙达尼城的一间小木屋中举行，向警予身着婆婆葛健豪特意为她缝制的丝绸嫁衣，与蔡和森结为伉俪。有道是，情投意合易，志同道合难，这对革命伴侣结成了牢不可破的“向蔡同盟”。

向警予在信中告诉家中父母：“和森是九儿的真正所爱的人，志趋没有一点不同的。……我同他是一千九百廿年产生的新人，又可叫做廿世纪的小孩子。”蔡和森也写信告诉国内的好友毛泽东：“我与警予有一种恋爱上的结合。”

结婚那天，蔡和森与向警予在照相馆共坐相依，拍摄的结婚照特别与众不同，前者手持《资本论》，文质彬彬，后者笑意吟吟，那种幸福感肉眼可见。

四

1920 年 7 月上旬，留法的新民学会会员蔡和森、向警予、李维汉等与部分工学励进会会员共二十余人相聚蒙达尼，开了五天会。究竟应以何种方案“改造中国与世界”？针对这个议题，大家再度进行了深入的讨论，观点和意见也出现了分歧：一派主张实行蒲鲁东式革命，即温和革命——以教育为工具，以工会、合作社为实行改革的途径，而非采用激烈革命的手段；一派以蔡和森、向警予为代表，明确提出“应用俄国式的方法去达到改造中国与世界”的目的，即“主张马克思主义及俄式革命，实行无产阶级革命和无产阶级专政”。蔡和森以《共产党宣言》为分析样本，旗帜鲜明地提出目前组织共产党乃当务之急，它乃是无产阶级运动的中枢神经，是革命壮举的发动者、宣传者、先锋队、作战部。他们认为，掀天揭地的社会大革命时代已经来临,萧子升所抱定的“教育救国”主张和沈宜甲所抱定的“科学救国”主张均属于走不通的死胡同。向、蔡二人旗帜鲜明的主张得到了国内同志毛泽东“深切的赞同”。多年后，他肯定向警予是中共“唯一的一个女创始人”，其可靠依据即在于此。

1921 年初，由于华法教育会拒发救济金，一些留法勤工俭学的中国学生面临无书可读、无工可做、无饭可吃的窘境，他们向中国驻法公使陈箓提出抗议，怒争求学权、生存权的请愿一点即爆。向警予强烈要求华法教育会向女生开放在海外大学的上学权，她参与并发动了强行进驻里昂大学的斗争。

这年 10 月 18 日，法国当局以“强占校舍，扰乱治安”的罪名，将蔡和森、陈毅等一百余名中国留学生遣送至香港。向警予也于年底归国。

1922 年 7 月，中共二大会议在上海秘密召开，身为最早的女共产党员之一，向警予成为首位女中央委员和首任妇女部部长。她主编《妇女周报》，撰写和发表了大量文章，熟练运用马克思主义理论阐述中国妇女问题。

向警予生下女儿蔡妮后，无钱请奶妈来照顾，甚至交不起房租，一度住进了僻静小街的破庙里。尽管如此清贫，他们依然乐观。

1923 年 6 月，中共三大在广州召开，向警予再次当选为中央委员，担任妇女运动委员会首任书记。大会顺利通过了向警予起草的《中国共产党第三次全国代表大会妇女运动决议案》，明确提出“女子应有遗产承继权”“男女社交自由”“结婚、离婚自由”“男女工资平等”“男女教育平等”等有关男女平权、保护妇女权益的条例，并且发起“全国妇女运动大联合”的倡议。这些都是她“求真心得，做真事业”的一部分。

1924 年 6 月下旬，向警予参与领导了上海闸北丝厂和南洋烟厂的大罢工，最大限度地团结劳苦女工，提出增加工资、每日工作十小时、承认工会组织、释放被捕工人等十六项条件。她还发动女权运动同盟会、全国学生总会、闸北市民协会等社会团体，声援上海女工的正义斗争，女工们提出的正当要求得到了上海各界开明人士的广泛支持。

1925 年 1 月 11 日，中共四大在上海召开，向警予继续当选为中共中央委员，连任妇女部部长。此前，她是杨之华入党的促进者，是李一纯入党的介绍人。

这年 3 月 12 日，孙中山在北京病逝，上海的纪念活动声势浩大，向警予和恽代英分别代表妇女界和青年界，在上海公共体育场各据一坛，他们的讲演引起了社会的广泛关注。“南社之灵魂”柳亚子将其亲睹亲闻转化为诗句：

海上初相见，稠人千百中。
世方怖河汉，我独识鸾龙。
安石衣冠敝，臧洪意气雄。
同时向女士，咄咄赌词锋。

这首诗中的向女士即向警予，她词锋犀利，咄咄逼人，令柳亚子印象深刻。

1925 年 5 月 30 日，上海发生了震惊世界的五卅惨案。向警予积极组织上海妇女参加抗议斗争，她不惧艰险，深入工厂、街道发动女工罢工游行，并且走上街头，发表演讲，揭露和谴责反动派镇压工人的血腥罪恶。

向警予说："要真正了解妇女的痛苦在哪里，妇女所要求的究竟是什么，然后才配做妇女运动，才不至于做起运动来牛头不对马嘴。"她认识到工厂女工是下层妇女中生活最痛苦的，要实现妇女解放，就必须首先实现劳动解放；要解决妇女问题，就必须首先解决政治问题。她为此不断鼓与呼，实为"中国沉沉女界报晓的第一声"。她深知，妇女解放运动的担子很重，光靠少数觉悟者用肉肩去挑起，是远远不够的，最好她们能够成为"妇女运动的起重机"。

1925 年 10 月至 1927 年 3 月，向警予与蔡和森同至莫斯科劳动大学学习，为期一年半时间，可叹的是她与蔡和森分离了。蔡和森的解释是"两人之间反因此神秘的爱情而感受一种神秘的痛苦"。向警予对此的反应呢？"她每每回转心肠咬紧牙齿这样地叫甚至这样地写道：'只有为革命死，决不为爱情死！'"当她稍微软弱时，就骂自己："一点泪一点血都应为我们的红旗而流，为什么为爱情而流呢？可耻！"

1927 年春，向警予回国，不久，第一次国共合作即宣告破裂，南京、上海一片腥风血雨，她预感到武汉也将出现白色恐怖。八七会议后，中共中央决定把向警予转移到更隐蔽的地方，但她置个人安危于度外，坚持留在湖北省委秘密机关工作。这个时期，向警予曾指示到武汉找党组织的卢德铭返回江西修水，率领国民革命军第二方面军警卫团与毛泽东会合，壮大了秋收起义的声威和力量。向警予还化名为失业的小学教员易夏氏，主编八开油印的党刊《大江报》，指导武汉地下党的工作和工人运动，抨击敌人的残暴罪行。

五

桂军盘踞武汉期间，国民党武汉卫戍司令胡宗铎杀害了大批共产党员，白色恐怖甚嚣尘上。

1928 年 3 月 20 日，由于叛徒宋若林出卖，夏明翰壮烈牺牲。就在同一天，向警予和助手陈桓乔也被法租界工部局逮捕。在法庭上，她用法语理直气壮地质问法租界的法官 ：“这是中国的土地，你们有什么资格审问中国的革命者？你们把法国大革命的历史都忘记得一干二净了吗？你们法国人喜欢鼓吹自由、平等、博爱，为什么要来干涉我们的自由呢？”法官理屈词穷，目瞪口呆。

尽管法国领事陆公德不能理解向警予的共产主义信仰，但他敬佩她为理想而献身的精神，考虑到她曾在法国留过学，便以领事裁判权和“无确实证据”为由，拒绝将她引渡给南京国民政府。这场纠纷最终以桂军要挟收回武汉法租界占据上风，陆公德被法国政府召回，向警予和战友陈恒乔被移出巡捕房看守所，押解到条件极为恶劣的军法处监狱。在狱中，向警予组织了绝食斗争，她对狱友们说 ：“人都应该珍惜自己的生命，然而到了不能珍惜的时候，只有勇敢地牺牲生命。人迟早总是要死的，死也要死得明明白白，慷慷慨慨！”

革命者有钢铁般的意志，也有春水般的柔情，向警予毕竟是一位慈爱的母亲，每次她拿出女儿蔡妮、儿子蔡博的照片，凝视、抚摸、亲吻时，就会流下泪水。

向警予受到敌人三次审讯，第三次审讯即最终摊牌，四名反动派法官威胁道：

“我们已查实你就是向警予，是共匪重要头目，你不承认也无用了。目前只有两条路，一条是死路，一条是生路，由你选择！”

“何必讲许多废话，要杀就杀！至于我是不是向警予，无关紧要，横竖你们都是邪恶的刽子手，革命者不会在你们的屠刀下哀求生还！”向警予的回答掷地有声，大义凛然。

为了营救向警予，瞿秋白以党中央的名义请求宋庆龄施以援手，蔡和森也不顾自己正遭敌人通缉的危险，写信给当时在国民党政府任职的同学萧子升，请他念及旧谊，为之疏通。向警予的案子惊动了蒋介石，萧子升的奔走已属枉然。后来萧子升回忆此事，叹息道：“虽然她是一名共产党人，但这并未减少我对她的尊敬，她的悲惨结局深深地刺痛了我！”

1928 年 5 月 1 日拂晓，向警予换上她最喜欢的那件油绿色旗袍，迎着熹微的晨光，毅然上路。沿途围观者越来越多，挥泪者不计其数。

在汉口余记里后面的空坪刑场，向警予朝围观的群众高声喊出告别词：

“同胞们，我是共产党员，我是向警予，反动派就要杀死我，可是，革命者是杀不完的……”

宪警制止她，殴打她，仍无法禁其言，便往她嘴里强塞石沙，血沫顿时从她嘴角溢出。行刑之后，宪警下令“不许收尸”。当天深夜，共产党员陈春和义薄云天，趁卫兵瞌睡迷糊，从刑场背走了烈士的遗体，用小划子运送到汉阳古琴台对面的六角亭附近安葬，在墓前立起一块石头作为标记。

噩耗传来，蔡和森悲怆不已，挥泪写下《向警予同志传》：“伟大的警予，英勇的警予，你没有死，你永远没有死！你不是和森个人的爱人，你是中国无产阶级永远的爱人！”

南社诗人柳亚子赋诗《存殁口号》，对这位女革命家的赞美和惋惜溢于言表：

雄词慷慨湘江向，情话缠绵浙水杨。

长痛汉皋埋碧血，难从海国问红妆。

“湘江向”是向警予，“浙水杨”是瞿秋白的夫人杨之华，这两位女革命家都担任过中共中央妇女部部长。杨之华在回忆文章中写道：“我们平日称向警予同志为‘祖母’，这虽然是叫着玩，但是她确实是中国共产党女同志中最努力的。”向警予只比杨之华大六岁，却赢得了她极大的尊重。

向警予，这位湘江的女儿，逝川中的激浪漩涡从未将她卷走……

勇者追光

游览岳麓书院时，缪伯英的心情受那副门联“惟楚有材；于斯为盛”触动，她说：“楚材之中不可无湘女，湘女之中不可无你我，事在人为，志在四方，我们不必受此区区一隅的限制！”

她们攀登岳麓山时，不仅脚力倍增，心力也源源不竭，一路上谈笑风生，径直登上云麓宫。青春少女有风采，一张张红扑扑的脸庞，一双双亮晶晶的眼睛，美到了整座岳麓山。

一

1899年10月，缪伯英出生于长沙县清泰乡飘峰山左的枫树湾。母亲汤尚恒生有二女一男，缪伯英是家中的长女，小名玉桃，昵称桃哥，天生是男孩子性格。缪家素以耕读为本，家境殷实，其故居属于典型的江南民宅，大三进、两天井的结构，现存前二进、一天井，尚有十二个房间。其父缪芸可，清末时肄业于岳麓书院，留学东瀛，与杨昌济既是同乡，又是好友。他深受维新思潮的影响，主张废除科举制度，反对妇女缠足，他认定女子接受教育乃是天经地义的事情。进入民国，缪芸可供职于湖南省教育司，抱持“教育救国”的坚定信念，创办了长沙衡粹女子职业学校。缪伯英在这般优裕宽松的家庭环境中健康成长，心理和眼界自然迥异于蓬门荜户的女子。

缪伯英从平江启明学校初小毕业后，考入湖南省立第一女子师范学校附属小学高小部。第一女子师范学校位于长沙天心阁下古稻田巷，简称为“稻田女校”。1914 年，上海《少年》杂志第四卷第四号发表了缪伯英的精短散文《稻田女校记》，此文开门见山，直接点题：“长沙城古稻田，有学校曰‘第一女子师范’，即吾读书之所。地址颇大，自大门入，有大坪，周围种以杨柳；入二门，有长坪，两旁杨柳数十株，高数十尺。苍翠之色，可以悦目；清新之气，可以养心……”全文三百余字，不仅语言简洁，而且意境澄明，令人耳目一新。

少女时期，缪伯英喜欢接触新生事物，善于独立思考，为人稳重，落落大方。姜国仁（原湖南女子师范学校校长）与缪伯英同窗三载，多年后，她的回忆仍然鲜活如初：“她（缪伯英）平常不爱说话，文章却写得很漂亮，字也写得不错。她穿着朴素，不爱梳妆打扮，有些男孩子的风度。”

有一次，几位女同学结伴去岳麓山游玩。在岳麓书院门口，一位女同学指点门联发表议论：“‘惟楚有材；于斯为盛’，心气好高，口气好大，好得很呐，可叹楚材之中原本没有包括湖湘女子！”

另一位女同学也有同感，蹙眉质疑道：“好一座千年书院，竟然从未给女子预留过求学的丝毫空间，太不公平了！这究竟是女子的悲哀，还是男儿的耻辱？”

缪伯英的心情也受这副对联触动，她说：“楚材之中不可无湘女，湘女之中不可无你我，事在人为，志在四方，我们不必受此区区一隅的限制！”

众人闻言，眉开眼笑，齐齐鼓掌。谁说女子不如男？新女性的精神境界远高于古人。她们攀登岳麓山时，不仅脚力倍增，心力也源源不竭，一路上谈笑风生，径直登上云麓宫。青春少女有风采，一张张红扑扑的脸庞，一双双亮晶晶的眼睛，美到了整座岳麓山。

1919 年 7 月，缪伯英以长沙考区第一名的成绩考入北京女子高等师范学校（以下简称“北京女高师”或“女高师”），在理化专业四年制的八位女生中，湘籍女生仅有缪伯英一人。

北京女高师建校伊始，就迎来了轰轰烈烈的五四运动，由于地缘校际等因素的交互作用，女高师的学生以最近的距离、最快的速度接受了新文化、新道德的洗礼，蔡元培、胡适、李大钊、鲁迅、周作人、林语堂等名师鼓励她们挣脱传统束缚，勇做时代新人。

二

当年，李超之死引发的风波，将缪伯英迅速抽离出个人的舒适区，直面残酷的社会现实。

北京女高师国文部学生李超，本是广西的富家闺秀。其父亲死后，遗产悉归嗣兄继承，由于“女生外向”，李超竟未获分文。1918 年冬天，这位体质虚弱的南国女子不耐北国严寒，身患肺疾。翌年 8 月，于贫病交加之中，李超含恨而逝。其兄悭吝而恶毒，竟在她死后咆哮道：“至死不悔，死有余辜！”

李超之死揭穿了传统宗法制度吃人不吐骨头的暗黑底蕴，当即在学界一石激起千层浪,引发公愤。胡适撰写了数千字的《李超传》，刊登于《晨报》《新潮》。此文回顾了李超惨淡的人生，揭露了在男尊女卑大前提下的宗法观念、家庭观念、财产继承制度不合情理，指明李超的遭遇具有社会普遍性，乃是“无数中国女子的写照”，李超“可以算作中国女权史上一个重要的牺牲者”。

1919 年 11 月 29 日，蔡元培、陈独秀、蒋梦麟、梁漱溟等教

⊙ 缪伯英

育界精英人士云集北京女高师，为李超举办追悼会，他们发表演说，角度各不相同，但关切妇女的权益和命运则高度一致。李超之死令人同情，发人深省，教授和学生竞相撰文讨论“男女平等”“妇女解放”等问题。

1921 年 4 月 6 日，《京报》刊登了缪伯英撰写的杂文《家庭与女子》，她奋笔批判传统宗法制度，向一切旧式家庭宣战，态度坚决，言辞犀利：“大凡人类对于一种制度发生不满足的问题时，由怀疑而至于破坏，由破坏而至于改建，纯是人类进化很平常而不可免除的一种现象。”她号召妇女同胞“顺着人类进化的趋势，大家努力，向光明的路上走”。

李大钊在女高师开设了多门课程，启发学生跳出狭窄的个人视野，去细察和深思社会制度对于女性的束缚，从而寻求解放之道。

在女高师，缪伯英选修了李大钊的全部课程。

当年，无政府主义在中国知识分子中广泛传播，某些青年学生依葫芦画瓢，尝试建立“新村”，改造个人或团体的生活模式。1919 年，北大学生邓中夏邀约在京高校中的三十余名同学，到东黄城根达教胡同租房，取名曦园，在居住、学习、劳动等多面，他们躬行实践。嗣后，中国大学学生、少年中国学会执行部主任王光祈在北京发起成立工读互助团，打出“改造社会”的旗号，得到蔡元培、陈独秀、李大钊的支持，声势颇壮。

工读互助团的规章共计十一条：团员每天工作四小时；团员生活必需之衣、食、住，由团体供给；团员所需的教育费、医药费、书籍费，由团体供给；团员工作所得归团体公有……工读互助团提倡“六无”，即无强权、无法律、无宗教、无婚姻、无家庭、无学校。缪伯英参加第三组工助团后，即从女高师退学，全身心投入这场社会实验之中。由于经费不足，心力不齐，1920 年 8 月，工读互助团第三组宣布解散，缪伯英重新考入女高师。

三

1920 年，经何孟雄介绍，缪伯英加入马克思学说研究会，接受李大钊的直接指导，开始系统阅读马克思著作，她内化于心，外化于行，旧我蜕变为新我。

同年 9 月，共产国际成员维经斯基来华，受其指导，北京共产党小组成立。随后，北京社会主义青年团应运而生，第一次会议在北京大学学生会办公所举行，缪伯英应邀到会。同年 11 月，她与邓中夏、何孟雄、高君宇等人受邀参加北京共产党小组的活动，成为该组织的正式成员。

据湖南省中共党史人物研究会副会长曾长秋考证，在中共一大前加入中国共产党的党员一共五十三人，其中女党员只有两个，一个是缪伯英，一个是刘清扬。以入党的时间推算，中国共产党的首位女党员非缪伯英莫属。

1922 年，缪伯英担任中国劳动组合书记部秘书，兼做妇女部的工作。当年，产业工人集中于长辛店、南口、唐山、丰台等地，她到工人夜校、工人子弟学校授课，为工人讲时事、读报纸、代写家书。为了更好地融入工人群体,缪伯英与邓中夏、何孟雄、罗章龙、高君宇等共产党员一同前往工人聚集的地方，以演讲的方式传播马克思主义思想。

许多工人开始觉悟，找到自己的存在感，认识到自己的使命，唯有团结起来，通过不懈的斗争，才能摆脱受剥削受压迫的命运。于是他们积极设立工会组织，维护劳动者的权益。

1923 年春，缪伯英担任中共北方区委妇女部部长，参与领导了京汉铁路北段的总罢工。罢工遭到镇压后，她主持编印了宣传品《京汉工人流血记》，揭露北洋军阀政府残害工人的暴行。

1923 年 8 月，缪伯英被推选为民权运动大同盟筹备委员，负责筹备北京女权运动同盟会，旨在推动妇女争取平等权利。妇女解放关乎社会进步，妇女权益关乎社会公平，在缪伯英的感召下，越来越多的女性加入女权运动同盟会。

1924 年 6 月，缪伯英从北京女高师毕业。据《北京女子高等师范毕业生就业意向调查表》显示,其执教意向为化学、物理、数学、国语四门功课，而她内心真实的意向则是成为职业革命家。

就在缪伯英毕业当月，北京发生了外交官顾维钧府邸被炸案，张国焘等人被通缉后，北京的党组织遭到破坏，北洋政府下令搜捕

⊙ 缪伯英、何孟雄合影

共产党员，李大钊、何孟雄、缪伯英等人都在黑名单上。

1925 年初，缪伯英回到长沙，接受徐特立校长的聘约，赴母校湖南女一师附小担任主事，这个身份有助于她领导湖南的妇女运动。

“五卅运动”爆发时，缪伯英临近分娩，仍整日奔忙，指导女学生成立女子宣传队、女子纠察队、女子募捐队，她不知疲倦地工作，令人钦佩。

李维汉时任中共湘区委员会执委书记，对缪伯英的革命热忱印象极深，称赞她“诚实朴素，沉着勇敢”。

1926 年三八节，湖南女界联合会选举缪伯英为主席，《图画时报》上刊登了缪伯英的照片，她衣着朴素，演讲革命主张时神采飞扬。嗣后，缪伯英率领湖南学生慰劳队、红十字救护队和女子宣传队赴北伐前线慰问国民革命军，救护伤员，处处都能见到她活跃的身影。

1926 年 10 月，国民革命军攻克武昌，缪伯英随丈夫何孟雄（时任中共汉口市委组织部部长）赴鄂，其公开身份是湖北省立第二中学训育主任，协助中共湖北省委妇女部部长蔡畅做妇女工作。

四

在二十世纪二三十年代，有许多进步青年和革命同志的爱情故事可歌可泣，其中最凄婉的是“高石之恋”，最契合的是“英雄之情”。高君宇与石评梅生前未能结合，死后并葬于陶然亭，“生如夏花之绚烂，死如秋叶之静美”，他们的爱情故事，早已传为梁祝化蝶一般的佳话。尽管缪伯英与何孟雄没有并葬于名园胜地的幸运，但他们的爱情故事同样感人至深。

当初，缪伯英与北大才子何孟雄同为工读互助团成员，接触频繁，互生情愫。何孟雄退出工读互助团后，加入了北大马克思学说研究会，他成为缪伯英入会的介绍人。心灵共鸣，信仰契合，他们的感情也随之升温。

1921 年秋，缪伯英与何孟雄结婚。何孟雄性格内向，赴长辛店指导工人运动，被工人戏称为“小闺女”，他一度打起了退堂鼓，想要重返书斋，从事理论研究。缪伯英再三劝说何孟雄，让他接受组织安排，担任京绥线特派员，领导京绥路工人大罢工。何孟雄从勉为其难到驾轻就熟，领导工人运动取得了显著的成就，缪伯英领导妇女运动也是成绩斐然，夫妻俩被党内同志赞誉为“英雄”组合。

1927 年 10 月，缪伯英化名廖慕群，在上海华夏中学教物理。由于食无定时，居无定所，生活清贫，工作劳累，她的体质日益虚弱。

1929年10月，缪伯英突患伤寒。上海仁济医院的医生竭力抢救，与死神拔河，终无胜算。

弥留之际，缪伯英在病床上握住何孟雄的手，深情告白："过去的这些年，活得非常值得！在寻找光明和真理的路上，我成为一名中国共产党党员，这是我终生引以为傲的事情。……我既以身许党，应为党的事业牺牲，奈何因病行将逝世，未能战死沙场，真是恨事！孟雄，你要坚决斗争，直到胜利。你若续娶，要能善待重九、小英两孩，使其健康成长，以继我志。"

这位神勇的奇女子，至死仍在追逐光明。她不惧黑暗，不怵魍魉，不惮疲劳，不畏疾病，不怯群兽的窥伺，不惧枪口的瞄准。她寻求光明，照亮众生。

何孟雄将缪伯英的灵柩暂厝于沪上扬州会馆，不巧的是，没过多久，扬州会馆因故改建，登报通知各户主迁出灵柩，其时何孟雄已被捕，关押在龙华监狱，旋即于1931年2月7日英勇就义。此后缪伯英的灵柩下落不明。尤其令人唏嘘的是，他们的宝贝儿女重九、小英失散于战乱之中，从此下落不明。

倘若缪伯英、何孟雄这对湘籍的英雄夫妻、烈士伉俪能够被安葬在岳麓山上就好了。如此良愿却无法实现，"名山徒怅触，壮曲亦低昂"……

附记

曾有人问："岳麓山上有没有女共产党员的墓葬？"有一座，即董纯墓。

董纯是湖南平江人，二十二岁入党，三十岁时被叛徒出卖，带着刚满月的婴儿入狱。她回忆那段监狱生涯，感慨万千：她与一群女难友挤塞在小监房里。每到天气炎热时，蚊虫纷飞，卫生状况极差，狱友头上的疖子烂到流脓。狱方不提供洗漱用水，她便把饮用水节省下来，给孩子洗屁股，洗尿布，然后将尿布缠在自己腰间，或垫在身下，用体温烘干它。1938 年，董纯出狱后，主要从事妇女工作。中华人民共和国成立后，她担任过中共湖南省委委员、湖南省委妇委书记等职务。1955 年初，董纯因公殉职，享年五十二岁。

识字岭上有“骄杨”

遇上周日或者假期，杨昌济率领众弟子畅游岳麓山，也会叫上杨开智、杨开慧兄妹同行，大家在一起开开心心地聊天。这些无拘无束的谈话信息量非常大，杨开慧得以全面了解毛泽东的抱负、才华和见解。在不知不觉间，她已情窦初开。因为羞涩和矜持，她将这份潜滋暗长的情愫当作内心的秘密，不曾告诉过任何人，包括父母。

一

1930年10月24日夜间，由长沙县福临乡乡长范瑾熙引路，密探余连珊带领六十多个清乡队打手冲进长沙县板仓杨宅，将杨开慧和长子毛岸英堵在屋里，连同保姆陈玉英一道抓捕回城，关押在长沙司禁湾陆军署监狱。

司禁湾陆军署监狱原为清朝湖南按察使司和长沙府所辖监狱所在地，通常只关押要犯，革命党人禹之谟就曾关押在这里。

杨开慧身陷缧绁后，由七舅向定前安排，杨母向振熙乘船前往南京，携儿子杨开智遍访蔡元培、章士钊等名流，哀恳他们出面营救爱女。这些贵人是杨开慧的父亲杨昌济生前的挚友良朋，关键时刻，个个都肯帮忙，迅速联名致电国民党当局，言明两党之间，政治、军事固然势同水火，但是违反天理国法，轻开株连家属之恶例，实无以杜天下悠悠之口。南京国民政府迫于舆论压力，致电湖南省省主席何键，嘱他缓加刑事惩处。

何键派兵清乡，杀气腾腾，镇压共产党劲头十足，但拗不过一众大佬纷纷求情，只好虚与委蛇。这时节，叛徒任君彰暗地里向何键献计献策："杨开慧如能自首，胜过千万人自首。"他所说的"自首"，退一千步一万步说，不一定非要她供出什么重要情报，只要她登报声明与毛泽东脱离夫妻关系即可。她想保命，就必须在三个儿子与丈夫之间做出权衡取舍，世上哪有妻性胜过母性的？何键掂量这条计策，认为着实高明，既戳中毛泽东的软肋，又重挫共产党的锐气，还向南京国民政府和一众名流大佬交了差。然而何键、任君彰之流万万没有料及，在妻性、母性之上，居然还有个他们开启天眼也不可能看到的党性。何况杨开慧冰雪聪明，已经洞烛其奸，她拿定主意，拒绝登报声明与毛泽东脱离夫妻关系，敌人所谓的"活棋妙招"直接被她将成了死棋。

至亲好友前来探监时，杨开慧神色坚毅、语气平稳地告诉他们："死不足惜，惟愿润之革命早日成功！"

她井井有条，一丝不苟，做了境遇最凶险的打算，对六舅妈严嘉说："屋里有块青布料子，给我做一套衣服，上路时穿的。年少时，家父有训诫：'我杨家死了人，不作俗人之举！'"她把三个孩子（岸英、岸青、岸龙）托付给六舅妈照顾，严嘉闻言，一边点头，一边拭泪。

二

湖南清乡司令部特种刑庭的审讯室充满肃杀气氛，执法处长李

⊙ 杨开慧与毛岸英、毛岸青的合照

琼正用尽耐心劝杨开慧与毛泽东脱离夫妻关系：

“你上有老母，下有小孩，年纪轻轻的，就不为自己的将来设想？”

“这些事，我自有主张，不用你们管！”

何键听完李琼的汇报，恼羞成怒，叫嚣道：

“毛泽东的堂客不杀，别的政治犯都可以不杀了！”

何键平日学佛诵经，但伪装出来的菩萨心肠相当有限度，李琼判处杨开慧死刑之后，他大笔一挥，仅将“斩首示众”改为“枪决”。

何键手下有一个特务营，全都是他从老家醴陵选拔出来的亲兵。这次处刑，他郑重其事，居然撇开法警，命令特务四连顶班。

1930 年 11 月 14 日，寒风劲刮，万木披霜。

在清乡司令部的“法堂”里，荷枪实弹的士兵面对面排成一条人巷，案桌上摆着“枪决女共犯杨开慧一名”的亡命牌。值星官和监斩官晏国务猛吹了几声哨子，发号施令：

“你们听着，今天办的是共匪要犯，须好生警戒，懈怠不得！”

没过多久，姚楚忠、罗国林、黄正榜等人押来杨开慧。真不愧为大家闺秀，她神色如常，大有泰山崩于前而目不瞬、猛虎趋于后而心不惊的勇士风范。

杨开慧穿过人巷，脚步沉稳，目光坚定，视敌若无物。执法处长李琼尽力板紧那张油光可鉴的胖脸，皱紧八字眉。他先是示意给杨开慧松绑，然后宣读“罪状”，接着，就绰起桌上那支大管秃笔，蘸饱血红的墨汁，狠勾亡命牌上的姓名。杨开慧再次被罗国林、姚楚忠五花大绑，黄正榜则弯腰捡起地上的亡命牌，狠插在杨开慧的后颈处。

清乡司令部杀要犯照例要在城里游街，何键好施淫威，欲以此举尽收“震慑作用”。行刑队自教育坪出发，从北正街到南正街，过学院街街口后，杨开慧被特务兵架到黄包车上，出浏阳门，到天心阁，识字岭刑场便已寓目在望。

当年，长沙城郊外有“四大鬼岭”——识字岭、金盆岭、马坡岭、阿弥岭，这四处均为狐兔出没的荒野，满目断碑残碣。其中，浏阳门外的识字岭煞气最重，有乱葬岗也就罢了，还叠加刑场，阴雨天没人敢在岭上独行。“浏阳门外砍脑壳”，乍听这句长沙童谣，恁谁都会被吓得寒毛直竖，脊背发凉。

⊙ 板仓杨开慧故居

清朝末年，湘籍名士黄铭功赋诗《浏阳门》，堪称真实写照："耳后垂貂，腰间宝刀。路人踟蹰，避吾马骄。平时杀人如磔鼠，沥血为酒肝为脯。党人碑，天灭汝，君不见浏阳门，悲风萧萧白日昏。鸱鹗啄残胔，月黑啼冤魂。冤魂亦毋泣，汝为罪，我为绩。明朝驰奏乾清宫，视吾顶上珊瑚赤。"

1905年，洪门壮士马福益捐躯；1906年，同盟会志士刘道一就义。刽子手都将行刑的地方选定在长沙城浏阳门外，屠刀直落，颈血横飞。

回到现实，两名监斩官晏国务、钟吕潜骑着高头大马，貌似睥睨万人，掌控全局，实则已紧张到汗流浃背，生怕出半点差池，会

有人劫法场。游街示众时，杨开慧所坐的黄包车被前后左右数十名特务兵簇拥着，围观的群众越聚越多，他们交头接耳，纷纷投来同情和难过的目光，不少人一直紧紧追随这支队伍。

到了识字岭，蓑草败叶，荒坟遗冢，弥望所至死气沉沉，唯有那袭青衣照眼，那位被绑的女子傲然挺立，其无惧无畏的神情极其醒目。时间仿佛凝滞了一般，到底过了多久？刽子手帅保云出列，朝着杨开慧的后心开了两枪。……

三

“牺牲我小，成功我大。”

这是杨开慧的名言，她坚信牺牲小我，必能成就大我。

毛泽东获悉噩耗，派专人给岳家送来书信和三十块银圆，“开慧之死，百身莫赎”，一切尽在此言中，却又溢出此言外。

1957 年 5 月 11 日，毛主席回复故人柳直荀的遗孀李淑一，委托她在暑假或寒假去板仓看一看开慧的墓。在信中，毛主席特意录入新词《蝶恋花·答李淑一》，首句是“我失骄杨君失柳”，他未用“娇”而用“骄”，通达之士章士钊都不免感到疑惑，当面请教“骄杨”二字当作何解，毛主席说：

“女子为革命而丧其元，焉得不骄？”

“丧其元”古义为断其头，这里的意思是牺牲她的生命。

1983 年 3 月，长沙县人民政府主持修缮杨开慧烈士故居，从板仓杨家老屋的砖缝中意外发现了杨开慧的七篇手稿，其中《自传》一篇尤为珍贵，揭示了鲜为人知的真实细节：1929 年 3 月，革命尚处于低潮，杨开慧预感到敌人会向自己伸出魔爪，她做好了随时被逮捕的准备，写信告诉堂弟杨开明：“我好像看见了死神——唉！它那冷酷的面孔！说到死，本来（可怕）而我并不惧怕，且可以说是我喜欢的事……”这封信尚未来得及发出。

从这些遗存的文稿中，我们不难窥见杨开慧的情感世界。

1913 年，杨昌济任教于湖南第一师范学校，以学识渊博、思想开明著称，是毛泽东最喜欢的老师，常与蔡和森等人结伴去杨家请教。杨家门外挂着一块名为“板仓杨寓”的铜牌，平日高朋满座，胜友如云，因此他们的口头禅是“我昨天去了板仓杨寓”或“我在板仓杨寓见到了谁谁谁”。后来，杨昌济任教于湖南高等师范学校，“板仓杨寓”迁移到岳麓山下，毛泽东、蔡和森、萧子升、罗学瓒等人照旧常去杨家求教。当时杨开慧在周南女校上学，对毛泽东的口才和文才十分佩服，相见时彼此大大方方地微笑点头，很少交谈。遇上周日或者假期，杨昌济率领众弟子畅游岳麓山，也会叫上杨开智、杨开慧兄妹同行，大家在一起开开心心地聊天。这些无拘无束的谈话信息量非常大，杨开慧得以全面了解毛泽东的抱负、才华和见解。在不知不觉间，她已情窦初开。因为羞涩和矜持，她将这份潜滋暗长的情愫当作内心的秘密，不曾告诉过任何人，包括父母。杨昌济任教湖南高等师范学校的时间不长，但那是一个心情极舒畅的时段，他带领弟子和儿女游遍了岳麓山的所有景点。

1918年，北大校长蔡元培聘请杨昌济讲授伦理学，毛泽东也在北京大学图书馆任职，借住在老师家。杨昌济激赏毛泽东、蔡和森："二子海内人才，前程远大，君不言救国则已，救国必先重二子。"几年来，杨开慧暗恋毛泽东而不自信。及至随父入京，她才博得爱神的青睐，在《自传》中一往情深地写道：

"不料我也有这样的幸运！得到了一个爱人，我是十分的爱他。自从听到他许多的事，看见他许多文章、日记，我就爱了他，不过我没有希望过会同他结婚……一直到他有许多的信给我，表示他的爱意，我还不敢相信我有这样的幸运……自从我完全了解他对我的真意，从此我有一个新意识，我觉得我为母亲而生外，是为他而生的。我想象着，假如一天他死去了，我的母亲也不在了，我一定要跟着他去死了，假如他被人捉去杀了，我一定要同他去共这一个命运！"

1920年初，杨昌济教授猝然病逝于北京，毛泽东尽心尽力地帮助杨家办理丧事，并且扶榇回湘。就在这年冬天，杨开慧做了一件顶不俗的事情，一不坐花轿，二不要嫁妆，三不用媒妁之言，只带着一大包书籍，住进了妙高峰下青山祠湖南第一师范附小的教师宿舍，花六元大洋办了两桌酒席，请至亲好友见证她与毛泽东的婚礼。没多久，毛泽东辞去教职，成为职业革命家，他们搬家至长沙小吴门外清水塘，神不知鬼不觉，中共湘区委员会的秘密机关就藏在这个离城区不远的地方。

那时，毛泽东为革命事业东奔西走，行踪飘忽不定，夫妻聚少离多，他填过一阕《虞美人》词，寄寓离别后的相思之情：

堆来枕上愁何状，江海翻波浪。夜长天色总难明，寂寞披衣起坐数寒星。

晓来百念都灰烬，剩有离人影。一钩残月向西流，对此不抛眼泪也无由。

1923年12月，毛泽东赴广州参加于翌年1月召开的国民党第一次全国代表大会，此时，杨开慧刚生下毛岸青不到一个月，正处于产后恢复期，惜别和牵挂之情涌上心头。一阕《贺新郎》，足证毛泽东的恋恋不舍：

挥手从兹去。更那堪凄然相向，苦情重诉。眼角眉梢都似恨，热泪欲零还住。知误会前番书语。过眼滔滔云共雾，算人间知己吾和汝。人有病，天知否？

今朝霜重东门路。照横塘半天残月，凄清如许。汽笛一声肠已断，从此天涯孤旅。凭割断愁丝恨缕。要似昆仑崩绝壁，又恰像台风扫寰宇。重比翼，和云翥。

这阕词中有个疑点，“眼角眉梢都似恨，热泪欲零还住。知误会前番书语”，值得考校。毛泽东为革命东奔西走，杨开慧担心无人照顾他的生活，想与之同飞同栖，但毛泽东顾虑风险，回绝了妻子的请求。毛泽东还节录了唐代诗人元稹的《兔丝》给杨开慧，“人生莫依倚，依倚事不成……”劝她不要“依倚”，要独立。在另一阕词中，其语意更明白，“我自欲为江海客，更不为昵昵儿女语”，因此杨开慧颇感委屈，生了一阵子闷气。这就是他们之间的“误会”，夫妻一旦相见，误会也就消除了。

1924年，杨开慧来到上海，与邓中夏夫妇、李立三夫妇租住在“三户楼”，夫唱妇随，其乐融融。年底回到湖南，杨开慧在韶山办农民夜校，感到前所未有的快乐。后来，毛泽东在武昌任中央农民运动讲习所负责人，杨开慧协助他撰写了那篇震动全国的《湖南农民运动考察报告》。

1927年8月31日夜，毛泽东乔装成行医郎中，前往湘赣边界领导秋收起义。杨开慧万万没有料到，这一别夫妻竟成永诀……

从此孤灯长夜，耿耿难眠，杨开慧只能从报纸上寻找夫君的消息，却难辨其真假，她的思念和牵挂统统化作诗句：

天阴起朔风，浓寒入肌骨。
念兹远行人，平波突起伏。
足疾已否痊，寒衣是否备？
孤眠谁爱护，是否亦凄苦？
书信不可通，欲问无人语。
恨无双飞翮，飞去见兹人。
兹人不得见，惆怅无已时。

杨开慧存留在手稿中的那些文字，至今寓目，尚有余温。

“无论怎样都睡不着，虽然倒在床上，一连几晚都是这样，合起来还睡不到一个晚上的时辰。”

“谁把我的信带给你，把你的信带给我，谁就是我的恩人！”

“今天是他的生日，我格外不能忘记他。我暗中行事，使家人买了一点菜,晚上又下了几碗面。晚上睡在被里又伤感了一回……”

对于挚爱的亲人，骄杨亦娇，她的内心不无柔软和脆弱。

对于仇恨的敌人，骄杨极骄，她的意志比钛合金还要坚韧。

大将还山

在岳麓山上，萧劲光将军的铜像立于纪念广场中间，眼睛朝着东南眺望，那笃定是大海的方向。他露出了欣慰的表情，多半是听见了东海、南海起伏的潮音和军舰行进时的击浪声。

一

1905 年，萧劲光才两岁，父亲就积劳成疾过世了，大哥尚未成年，拜大厨为师，尽得其所传的好厨艺，烹制得一手好湘菜，姐姐也在家做绣娘，针技精湛。

萧母深明事理，见小儿子是块读书的材料，就竭尽所能助他考入城里的长郡中学。那年，他十四岁。

如今，游人参观岳麓山下的萧劲光故居，定会赞叹这山窝窝里草木繁茂，自然环境清幽，若恰逢山茶花盛开的时节，更觉周遭春意涌动，生机盎然。

故居始建于清末，坐西朝东，为单层砖木结构，呈品字形布局，分为正堂屋、退堂屋、两侧厢房和杂屋，共十四间。故居为青瓦双坡屋顶，装有朱漆格扇雕花大门，门额上方堆绘图案装饰。大门两侧张贴行书对联，上联为“勤能补拙”，下联为“俭以养德”，横批为《易经》乾卦卦辞“元亨利贞”。悬家训于堂前，存念想于日后，入门常寓目，举首必铭心。

萧劲光一生朴实勤俭，位至海军司令员亦不骄不奢，家训之功可谓大矣。

二

五四运动后，萧劲光深感国事蜩螗，中原板荡，好男儿应担负起天下的责任。于是，他与任弼时等好友结成“救国十人团”。湖南学联组织罢课、游行和抵制日货的爱国活动，他都积极参加，置身革命浪潮的体验令他心花怒放。

1920年8月，萧劲光欣然加入由毛泽东、何叔衡创办的“俄罗斯研究会”，初步接触到马列主义常识。经新民学会介绍，他还与上海“外国语学社”建立了联系，并于年底加入中国共产主义青年团。

当时，“俄罗斯研究会”筹措到一笔宝贵的经费，决定选派会员赴俄进修，萧劲光与刘少奇、任弼时躬逢其会，均在首批赴俄成员名单中，三人兴高采烈，到上海培训点学习俄文，个个铆足干劲，狠下了一番苦学苦读的功夫。

青年时期，萧劲光的诗兴比同龄人更高，诗才也颇为不俗。

有一回，他乘船仰望皓皓明月，俯瞰滔滔江水，心潮跌宕，诗思泉涌，得来全不费工夫。“碧海蓝天秋风劲，江天万里明月光”，这是他最得意的妙句。

喜悦之余，他灵机一动，欲做新我，必有新名，提取此联的尾字“劲光”，正可替代原名“玉成”。他告别旧我萧玉成，迎来新我萧劲光，这名字英气逼人，将给他释放更强有力的心理暗示。

1922 年，萧劲光加入中国共产党，入苏联红军学校学习军事，军校众教官都称赞他为“难得的军事人才”。

三

1925 年冬，萧劲光未满二十三岁，就任国民革命军第二军第六师党代表，参加北伐，这是萧劲光担任的首个正式军职，军衔为中将。

晚年，他曾不无得意地“自嘲”：“我带了一辈子兵，军衔只升了两级。”

1927 年，大革命失败，萧劲光再次被党组织派往苏联，入列宁格勒托尔马乔夫军政学院深造，系统地研究军事战略和政治理论。

1930 年，萧劲光学成归国，担任中央军事政治学校校长。那年月，到处猛刮青春风暴，二十七岁就被委以重任，一点也不违和。

1931 年 12 月，国民党第二十六路军在宁都起义之后被改编为红五军团，萧劲光担任政委。长征时，萧劲光膺任红三军团参谋长，积极参加了娄山关、四渡赤水等著名战役，立下赫赫战功。1935 年秋，红军抵达陕北，萧劲光先后担任陕甘省委军事部长、红二十九军军长、红军后方司令部参谋长等要职。

1937 年 8 月，红军主力改编为八路军，萧劲光担任八路军后方留守处主任、八路军留守兵团司令员，其使命为保卫边区和党中央。毛泽东对萧劲光的表现非常满意，曾告诉同情红色革命的美国记者埃德加·斯诺：

⊙ 萧劲光故居

⊙ 萧劲光故居

“我在延安，就是靠留守兵团吃饭。”

尤其难能可贵的是，萧劲光撰写的《游击战争指导要领》一文，成为毛泽东撰写《抗日游击战争的战略问题》和《论持久战》两篇雄文的参考。

1948 年 5 月，萧劲光担任东北野战军第一兵团司令员，率大军围攻长春，采用军事包围、经济封锁、政治瓦解的复合立体战术，迫使十万守敌逐渐丧失固守的意志，直至国民党第六十军起义，余者纷纷投诚。这无疑是解放军首个以兵法“久困长围”和平解放大城市的成功战例。

1949 年 8 月，长沙和平解放，萧劲光担任湖南军区司令员、长沙市军事管制委员会主任。这年 10 月，他参与指挥衡宝战役，歼灭国民党军白崇禧部主力，为解放军挥师桂、粤，拿下华南地区、西南地区，创造了有利条件。

四

已经过去许多年，萧劲光仍记忆犹新。当初，为了帮他筹措远赴俄国的路费，母亲当掉了陪嫁的金戒指，临行前夕，大哥送来盘缠。

那时，大嫂还算年轻，其间二十九年未见。再见时，大嫂已白发苍颜。

见到将军小叔时，大嫂先是开心一笑，然后泣不成声：

“可惜你大哥……你大哥……他没能等到这一天……”

萧劲光见过千军万马的大阵仗，总能镇定自若，眼下面对大嫂的泪眼婆娑，心头也不免酸楚。救国者难以顾家，忠孝难以两全，要是父母还在，兄长还在，这一家人团团圆圆，安享天伦之乐，该多好啊！

“大嫂，你不要太伤心了，当年大哥早出晚归，辛苦赚钱，供我读书，也是为了看到这一天，我给大哥扫墓时，会告诉他的。”

大喜的日子，大嫂也意识到自己不该败兴，她擦掉眼泪，给将军小叔沏茶。萧劲光也赶紧转换了话题，问起侄儿的情况：

“大嫂啊，伯鳌最近有信寄到家里吗？”

萧伯鳌是大哥、大嫂的长子，是萧劲光的嫡亲大侄子，身为热血青年，追求进步，于 1937 年参加革命，奔赴延安。起初，他在八路军留守兵团里担任参谋，后来请求上前线杀敌，就跟萧劲光中断了联系。

听到小叔提起伯鳌，本已平复情绪的大嫂又失声痛哭起来。萧劲光顿生不祥的预感，莫非侄儿伯鳌在前线遭遇了不测？

“伯鳌他……他落在敌人手里……死得太惨了……”

原来萧伯鳌随八路军三五九旅南下支队经过湖南时，接受党组织的安排，留在湖南从事地下工作，后来被叛徒出卖，惨遭活埋。

革命者失去亲人乃是钻心痛事，即使萧劲光堪比铁罗汉，此时此刻也热泪盈眶，他坐在椅子上，良久无语，仿佛被一道闪电劈中头顶，悲痛的利爪正攥紧他的中枢神经。

“没想到伯鳌就这样走了……”

这次回家，萧劲光安抚了大嫂，决定更好地照拂她的晚景，还为父亲、母亲和大哥扫了墓。在三人坟头，他喃喃自语，说了许多话。

岳麓山依然横抹青黛，朱张渡照旧望穿秋水，但早年的时光已一去不复返。

五

1950 年 1 月，中央军委任命萧劲光为海军司令员，起初，他自觉难以胜任。年轻的时候，久住湘江边，他尚且忌水晕船，连父亲都笑话他是“旱鸭子”“晕鸡子”，现在竟要接掌海军，岂不会被人调侃为“晕船司令”？

在老一辈革命家中，萧劲光是少有的科班出身的军事将领，先后两次赴苏联军事院校深造，将理论素养和实战经验结合得天衣无缝，毛泽东称赞他为将领中的“大知识分子”。

担任人民解放军首任海军司令员后，萧劲光强调建军先建校，短短几年时间内就创办了十所正规海军院校和六所预备军校，他还兼任海军学校（今大连舰艇学院）的首任校长。萧劲光还先后创立了共和国首支快艇部队、驱逐舰大队和潜水艇大队。

萧劲光担任海军司令员共计三十年，毛泽东称赞他为“终身海军司令”，这个称呼包含了非同寻常的信任和肯定。

中国海军从无到有，由小到大，已经发展成为兵种齐全、装备先进、现代化作战能力不容小觑的海上军事力量，迈入了世界一流行列，这与萧劲光司令员的长期努力夯实其基础密不可分。

1988年1月4日，萧劲光八十五岁生日，不少老战友前来祝寿。回首戎马生涯，他不免百感交集，即兴吟成《八五抒怀》：

八十五岁不等闲，春光依旧在眼前。
堪笑白发似瑞雪，常怀丹心祝丰年。
阅世已阅险中险，识人又识天外天。
几番潮涌心底事，犹自神驰浪里船。

“晕船司令”早已不再晕船，由他掌舵的海军已经蓬勃发展。其颈联“阅世已阅险中险，识人又识天外天”尤为精辟，这一路阅世识人，就好比海上行船，惊涛骇浪，令人晕眩而偏不怕晕眩，催人呕吐而偏不怵呕吐，该有多大定力才行！

晚年，萧劲光为《将军竹》题词：“未出土前先有节，凌云高处仍虚心。”此言状物亦拟人，他知行合一，既是这么写的，也是这么做的。

1989年，萧劲光因病在北京逝世，享年八十六岁。临终之际，他留下遗愿：

“以后，我的骨灰就撒在东海，随着时间的推移，我会看到海军越来越强大，台湾回到祖国的怀抱。”

在岳麓山上，萧劲光将军的铜像立于纪念广场中间，眼睛朝着东南眺望，那笃定是大海的方向。他露出了欣慰的表情，多半是听见了东海、南海起伏的潮音和军舰行进时的击浪声。

萧劲光曾用生命和灵魂拥抱大海，大海必有回应。

九泉下的重逢

在一个晴朗的春日，在这座合葬墓前，我盘桓良久，附近盛开的山花有火的热烈，也有霞的绚烂。鲜花年年守信，故事愈陈愈香。我猜想，陈明仁将军和他的发妻谢芳如重逢于九泉壤下，相伴于岳麓山头，一定倍感欣慰。

一

1924 年 11 月 30 日，黄埔军校校长蒋介石将毕业证书郑重地颁发给第一期学员陈明仁，从那一刻开始，后者就正式开启了自己的军旅生涯。当天午后，蒋介石向第一期全体毕业生训话，要求大家打破生死关头，处处以身作则。

1925 年，陈明仁参加了讨伐叛军陈炯明的第一次、第二次东征。东莞之战，他抱病率领一个尖刀排作战，歼灭掉三倍于己的敌军，当即升任连长。惠州之战，战况更激烈，他身先士卒，第一个登上城楼，率领部下最先攻入城内。在庆功会上，总指挥蒋介石亲令陈明仁立于城墙高处，接受全军敬礼。诚然，“在黄埔系的芸芸将星中，陈明仁成名之早，声名之著，鲜有同侪堪与比肩”。

然而此后，陈明仁的发展未达预期，更别说超预期。

1933 年，第八十八师师长陈明仁因性格倔强、对上级态度不恭而被排挤去职。

1938 年，预备第二师师长陈明仁率部参加了抗击日军的九江保卫战。

五年过去了，他仍是师长，中间他赴庐山参加过军官训练团的短训，到陆军大学深造过。

1940 年初，陈明仁奉命驰援桂南战场。在誓师大会上，他动员全体将士：“每个官兵都要在战斗中杀敌立功，日寇不除，何以家还！”他在前线指挥预备第二师与日寇血战多日，伤亡七千余人，直至接到撤退命令，才率残部离开火线。

1942 年 3 月 4 日，陈明仁在昆明抗上，当面顶撞蒋介石，他在日记中写道：“三时半晋谒，不数语即引起委座大发雷霆。余亦以此事太遭不白之冤，恃爱妄言，说明服装破烂，余不能负责。当时态度言辞不免过剧，致被收押，责令宪兵十三团于明日送往重庆。余以无罪，心甚泰然。”抗战艰苦时期，正是用人之际，陈明仁说明实情，言词不逊，蒋介石固然恼火，但这并非大不了的事体，他制怒之后，除了宽恕这位爱将，还能如何？

1944 年，时任第七十一军副军长的陈明仁，随中国远征军赴滇西反攻日军主力部队。他率部抢渡怒江，攻克日军坚固的松山要塞。督战龙陵时，陈明仁命令各师组织敢死队，昼夜轮番猛攻，一举歼灭负隅顽抗的日本守军。他率部攻打回龙山时，为了尽快帮远征军扫清前进的障碍，阵前放出豪言和狠话：“拿不下回龙山，我就死在山头上！”第二天，陈明仁所部就夺取了回龙山，他在日记中不无自豪地写道：“今日之胜利，争得莫大之面子，官兵殊能用命，欣慰之至！”嗣后，第七十一军乘胜攻克畹町，打通滇缅公路，与征战缅北的国民党军胜利会师。

1947 年，刚刚就任国民党军第七兵团司令的陈明仁卷入派系斗争的漩涡，因被人诬告“纵兵抢粮”而遭到撤职处分，调任南京国民政府参军处中将参军（后改为总统府中将参军），等同于赋闲。

心灰意冷之余，陈明仁眼看着国民党政府愈益腐败，国民党军队愈益涣散，对老校长蒋介石的失望和反感也与日俱增，对血流成河的内战顿生厌倦。几年前，他的日记中就有过愤激之言：“欺骗逢迎之辈，即是王八蛋，都是大官达显，国家就亡在这辈人手里。臣固亡国之臣，君亦亡国之君，中国不亡，必无天理！”现在，情形更加糟糕，他开始认真考虑国家的命运和个人的前途。

二

1949 年 8 月 4 日，国民党湖南省政府主席、第一兵团司令陈明仁与国民党长沙绥靖公署主任程潜联名通电全国，长沙起义成功，全城匕鬯不惊。湖南和平解放之后，陈明仁出任湖南省临时政府主席兼中国人民解放军第二十一兵团司令员。为了顺利改造旧军队，陈明仁请求湖南军区司令员萧劲光派遣干部支援，他与新来的政委唐天际精诚合作，非常默契，数百名干部如同新鲜血液注入四体百骸，旧军队起义未久，即迅速转型，风貌焕然一新。

1949 年 9 月，陈明仁到北京出席全国政协首次会议，当选为全国政协委员，受到毛泽东、朱德、周恩来的接见。毛主席还盛情邀请他到中南海家中去做客。谈到两军交战，各为其主，毛主席对陈明仁笑道：“我看林彪打仗不如你哟！”气氛顿时变得轻松活跃。

毛主席询问陈明仁有何要求，陈明仁回复“没有要求”。毛主席顿生感慨：

“别人有要求，我们还好办；你没要求，我们倒难办了。”

在政协第一届全体会议上，陈明仁的发言十分精彩，他说：

“我记得我在黄埔的时候，蒋介石经常对我们说：‘我是革命的，实行三民主义的，我什么时候不革命，你们应该打倒我。’我现在发现蒋介石不仅是不革命，简直是反革命，简直是人民公敌，我当然要打倒他。并且不但我要打倒他，就是凡是黄埔同学乃至全国人民都要起来打倒他的。他是我们的校长，现在我便给他一个大义灭亲。我想蒋介石用不着怨恨我，应该去怨恨他自己。”

信念一旦发生转变，立场也会同时发生转变。陈明仁视蒋介石为反革命，自然要离开他，并且打倒他，决不盲从和愚忠。

据说，台湾的广播电台播音员转述了陈明仁的发言，蒋介石在台北士林官邸收听之后，如受暴击，连服药片，才抑制住了飙升的血压。

1950年12月，陈明仁率部赴广西剿匪，歼灭当地土匪三万余名。1952年，陈明仁出任中国人民解放军第五十五军长，率部驻防广东湛江。

1955年9月，中华人民共和国将帅首次授衔，仅有三位起义的国民党将领被授予上将军衔，他们是陈明仁、陶峙岳和董其武。昔日中将今上将，三人中，陈明仁最年轻。

三

十三岁时，少年陈明仁就与十四岁的同乡少女谢芳如结了婚。

谢芳如性格温柔，勤劳朴实，两人婚后感情融洽。她支持丈夫上学读书，外出闯荡。二十一岁时，陈明仁来到广州，入大本营陆军讲武学校学习，后转入黄埔军校第一期，编在学生第六队。

东征大捷后，陈明仁声名鹊起，立刻有达官贵人想收他为乘龙快婿，但毫无例外，均被他一口谢绝。“糟糠之妻不下堂”，陈明仁恪守古风，一时传为佳话。谢芳如心里也产生了危机感，受夫君勉励和督促，她苦学文化，竟从目不识丁的童养媳转变为知书达理的将军夫人，实现了人生角色的成功转换。

陈明仁转战各地，为了不让谢芳如担惊受怕，必定及时报告平安，无论战况如何惨烈，他的家书总是云淡风轻。每次他休探亲假，谢芳如也总是会走很远的土路去迎接他。多年后，陈明仁当上了师长，把谢芳如接到身边，她刻苦自学，能通文墨，在军中任译电员，心情十分愉快。谢芳如还能激励士气，每逢陈明仁率将士出征，她都会为他们斟上壮行酒，饮后，大家欢声雷动。等到他们打完仗，她又会带领将士们的家属，去远郊迎接凯旋的亲人。

陈明仁南征北战，谢芳如形影相随，夫妻恩爱有加。谢芳如的性格温和善良，近距离接触，往往使人如沐春风，凡是见过她的将士，无不交口称赞。

当年，许多将军都有姨太太，甚至有三房、五房都不足为奇。尽管诱惑多多，但陈明仁从来不为所动。日后，他在自传中写道：“我秉灯夜读，她依依相伴；我展纸挥毫，她悄悄磨墨；夫唱妇随，妇帮夫强……”他是有良心的男人，也是有定力的将军。

1951 年 4 月，谢芳如因病去世。陈明仁时任中国人民解放军第二十一兵团司令员，接悉噩耗，从广西剿匪前线匆匆赶回长沙。在追悼会上，他读罢挽词，双膝跪地，声泪俱下。将军身经百战，见惯了铁血交飞，男儿有泪不轻弹，这回遇到伤心事，整整三天，他眼泪未干。

他亲撰亲书的挽联可谓情深义重：

卅年恩爱，永矢同心，若论伉俪深情，敢谓世间少有；
千里归来，竟艰一诀，从此音容长杳，除非梦里相逢。

陈明仁亲选墓地，将夫人谢芳如葬在岳麓山东南方的赫石坡，此处僻静，人迹罕至，可眺望湘江，环境极好。他亲题墓碑“吾妻谢芳如墓”。在这座双穴墓中，他给自己预留了一个位置。

谢芳如病逝时，陈明仁还未满五十岁，日后由谁照顾他的生活才好？谢芳如心细如发，事先就想到了这一层。住院期间，她发现主治医师萧毅不仅医术高明，而且人品出众，是湘雅医院第四任院长萧元定的闺女，留美医学博士，此时三十二岁，比陈明仁小十六岁，尚为未嫁之身。谢芳如托付时任中共中央统战部部长、中央人民政府政务院秘书长的李维汉，她病故之后，请他为陈明仁和萧毅做婚姻介绍人。谢芳如也对陈明仁提及此事：“我死了以后，你能找到萧医生做爱人就不错了。”当时，陈明仁很反感此言，心里不免产生抵触情绪，事后细想，这就是发妻的遗愿啊！

1952 年 4 月，陈明仁遵照谢芳如的生前安排，与萧毅结合，从辅助事业和照顾生活两个方面来看，萧毅都是他的佳偶。

四

1972 年 2 月 15 日，农历大年初一，陈明仁最后一次到妻子谢芳如墓前祭扫,嗣后他赴北京治病,于 1974 年与世长辞。弥留之际，陈明仁叮嘱长子陈扬钊：

“我死后，希望能够跟你母亲葬在一起。”

陈明仁的追悼会在八宝山隆重举行，由聂荣臻主持仪式，由萧劲光致悼词，悼词高度评价了陈明仁的历史贡献。

依循惯例，陈明仁将军的骨灰存放于八宝山革命公墓，这是党中央的决定，陈扬钊不便也不宜提出异议。直到 2007 年，陈扬钊见八宝山革命公墓也有骨灰外迁，便和弟弟陈扬铨联名致信中央统战部，请求将父亲陈明仁的骨灰迁葬于岳麓山。这个请求合情合理，得到了有关部门的批准，中央军委和湖南省委、省政府均重视此事，表示支持。

2009 年 8 月 2 日，陈明仁将军的归葬仪式在岳麓山赫石坡举行，他的骨灰终于与妻子谢芳如的遗棺合冢。陈明仁将军手书的“吾妻谢芳如墓”的墓碑保持原样，在圆形墓冢前另立一块汉白玉碑，上

⊙ 陈明仁、谢芳如合葬墓

有“陈明仁将军之墓”七个大字，墓碑上雕刻的图案是一只鸟叼着一条蛇，它寄寓了守护和平的象征意义。新刻的墓志铭总结了陈明仁将军一生的功勋，值得留意：

黄埔精英，青史名扬。东征先锋，抗日名将。
程陈携手，义旗高张。和平解放，声震南疆。
政权奠基，革命未央。剿匪广西，分洪荆江。
边陲镇守，军枢赞襄。公者千古，道遗甘棠。
湘流浩浩，衡岳苍苍。虎贲英灵，安憩故乡。

归葬仪式后两天，就是一个特殊的日子，长沙和平解放六十周年纪念日，陈明仁将军归葬岳麓山，正是整个活动的主要内容之一，此举特别令人感动。

在一个晴朗的春日，在这座合葬墓前，我盘桓良久，附近盛开的山花有火的热烈，也有霞的绚烂。鲜花年年守信，故事愈陈愈香。我猜想，陈明仁将军和他的发妻谢芳如重逢于九泉壤下，相伴于岳麓山头，一定倍感欣慰。

辑六

良师之范

『强避桃源作太古，欲裁大木柱长天。』——杨昌济

欲栽大木柱长天

1915年夏，杨昌济举家迁至岳麓山下，专注于湖南高等师范学校的教学工作。他在家中特意给青年学生辟出一间客房，吃饭摆上一大桌，睡觉也有床铺，他们谈天说地，更加尽兴。从《达化斋日记》里寻线索，可以发现杨昌济住在岳麓山下的那段时光，天天有弟子作陪，有山水可乐，闲则游泳，是他一生中最快乐的时光。

一

长沙县板仓冲位于影珠山下，是现代著名学者杨昌济的出生地。其父杨书祥靠教授私塾养家，母亲向氏能够识文断字，以仁慈著称乡里。杨昌济从小受淳厚的家风滋润，以耕读为本，一直都是亲友和乡邻眼里的读书种子。

杨昌济八岁失母，十四岁失父，哥哥杨昌运染上鸦片烟瘾，难以自拔，因此他年纪轻轻，就担负起家庭生活的重担。好在他拥有秀才资格，教书养家之余，仍然刻苦自修。他放心养静，制欲持恒，给自己定下了极明确的近期目标和远景目标："一旬之中，不容有一书之阙；一月之中，必须有数十条通透之识；一年之中，或抄或作，必须有一二卷之成书；十年之中，必须小成；三十年之中，必须大成……”最初几年，杨昌济外出授馆，就认识到教育的首要追求和最高目的应该是转移青年学生的性情，“能移子弟性情使笃厚，是第一等教法，教之本也；讲解经书，其用也；文艺，末也。”放在当年，这是相当了不起的见解。

杨昌济参加过两次乡试，都不幸落榜，苦闷之余，他赋诗喟叹：

余生真草草，桂短折堪怜。
孤愤遭穷厄，牢骚损岁年。

剧变的时势容不下个人太多的迷茫、颓废和伤感，它很快就拽着杨昌济一路狂奔，脚步根本停不下来。

二

1898年春，杨昌济入岳麓书院求学，适逢湖南维新变法运动兴起，南学会初开，民主气氛浓厚，作为通讯会友，杨昌济兴冲冲地前往会场听讲。其中有个提问环节，他询及如何理解“天地之大德曰生”，主讲人谭嗣同的回答非常诚恳：

“于圣贤微言大义晦盲否塞之秋，独能发如此奇伟精深之问，此岂秦汉以下之学者胸中所能有哉？兹事体大，余亦何敢论断。总之以民为主，如何可以救民，即以如何为是，则头头是道，众说皆通矣。”

谭嗣同阐发民主精义，以此诠释他对“天地之大德曰生”的理解，给杨昌济留下了终生难忘的印象。

1898年夏，谭嗣同在湖南创立延年会，“其命意在于省去无谓之应酬，以所省出之精力时候读书办事。谓计人寿命之修短，不以

⊙ 杨昌济

其年龄之多少，而以其作事之多少。如作事多则虽中年亦可云寿考，如作事少则耄耋亦可云夭折。省去无谓之应酬，则人人可多办事，人人延年益寿矣”。延年会的宗旨为“精勤”二字，古人称“仁者寿”，谭嗣同称“勤者寿”，这个观念更接地气，也更符合实际。杨昌济本就朴实勤奋，对延年会的宗旨自然是举双手赞成。

谭嗣同对杨昌济的影响之大非比寻常，甚至超过了曾国藩对他的影响。这位侠士佛子具有大无畏的牺牲精神，向死而生，勇于求变，无疑是“死一身一家，而生天下万世”的仁人，杨昌济向学生反复强调“谭浏阳英灵充塞于宇宙之间，不复可以死灭”。在很大程度上，谭嗣同的《仁学》冲击震荡了杨昌济的世界观、人生观和价值观，堪称“精神核爆”。他在日记中写道：

“余研究学理十有余年，殊难极其广大，及读谭浏阳《仁学》，乃有豁然贯通之象。其序言网罗重重，与虚空无极，人初须冲决利禄之罗网，次须冲决伦常之罗网，次须冲决天之罗网，终须冲决佛教之罗网。心力迈进，一向无前；我心随之，猝增力千万倍。开篇言以太能显出宇宙之全体：自身而家，自家而国，自国而地球，自地球而太阳，自太阳而昴星，自昴星以及无限之世界，皆互相维系，终古如斯，无非以太之力。吾由此知吾向所抱持之宇宙观念，不免太狭隘也。”何谓“以太”？它就是除了水、火、气、土四大基本元素之外的第五元素。

杨昌济还支持过谭嗣同组织的湖南不缠足会，可见他对女性是十分尊重的。有一次，他发现湘籍诗人易顺鼎在慈音学会题诗四首，对女子显露出轻薄亵玩的态度，便在《达化斋日记》中严厉地批评道：

“中国人对于女子毫无敬意，纯以玩具视之。以淫具视人者亦以淫具自视，多见其鄙贱而已。”

易顺鼎没资格代表全体中国人，只能代表一部分中国男人，但杨昌济的语意并不含混。

三

想有大胸怀，须开大眼界。

二十世纪初，杨昌济认识到“处此时势，非有世界之智识，不足以任指导社会之责”，于是他出洋求学，留学日本六年，留学英国三年多，游学德国九个月。出国前，他决定改名为“怀中”，其义自明：身在异域，心怀中土。

1903年，杨昌济年逾而立，考取公费留学日本的资格。在这批湘籍学子中，有陈天华、刘揆一，后来成为革命党；还有朱德裳，后来成为著作家。由于杨昌济年龄最大，学识最渊博，大家都尊称他为“怀翁”。船过洞庭，众人登临岳阳楼，杨昌济心潮澎湃，感慨万千，赋诗一首题壁：

大地龙争日，英雄虎变时。
苍凉万里感，浩荡百年思。
日月自光耀，江山孰主持。
登楼一凭眺，此意竟谁知。

杨昌济这首五言律诗呼唤变革，气魄宏大，同伴们都激赏有加，朱德裳赞之为“绝类谭浏阳先生”，最得要领。

到了日本，杨昌济先入弘文学院，后入东京高等师范学校。当时，同乡好友黄兴主张民族革命，受其影响，杨昌济一度有意学习军事，但参练过一次兵操后，他就心中有底了：“吾自度非破坏才，且志在学问，不能从军也。”

某日，友人置酒相邀，请杨昌济赴蒲田看梅。席间，杨昌济轻轻搁下酒杯，环顾左右而感叹：

“吾辈皆三十许人，而学业尚如此，再不自立，何以为人！”

此言一出，席间众友闻之，无不动容。

杨昌济告诉李肖聃：“为学之要，在乎躬行，左文襄所谓‘无实行不为识字’也。”他要躬行的是用伦理教育改造出一代新人，这与革命形成互补，毕竟破坏只是革命的初始手段，建设才是革命的终极目的。旧法不可不变，就看怎么去变。“法之变有二：有变之自上者，有变之自下者。变之自上者，效速而易迁；变之自下者，效迟而可久。”教育变革自下而上，动静小，润物细无声，收效却久远。他说：“欲强中国，当蓄力于小民。士大夫积其教化之功，小民各自积其学问、阅历、兴举、扩充之功。积累久之，民智大开，则勃然兴起而莫能御之矣。”

李肖聃深受教益，撰文感慨系之：“怀中感人处，在志气真切，意味深厚，纯然学者之用心，今之人不逮也。”不逮，就是不及、不如的意思。

优秀的学者必定极其敏感。当年，日本人瞧不起中国人，时时处处表现出来。有一次，日本老师讲西洋历史，随兴发挥，说是中国人就跟古罗马人一样，只知珍爱本民族的文化传统，不太在意本国的土地被异族占领，甚至以本民族的文化能够同化异族而妄生骄傲之情。杨昌济顿时就觉察到，日本老师的这番言论实有弦外之音，鼓吹其“侵略之合理性”，暗藏“入主中国之思想”，心中立刻产生了大不平。

1909 年春，杨昌济欣然接受赴欧留学生监督蒯光典的召邀，离开日本，前往英伦，入苏格兰阿伯丁大学哲学系，专攻哲学、伦理学和心理学。对于伦理学上的各种主义，如禁欲主义、快乐主义、功利主义、利己主义、利他主义，他都有广泛而深入的考察和比较。

在英国，杨昌济的精神并不孤单，有多年益友、饱学之士杨毓麟常相过从，一起探讨人生，切磋学问，这种其乐融融的气氛弥漫于他的诗作之中：

城南携手日，岳麓纵谈时。
山水足清兴，苍茫寄远思。
风云惊变幻，身世剧推移。
五夜闻鸡起，千秋信所期。

他们是长沙城南书院的同学，曾在岳麓山上纵谈。时光如梭，过去十多年了，国内风云变幻，游子离家也越漂越远，但他们理应自励而共勉，闻鸡而起，对于未来持乐观的预期。只可惜杨毓麟有脑病，听闻黄兴领导的广州起义宣告失败，革命力量损失惨重，精神苦闷至极，病情也随之加重，便留下遗书，在利物浦投海自尽了。杨昌济对杨毓麟评价很高："工文辞，有远识。其不可及处，尤在其言有物，出于至诚，盖并世所罕覯也。"杨昌济在日本遇上陈天华投海，在英国又遇上杨毓麟投海，愈觉志士救国欲速则不达，救育固然缓不济急，但投注心力，尚可优为之。

四

1912年夏，杨昌济从苏格兰阿伯丁大学毕业，获得文学士学位。十年弹指一挥间，杨昌济泛洋归来，清朝已变成民国。

1912年秋冬之际，湖南都督谭延闿欲罗致杨昌济为湖南教育司司长。眼见国旗换了，国号换了，但各方面仍换汤未换药，杨昌济失望之极，羞与政客为伍。此后五年间，他应聘于湖南高等师范学校等多所学校，在省城长沙做教书匠，竟甘之如饴。

1913年春，宋教仁在上海遇刺，随即爆发"二次革命"，袁氏爱将汤芗铭任湖南查办使，肆意捕杀革命党人。这年11月14日，汤芗铭杀害了杨毓麟胞兄、省财政司司长杨德麟。杨昌济曾奔走营救，全然无效。他淋雨回家后，大骂儿子杨开智，实则是愤恨之情无处发泄。后来，消息传至日本，讹为杨昌济一同遇害，黄兴听闻噩耗，极惊心，也极痛心。在这恐怖的险恶时段，汤芗铭的幕僚登门劝说杨昌济主动拜访汤将军，暗示他会得到好处。杨昌济相当硬气，把对方的"美言相诱"当成了耳旁风。

1914 年，杨昌济与好友黎锦熙办过《公言》杂志，发表《余改良社会之意见》，强调自由平等，尤其强调容纳异见方显公心，好同恶异纯属野蛮。同时他也指出，胡诌妄语跟言论自由并非一码事，必须力戒，提倡诚实。《公言》只出刊两期，就被汤芗铭下令封禁了。

1915 年，《新青年》创刊，刊发了杨昌济的《治生篇》《结婚论》等论文和译作。还刊发了他推荐的一些文章，例如毛泽东的《体育之研究》。

杨昌济用心着力于教育，赋诗言志，“强避桃源作太古，欲栽大木柱长天”，在湖南高等师范学校开设西洋伦理学、教育学和哲学课程，“其规划皆先生所首创”。老教育家曹典球对此深有感触：“先生自精研中国经史、性理诸学数十年之后，又继续在日、英二国苦学九年之久，对于中西学术源流、政治风俗，了如指掌，加以本身之存养省察，事事物物，无不加以详密之分析，而后出之语言，发之为文章，经师人师，备诸一身。以故来学之士，一受其熏陶，无不顿改旧时之宇宙观，如饮醇胶，受其影响。”

杨门众弟子几乎都见过老师在长沙寓所门框上悬挂的那块一尺来长、三寸多宽的铜牌，上书隶体字“板仓杨寓”。五年间，这块铜牌从河东到河西，再从河西到河东，杨昌济搬到何处，它就挂在何处，总有好学的青年徒步前来问学求教。毛泽东、蔡和森、萧子升、陈昌、张昆弟等弟子都是“板仓杨寓”书房里的常客，他们组成一个哲学研究小组，从 1914 年冬到 1915 年 9 月，每逢周六或周日，就在杨家讨论哲学问题，彼此介绍进步读物，交流读书心得，“奇文共欣赏，疑义相与析”。一些进步教员，例如黎锦熙，也被吸引到这个圈子中来。

杨昌济受曾国藩影响，将日记当作修身功夫来做，也鼓励弟子门生记日记,有时还会借阅他们的日记,感受新风。在 1914 年的《达化斋日记》中就有这样的内容：

“阅陈生昌日记，载有萧生旭东数语云：‘不为我造就我，而为国家造就我；不为我求学问，而为学问求学问。’颇有所见，故录之于此。”

“阅熊、萧二生日记，知船山学社切实讲船山所著之书，此事深惬鄙意。刘艮老之结论亦甚平实，青年肯去听讲，必有益也。”

刘艮老是船山学社首任会长刘人熙，卸任湖南省长兼督军后，他就潜心研究王夫之的学说。

出版家、教育家舒新城回忆自己在湖南高等师范学校的那段读书生活，也感慨系之：“在人格上最使我受感动者为杨怀中先生。……当时他教我们的是伦理学。他的道德观是融合中国的性理学与英国的功利学派的伦理观而贯通之，故极重实践。其处世接物一本至诚，而一切都以人情物理为归。他律己极严，不吸烟，不饮酒，读书作文均正襟危坐，处以虔敬，但对他人则并不强加干涉。常谓美之所以为美，须有多态统一，于人亦然，只要其行为不害及群众，应听其自由。在经济上尤为耿介，除以劳力所得，绝不妄取一文（彼返国时，某政府机关欲聘其为外交顾问，俸甚厚，彼坚拒不受，而愿在第一师范作教师；在高师教课亦系兼任，每月薪脩不过数十元），而于物尽其用，则特别注重。”

言传身教，潜移默化，杨昌济“欲栽大木柱长天”，尤其用心于培元固本。

1915 年夏，杨昌济举家迁至岳麓山下，专注于湖南高等师范学校的教学工作。他在家中特意给青年学生辟出一间客房，吃饭摆出一大桌，睡觉也有床铺，他们谈天说地，更加尽兴。从《达化斋日记》里寻线索，可以发现杨昌济住在岳麓山下的那段时光，天天有弟子作陪，有山水可乐，闲则游泳，是他一生中最快乐的时光。

五

1918 年夏，杨昌济欣然接受蔡元培校长的聘书，担任北京大学伦理学教授，住在豆腐池胡同九号。湘籍名士杨度怂恿他利用人脉活动，谋任教育总长。杨昌济对杨度、章士钊说：“我决不做官，我要教书，著书立说。在北大教课，可常与蔡元培、李大钊、周树人等学者交谈，岂不更好！”杨度此前组织筹安会，为袁世凯鼓吹帝制，浑身沾满虫蚁腥臊。杨昌济注重为己之学，看轻应时之技、登龙之术，他始终坚持正见，努力把学问做好，不肯听从朋友老乡的摆布。

1918 年秋，杨昌济写信给章士钊，劝他弃政归隐，信中有这样一段话：

“政治漩涡中诚非吾辈所应托足，无补国事，徒有堕落人格之忧。谓宜飘然远引，别求自立之道。今日之事当从底下做起，当与大多数国民为友，凡军人、官僚、政客，皆不当与之为缘。不当迎合恶社会，当创造新社会。当筑室于磐石之上，不当筑室于沙土之上也。吾辈救世惟赖此一枝笔。改革思想，提倡真理，要耐清苦、耐寂寞。望翻然改图，天下幸甚！”

章士钊一身兼政客、教授、媒体人、律师等众多角色，其经历多姿多彩，而杨昌济长年专心于学术，两人的志向和目标毫无共同点。杨昌济苦口婆心，他的劝告是否如秋风射马耳，也只有章士钊能够给出答案。

1919年初冬，章士钊启程赴法国游学，杨昌济听说后，在日记中写下欢语：“幸吾言之见用，此于行严甚为有益。”行严是章士钊的字。

杨昌济严于律己，常自谦为“朽木”，每日三省其过错。未寡言，即戒之；稍自满，遂克治；偶然托大，讥议人短，则自我批评，以期做到与人无忤，与世无争；一年四季洗冷水浴；避免被无益的小事戕残性灵；廉于所取，非劳力所得，不妄取一文。他读书勤，涉猎广，思考深，笔记细，寻根究底，穷理析疑，犹如福尔摩斯探案。

有一次，他告诉学生：“吾无过人者，惟于‘坚忍’二字颇为著力，常欲以久制胜。他人以数年为之者，吾以数十年为之，不患其不有所成就也。程子曰：‘参也竟以鲁得之。’曾子鲁钝，而卒为圣学之宗，坚忍之效也。余尝谓天才高者，其成就反不如天才较低者之大，要视其坚忍之力何如耳。”

这种“以久制胜”的坚忍精神，被杨门众弟子称为“达化斋的法门”。

1919年夏，杨昌济在《国民》杂志一卷一期上发表《告学生》一文，强调学贵力行，号召学生“能言人之所不敢言，能行人之所不敢行”，五四运动引发的时代潮音令他振奋，此言发自肺腑。

1919年冬，杨昌济读到《时事新报》上一篇题为《少年，驰骋》的文章，将老人视为应践踏的污泥、尘垢，不免心惊。他在日记中写道：

“我虽未老，然已届中年，但吾气浩然，仍怀迈往无前之志，以百年为期，尚可作五十年之研究也。要之学贵日新，与年俱进，一息尚存，此志不容稍懈。吾亦曰：‘我这少年的精神不能死！’”

杨昌济时年四十八岁，以百岁自期，“尚可作五十年之研究”，相当之乐观，其个人精神与时代精神完全合拍，确实一派生机。

为改变中国社会行之已久的奴化教育，杨昌济殚精竭虑，循着博学、深思、力行的路径前行，事无大小，全力以赴。其专著《西洋伦理学史》《伦理学之根本问题》广获好评，学问日进无疆，正待结出累累硕果，却因积劳成疾，不幸殁于知命之年。

胡适为杨昌济的译著作跋，其中有言：

“杨先生不幸于本年病殁。他是一个勤苦的学者，他临死前不多时还有信托我问杜威博士欧美最新出版的伦理学书籍，可见他至死不懈的精神。”

湘籍名士李肖聃撰文悼念杨昌济，字字句句情真意挚：

“怀中之死，令人心伤，好学之笃，立志之坚，诲人之勤，克己之苦，求之友辈，遂无此人。……怀中于三十以前，既已博究儒先之书，十余年中，又益求英日学者之说，固有得于时代之精神。其意气似纯出于和平，而其心光湛然，力抗流俗，而浩然有以得于己，则友朋皆莫及也。今世道之不明也久矣。欲士之有志于为己之学，而不为逢时之术盖亦难矣，然亦视吾所自立者何如耳。怀中寒士也，诚乐乎道而不以穷饿动其心，此其学之所以日进不已也。”

据说，杨昌济于临终之际，仍然用低弱舒缓的声音给前来探望他的湘籍名士方叔章讲述宋儒故事，“说毕，语叔章：‘吾意正畅。’旋一笑而瞑”。

这真是大学者最典型的死法，也是最美好的死法。

周南师道

湘江浩荡，岳麓昂藏，此时此刻，左江右山，壮美的诗情画意纷纷奔来眼前，簇拥着朱剑凡和他的周南女弟子们。

一

难以置信，这个宁乡汉子身形消瘦，面容清癯，内心竟有团烈火吐焰不歇，雨雪冰霜也无法阻止它熊熊燃烧。这团精神烈火由大爱供氧，由大恨供柴，因此能够长年累月保持热度和亮度，就算其生命的血钟停摆了，也无妨它薪尽火传。

那是怎样的大爱？爱教育，爱真理，爱人才，爱未来。

那是怎样的大恨？恨强盗，恨丑类，恨邪恶，恨黑暗。

他动心起兴，竭虑殚精，欲做成前人鲜尝其苦的艰难事业，势必要拥有丰厚的资源、坚强的意志、缜密的计划和精良的团队，然后就是披荆斩棘，乘风破浪，不达目的誓不罢休。

在二十世纪初的长沙，他排除万难，创办了周南女校。

他就是周家纯。辛亥革命后，他认祖归宗，恢复朱姓，易名剑凡。

民国之初，周家纯为何要恢复朱姓？因为他的先祖是明朝宗室后裔，明亡后卜居于湖南宁乡县，改姓为周。其父周达武能征善战，是晚清时期的湘军将领，深受左宗棠赏识，任甘肃提督多年。周达武功成名就后，求田问舍，斥巨资在宁乡县道林乡购得大片良田，建成了城堡式的大庄园，又花重金买下长沙北城泰安里的蜕园，整修出一座颇有历史风味的园林宅第，作省城公馆之用。维新派人物陈宝箴久宦湖湘，曾租住蜕园多年，其孙子陈寅恪即在这座名园里出生。

周达武的正室是戴氏，久婚不育，在乡下抱养了一名男婴，取名廉甫。他还纳过四房姬妾，其中以第二房姬妾四川忠县村姑姚氏最为淳朴善良，朱剑凡便是姚氏所生。戴氏工猜善妒，姚氏长期含垢忍辱，吃苦受磨，以泪洗面。母卑子贱，庶子必然受到嫡子欺负，因此朱剑凡自幼就对囚笼槛车般的旧婚姻制度、旧礼教制度深恶痛绝，两三千年来，无数妇女的命运受其禁锢，惨遭非人道的暴力虐待，沦为丧失独立人格和自由意志的牺牲品。朱剑凡身上毫无纨绔气息，与家庭际遇和思想觉悟大有关系。

朱剑凡本人的婚姻虽为包办，却堪称美满，妻子魏湘若是两江总督魏光焘的掌上明珠，难能可贵的是，她支持夫君的事业，始终不遗余力，还为他生下八个儿女。朱剑凡主张一夫一妻制，反对男子纳妾。当初，岳母董夫人送来三个陪嫁丫头，然而待她们到了花信年华，朱剑凡便一一遣嫁。岳母以为女婿嫌弃陪嫁丫头的姿色太平凡，又特意从邵阳送来绝色女子春燕，劝他纳为侍妾，继续开枝散叶。他诚恳地向岳母解释：“我兴办女学，就是要为女子争取人格和地位，可不能做这种好色不好德的事。”《民国日报》主笔鲁荡

⊙ 朱剑凡

平以此题材赋七言诗《佳人难再得》,其中有句“不知春燕伴谁飞”,可见春燕未曾嫁入朱门。

由于身份和境遇等因素的作用，庶子往往比嫡子更有出息。当嫡兄周廉甫征逐声色、嫡嫂沉迷赌博时，朱剑凡则刻苦攻读，关心国事和家事，毅然决然走出舒适区，浮槎东渡，到日本留学。他原本有志于驰骋沙场，戎武报国，但他报考日本陆军士官学校时，因视力不合格而落选。于是他就读于东京弘文学院的师范科，结识了周震鳞、杨昌济、胡元倓、陈润霖等一大批志同道合的朋友。那年（1902 年）他刚满十九岁。

在东瀛，朱剑凡受到孙中山、黄兴等人所主张的民族革命思想的洗礼，他的革命精神有过极端表现。

1903 年，他与内弟魏肇文回到南京，一度异想天开，有过策反岳父大人、两江总督魏光焘的幼稚想法和冒险举动，大事虽未成功，但其激越的爱国情怀还是赢得了众同仁的赞赏。

当年，仁人志士思谋的三大问题是“如何御侮”“如何救亡”“如何图存”，朱剑凡也不例外，在“政治救国”“实业救国”“教育救国”这三条主要路径中，他自忖选择“教育救国”可以发挥个人所长，何况教育可以“启民智、兴民德、鼓民力”，正是书生乐于着手的事业。

在朱剑凡的内心深处有两个关键触点：一个是痛点，另一个是疑点。痛点是慈母身份卑微，受够了旧式大家庭的屈辱，女子理应有更好的人生才对。疑点是宝贝女儿正在长大，自己帮助她们避免了缠足穿耳的痛苦，又该如何帮助她们从根本上改变命运的轨迹，避免重蹈前人的覆辙？

恰在那个时期，周震鳞创办了宁乡速成师范，胡元倓创办了长沙明德中学，陈润霖创办了楚怡工业学校。朱剑凡在好友周震鳞的宁乡速成师范有过短期任教，对于教育的初体验感觉极佳，于是决心在湖南教育界干一件惊世骇俗的大事——创办女子学堂。此前，湘省女学已有萌芽，但命运多舛。1903 年龙绂瑞、俞蕃同创办湖南民立第一女学堂，1904 年曾广镛创办淑慎女学堂，二者均遭顽固守旧势力摧残而凋零，其根由则尤其不堪，豪绅王先谦欲纳湖南女学堂某女生为妾，该生不从，王先谦恼羞成怒，便唆使他人上奏朝廷，请废女学，诬称“湘省女学全无实用，徒为伤风败俗之所”。湘籍权臣瞿鸿禨受其蒙蔽而失察，竟勒令湖南各女学堂立即停办。朱剑凡咬定青山不放松，也须改变策略，对外只道创办周氏家塾，不称创办女学堂。至于要解救卑微无人权的众多女性，解开男女不平等的悲剧症结，这样的初衷也是无须明言的。他坚信“一灯能除千年暗，一智能灭万年愚”，斩钉截铁地说：

“女子沉沦黑暗，非教育无以拔高明，要自立于社会，有学识技能，才能拔于黑暗。”

朱剑凡最敬佩敢于冲破一切罗网的湘籍英杰谭嗣同。

谭嗣同主张“兴女学以课妇职”，南学会重视女子教育，其质疑很难被驳倒：“幼学以母教为先，不讲女学，安有母教？”梁启超是谭嗣同的至交，他的认知水平代表了当时维新派的认知水平：“女子无才便是德……实祸天下之道。”“蒙养之本，必自母教始。母教之本，必自妇学始。故妇学实天下存亡强弱之大原也。”西方有句格言说：“推动摇篮的手就是推动世界的手。”这层意思，谭嗣同懂，梁启超懂，朱剑凡当然也懂。

1905 年 5 月 1 日，朱剑凡二十二岁生日，在蜕园中，周氏家塾正式开学，设师范部和幼儿园，专招女生，授以新学。草创阶段，好友纷纷伸出援手，周震鳞授地理课，徐特立授师范课，陈润霖授教育课。由于风气未开，守旧派分子已放出肆意攻讦的谰言，“男女混杂非礼”“男女授受不亲”“女子不宜抛头露面”“周家花园是大观园，周家纯是贾宝玉”，诸如此类。朱剑凡当然知道人言可畏，于是低调办学，不屑与辩。他见招拆招，抵挡冷箭，既然慈禧太后可以垂帘听政，周氏家塾的先生就可垂帘授课。女生“只闻其声，不见其人”，如此别开生面，市井相传，引为趣谈，倒也堵住了悠悠之口的詈骂和毁谤。

1907 年，清政府受到立宪派持续不断的舆论压力，遂摆出高姿态开放“女禁”，朱剑凡抓紧时机将周氏家塾改名为周南女学堂，撤帘授课，还增设一年半学制的裁缝、刺绣、音乐、体操班，学校规模随之扩大，省内各县及桂、鄂、赣、皖、苏、浙等省适龄女子纷纷慕名而至。这时节最大的难题便是经费不足，朱剑凡向母亲姚氏磕头求款，所得仅能纾解燃眉之急，还是贤妻魏湘若识大体，顾大局，急夫君之所急，倾尽其全部嫁奁来支撑周南女学堂，此举岂止是雪中送炭，简直就是送来了整个春天。

二

名校必有名师，名师出高徒，周南的美名、盛名靠名师挣来。

朱剑凡重金礼聘浙籍名师谢仲仁为英文教师，一学期后，谢仲仁思乡心切，欲辞聘回家，朱剑凡苦苦挽留，无奈谢师去意已决。于是朱剑凡双膝跪地，恳求不已。“男儿膝下有黄金”，谢仲仁最终为朱剑凡的精诚所感动，含泪扶起校长，留在周南。

名师能带来良好学风。劳启祥老师教几何，他画圆不用圆规，而是用一条白手绢做半径，粉笔在黑板上转个圈，就能画出规整的圆。考试时，他从不监考，发完卷子，只在黑板上留下“老实、可靠、忠诚、毋欺”八个字，就平静离开。学生的自律随即充分显现出来，没人交头接耳，没人偷窥作弊，完卷之后，有序地交给教导处。

名师能带来敬业精神。有一天，徐特立在街边步行，遭遇飞来横祸，被轿杠狠撞了一下右眼眉骨处，好心人赶紧帮他止血，包扎好伤口，护送回校，他本当休息数日，朱剑凡也特意叮嘱过了。然而，次日徐特立仍照常上课，他用平静的语气告诉众弟子：“我不能为了个人的一点伤痛，耽误你们几十个人的光阴。”语不惊人，但出于至诚，闻者无不动容。

名师能带来学习方法。国文老师周世钊教学生读古文，“高声朗诵以昌其气，密咏恬吟以玩其味”。他给学生批作文，多有隽语，“文如剥蕉，味如嚼蔗”之类，这些比喻都饶有趣味。

名师能带来激励机制。数学老师汤执盘教代数，见学生基础较差，成绩难有起色，一时心急，批评女孩子不肯多动脑筋，但他转念一想，学生不是笨，只是没有信心，于是他改用温和的语气问道：“中国古代没有一个女数学家，你们不希望中国出个女数学家吗？”同学们闻言相视一笑，学好代数的信心和兴趣顿时就被激活了。

名师能带飞体育成绩。1906年，朱剑凡聘请日本专业的体育教师佐藤操子和松山雪子，来周南上游戏课、体育课和保育课。朱剑凡重视体育课甚至比重视文化课有过之而无不及，他先后从江苏、浙江、上海聘请名师蔡婉静、范慕英、陈伊文、彭泽芳、阎加笃、何公望等来提升周南的体育水准。1928年，周南女生陈嘉钧等人组成湖南省第一支女子足球队，在长沙运动会上一举夺魁。周南女校的排球队、篮球队、网球队、游泳队也在全国运动会上多次夺取锦标。

周南重视手工课，朱剑凡不拘一格延请名师。长沙街边成衣店里年近六旬的皮师傅剪裁缝制技艺精娴，朱剑凡就请他来做缝纫教头。工友袁顺生能刻得一手好钢板字，还能教学生做手工活，朱剑凡就让他到教务处工作。朱校长广寻名师，有个事例相当传奇。他发现湘军名将曾国荃的遗妾家中有一位清客尼姑擅长刺绣，就把她请到周南做教师。为方便起见，她能够主动还俗就更好了。有一回，吃饭的时候，朱剑凡试探着给她敬了一箸豆芽肉丝，结果她平静地食用了，从此破了荤戒，还俗的事便水到渠成，恢复姓名（李淑仪）也顺理成章。朱剑凡称赞她是“醒狮”，并敬以姊礼，既请她教女生刺绣，又让她攻读文化课程。于是，周南校园中便出现一道独特的风景线，一位年近半百的女子，伫立在池塘边，以清越的声调朗读《古文观止》中的《陈情表》，“既无叔伯，终鲜兄弟，门衰祚薄，晚有儿息”，旁听者、窃笑者不乏其人。李淑仪在周南教学多年，名声远播，后来赴南洋教学，不幸在途中病逝。

周南名师很多，除以上数位，吴芳吉、杨树达、李肖聃、唐梅村、袁鹤皋、辜天祐等，也都是一时之选。

朱剑凡不仅礼聘名师，也培养名师。蔡畅初到长沙时，生计拮据，居无定所，进周南读书，受到朱夫人魏湘若的善待，竟得以免交学费和伙食费，这位高材生毕业后，又留在母校任教，成为出色的体操教员。一些优秀毕业生术业有专攻，并且回馈母校，陶毅、陈嘉钧、杨仁、周昭仪等人也都成为周南名师。

当然，个别名师水土不服的现象还是有的，例如黎锦晖，这位著名作曲家创作了《南风吹》《可怜的秋香》《毛毛雨》等歌曲，风靡一时。但是，他执教周南女校时，创作的部分歌曲被进步人士批判为靡靡之音，朱剑凡便听取大家的意见，将他解聘了。

三

古之妇道母仪首重相夫教子,《诗经》首卷即为“周南”十一篇，以《关雎》置顶，歌颂淑女最称音色纯正。朱剑凡将自己创办的女校命名为周南，实有浅深两义：浅义是他的祖先在明末改姓为周，校址在湖南；深义是他决心以教育造就新时代的中国淑女。将浅深二义结合在一起看，的确天衣无缝。周南女校有一副老门联，上联是“周礼盍在”，下联是“南化流行”，典雅工整，颇具意境。

周南女校南临长沙通泰街，校舍配搭苏式园林，亭台轩榭，廊阁楼台，池塘假山，乔木成荫，鸟语喧晴，四时名花不歇。从吹香亭行至思源桥，缓步登上高三层的魁星楼，即可纵览湘江麓山画卷般的美景。湘省学校具有园林，始自周南。校园文化中最显著的亮点无疑是校训和校歌，周南的校训起初是“自治心，公共心，进取心”，后来简化为“诚，朴，勇”，无自治心则无以立身，无公共心则无以利群，无进取心则无以成功，周南师生做到了朱剑凡所要求的“有严肃风,无浮嚣气,寓活泼于秩序中”。周南女校有两首校歌，均获社会好评。

第一首周南校歌，作于草创之初，歌词古雅，励志而提神：“伤矣哉，昔日我；幸矣哉，今日我。数千年深深锁，周南生，斯时有我。洞庭南，湘水隈，山郁郁，水谐谐，蕴美璞，有珠台，周南生，水媚山辉。玉不琢，不成器；人不学，没才智；事竟成，须有志；我青年，毋自弃。莫迟迟，譬如登高；莫蹉跎，一举云霄。啊！爱周南，即爱自己，勖已哉，作贤豪。”

第二首周南校歌，作于几年后，歌词俊逸，骄傲而自豪：“地处长沙，山环水重深深锁。女校修明，应推先进周南我。毁家兴学，蒙难开基，创出文明母。到如今，三湘七泽有蜚声，郁郁、欣欣、芬芬、馥馥如花朵。同学们，静心学业，静心学业，发皇我历史之光荣；效忠祖国，效忠祖国，永护光荣果。”

当年，周南女生夏季身着白衣黑裙，冬季身着蓝衣黑裤，衣领上绣着“周南”字样，朴素而高雅，走到哪儿都令人眼前一亮。她们清唱校歌，声音铿锵有力，表情纯真无邪，更透射出饱满而健康的精气神。

“吾国贫弱，懒惰倚赖是其大因。女子尤多骄惰不事事，本校力矫其弊，凡生徒力所能为者，均极端倡导之。”

朱校长颇具个性。每天早晨，他表扬学生或批评学生，都以黑板诗的形式公开，诗句通俗简洁，生动诙谐，令人读后猛长记性。他表扬女生学习数学进度飞快：“女儿智力何曾弱？十二三班作例观。学算刚刚三载半，几何三角一齐完。”他称赞女生丘伯箴身体健壮、性格活泼：“人人共道伯箴强，一跃先登上女墙。倘使女儿皆若辈，立将衰弱转强梁。”他批评个别女生就寝之后讲话干扰别人休息：“脚尖踏地缓缓行，深恐眠人受我惊。为何同学不相惜，不解嘻声即足声。”他解释自己用别人扔弃的粉笔头上课并非小气：“半截粉笔犹爱惜，公家物件总宜珍。诸生不解余衷曲，反谓余是算细人。”这些黑板诗很幽默，是当年周南女校中独特的校园文化景观。

周南女校开课自有特点，既有国文、外国语、数学、历史、地理、化学、物理、教育学、心理学，又有音乐、绘画、体育、博物、修身、家事。朱剑凡设置这些课程，是要在六个方面达成明确的目标：一、培养健全的人格；二、培养生活的能力；三、培养科学的头脑；四、培养平民的生活；五、培养艺术的兴趣；六、培养组织的能力。

六个方面的训练既充分又扎实，一群人格健全、知识丰富、头脑灵活、身手敏捷、趣味高尚、纪律严明的青年女子，在进入社会之前，便已基本成材。日后，无论为人妻，为人母，为其他社会角色，哪怕参政议政，皆可愉快胜任。

朱剑凡喜欢带学生郊游，“纵览农圃山水，公共建筑及古贤祠墓”。

有一次，在水陆洲上踏青，他面对滔滔北去的湘江，出语意味深长：

“你们猜猜看，浩浩荡荡的湘江，为何千百年来逝者如斯，不舍昼夜？”

女生本就容易腼腆，这道题又颇有难度，大家面面相觑，一时拿不出答案。

解铃还须系铃人，朱剑凡胸有成竹，他面露微笑，告诉弟子们：

“因为湘水目标明确——心向长江，志存大海。你们研究学问，探求真理，也当心有所向，志有所存，如此方能一生有为！”

紧接着，朱剑凡灵机一动，即兴想出一个游戏来，他遥指湘江西岸，问道：

“你们多次登临岳麓山，还能记起哪些与它息息相关的诗句？”

脑力测试专考记性，题目不算刁钻，众弟子入过宝山，果然未曾空手而归，她们纷纷抢答：

“寺门高开洞庭野，殿脚插入赤沙湖。”

“停车坐爱枫林晚，霜叶红于二月花。”

“我为长沙客，不醉长沙酒。为爱岳麓山，系舟城边柳。”

“南岳名峰七十二，逶迤到此更无峰。”

“麓山泉水在山清，海岳归来许濯缨。”

“遥瞻云起烟封处，笑指长沙十万家。”

有道是“强将手下无弱兵”，朱剑凡倍感欣慰——周南女生如此伶俐，抢答之敏捷超乎想象。转念间，他又想出一个金点子，对她们说：

“同类诗作有很多，我最喜欢黄道让的《重登岳麓》，有章有句，意境悠远，刚才却没听你们提到，我背诵前两句，看看有没有谁能够往下接龙。听好了，‘万壑风来雨乍晴，登高一览最惺忪’，往下接！”

这回还真难住了大多数人，有嘴角微动的，有眉头紧锁的，一位性格内向的女生羞红着脸庞徐徐举起手臂，她说：

“都不接吗？那我试试吧。‘西南云气来衡岳，日夜江声下洞庭。’”

她顿了顿，抬头瞄一眼众姐妹，见没人有接龙的意思，便继续往下朗诵：

"'我发实从近年白，此山犹似旧时青。读书老友今何在？石木秋深爱晚亭。'不知我有没有记错的地方？"

大家鼓掌叫好，该女生从未像今天这样出过风头，她轻咬下嘴唇，低垂了头，手指拈住衣角，神情更加羞涩，但从她亮晶晶的眼眸中流露出来的欢快纯属天然，未加掩饰。

湘江浩荡，岳麓昂藏，此时此刻，左江右山，壮美的诗情画意纷纷奔来眼前，簇拥着朱剑凡和他的周南女弟子们。

四

在风云变幻的年代，触摸时代脉搏乃是题中应有之义。朱剑凡支持周南女生创办了湖南最早的学生刊物《周南学生》，他阐明了办刊宗旨："《周南学生》虽乏鸿篇巨制、妙艺晶词，然其内容皆纯真之流露、救国之嘶鸣，期为炎天冻雨、末世警钟。"朱剑凡还支持周南女生创办了湖南最早公开发行的女子周刊《女界钟》，以传播新思想、新观念、新文化，树立新道德，由周南女生周敦祥任总编辑，销量一度达到五千份。

朱剑凡总是走在时代前列。1911 年,他支持辛亥革命。1913 年，他反对袁世凯的走狗汤芗铭在湖南的倒行逆施。1915 年，他反对筹安会湖南分会为袁世凯复辟帝制造势。

1918 年，毛泽东发起成立新民学会，朱剑凡鼓励周南女生积极参加该会的各项活动，共有蔡畅、魏璧、陶毅、向警予、劳君展、周敦祥、李思安等十三人成为会员，占十九名女会员的大多数。每当新民学会在周南女校开会时，朱剑凡必亲自出面，护其周全。

1919年，朱剑凡策动驱逐反动湘督张敬尧的驱张运动，支持学生组织“救国十人团”。这年冬天，长沙有位名叫赵五贞的姑娘激烈反抗包办婚姻，于出嫁当天在花轿中用锋利的剃刀割喉自杀，对旧礼教的罪恶做出了鲜血淋漓的控诉。《女界钟》为此推出一期特刊，发表毛泽东的专稿《评赵五贞之死》，火力全开，引起了极大的社会反响，促进了妇女解放运动的持续深化。就在这一年，朱剑凡与进步教师徐特立等人创立健学会，探索真理，改革教育，以之为前哨，毛泽东撰文称赞健学会的诞生是“东方的曙光，空谷的足音”，对它的作用寄予厚望。朱剑凡的演讲稿《论中国人“生的观念”与“死的观念”的谬误》，最早便刊登在毛泽东主编的《湘江评论》上。他们惺惺相惜，体现于多方面，毛泽东发起文化书社，朱剑凡施以援手，不仅为它筹措资金，而且在道义上给予支持，毛泽东写了文章《论民众大联合》，朱剑凡就在健学会发表演讲，强调“排除异见，团结一致，服从真理”，扩大了该文的影响面。

1920年，杨昌济提倡留法勤工俭学，朱剑凡被推举为筹款组织负责人，出钱出力，毫不犹豫。赴法勤工俭学的周南女校师生计有蔡畅、向警予等多人。

赵恒惕督湘时，保守势力倒行逆施，疯狂反扑。女学生必须蓄长辫子，或将长辫盘起梳在脑后，叫作“粑粑头”，街头若是有剪短发的女生出现，就会有人出面管闲事，童谣都唱：“粑粑头，万万岁,瓢把鸡婆用枪毙！”这个“毙”字,长沙话读音同脊背的“背”。衡山女生向大威来长沙求学，只因留短发，被多所学校拒之门外，最终她找到周南女校，才有了着落，她高兴地看到，同班同学李立之竟然也留着短发，是个不被保守派顽固分子待见的“瓢把鸡婆”。

大革命时期，许克祥在长沙发动马日事变，朱剑凡一度遭到通缉，被迫离职，四处逃亡，他带着儿子朱伯深，随夏曦横渡鄱阳湖，准备去参加八一南昌起义，不巧遭遇大浪狂风，被迫折回武汉。

一所学校有革命校长，自然就会有革命弟子。有人统计过，出自周南女校的革命烈士，计有向警予、杨开慧、姚韵梅、杨展、朱坚、覃士先、戴庆哲等多人。

从周南女校毕业的杰出女性不少，蔡畅、帅孟奇、劳君展、黄彝、曹孟君、蒋祎文、刘昂、朱仲丽、曹国智、周昭怡、刘爱珍、钟期荣、廖静文、黄德荣、劳安……她们都是其中的佼佼者。蒋祎文，字冰之，即著名女作家丁玲，她有勇气写出《莎菲女士的日记》，以大胆的笔触轰动中国文坛，日后又从上海毅然投奔延安，与她在周南女校所受的革命教育不无关系。

最奇的是，周南女校的毕业生多与革命家、社会活动家缔结姻缘：杨开慧是毛泽东的夫人，向警予是蔡和森的夫人，朱仲丽是王稼祥的夫人，朱仲芷是萧劲光的夫人，劳君展是许德珩的夫人，蔡畅是李富春的夫人，曹孟君是王昆仑的夫人。

五

1904 年夏，朱剑凡在周震鳞创办的宁乡速成师范执教时，刚满二十二岁，徐特立二十八岁，后者立于门墙数月，因此终身都对朱剑凡谨执弟子礼，哪怕是写一张便条给老师，也必署名“受业徐特立”。徐特立曾感叹道：

“象朱剑凡这种人，出身于贵族书香的子弟，良田上千，房屋成街，怎么会主动为穷人谋幸福呢？怎么会自觉地走向共产主义道路上来的呢？这是大奇迹！”

这个问题的答案是现成的，周南女校传唱过一首歌，名叫《纪念朱校长》:“纪念朱先生，纪念朱先生，纪念朱先生之公心，纪念朱先生之精神……如此公心，湖南有几人？”这份公心可用数据指标来体现，“自捐田庄租，千石有零；自捐房与地，十余万金”。在其心目中，教育事业既是公共福祉，也是个人福利，他从中获得了莫大的快乐和成就感。

朱伯深是朱剑凡的长子，他谈到父亲，字字入情入理：“许多人认为他毁家兴学了不起，殊不知他真正了不起的地方，还是他为人缓急可恃，重视友谊，更重视真理，方向既定，生死不渝的优良品质。”

张唯一为朱剑凡撰写了《墓志铭》，铭曰：

树植女校，肇公之业；
拥护革命，竞公之节。
全公业者，有夫人之懿德；
成公志者，已期望于嗣哲。
物化歇墟，魂萦新国。
公之精神其不灭！

一部近现代湖南教育史，不可不写朱剑凡；一部近现代中国妇女解放运动史，也不可不写朱剑凡。如此看来，朱剑凡之师道不凡，乃是铁定的了。

湖大教泽

“麓山巍巍，湘水泱泱。宏开学府，济济沧沧。承朱张之绪，取欧美之长，华与实兮并茂，兰与芷兮齐芳。楚材蔚起，奋志安攘。振我民族，扬我国光。”

《湖南大学校歌》文采飞扬，气韵生动，旋律优美，彰显了该校师生的文化渊源和胸怀志向。

航船在惊涛激浪中加速行进，有赖于船长的稳定发挥，湖南大学的船长们都拿出了上佳表现。

一

任凯南从湖南高等实业学堂毕业后，考取官费留学资格，入日本早稻田大学深造。留学东瀛期间，经革命党领袖黄兴介绍，他加入了同盟会。

辛亥革命胜利之初，任凯南回国效力，在汉口法租界内，利用《民国日报》夯实舆论阵地，将倒行逆施的袁世凯骂得体无完肤。

1915年，任凯南赴欧洲留学，入英国伦敦大学政治经济学院，师从伦敦学派的奠基者和领袖、皇家经济学会会长埃德温·坎南教授。虽然年逾而立，英文程度不足，但任凯南迎难而上，加倍努力，兼修法语和德语，进步之快令人咋舌，居然能把某些法文、德文参考书摘译为英文报告。留英期间，他在《太平洋》杂志上发表

⊙ 任凯南

了论文《亚当·斯密与理财学》，这说明他系统地研读过《国富论》，并且对亚当·斯密的经济思想有准确的阐释，评析更是深入肯綮。1921 年，任凯南取得伦敦大学经济学博士学位。

1922 年，任凯南回国，受聘为湖南省立图书馆馆长，接任湖南商业专门学校校长，他聘请了黄士衡、皮宗石、杨端六等名家名师，为湖南商业专门学校注入了一流的师资力量。任凯南热心办学，可谓不遗余力，他与雷铸寰等人在长沙创办了大麓中学，作育人才，从基础做起。

1926 年 2 月，湖南商业专门学校、湖南工业专门学校、湖南法政专门学校三校合并为省立湖南大学，任凯南担任经济学教授。

1928 年春，任凯南被众教授公举为湖南大学校长。当兹变乱纷乘、百务丛脞之际，他殚精竭虑，亟谋恢复，以振兴学府、再续弦歌为己任。好友罗正纬致赠联语一副，对他寄予厚望：上联是

“胜地落鸣钟，雁阵秋高，洪响云霄谐木铎”，下联是“长天流化雨，麓山春晓，清芬桃李蔼门墙”。任凯南德才皆配位，诸生额手称庆。

1929年7月，任凯南辞去湖南大学校长职务，专任武汉大学经济系教授。

1935年，任凯南以其在经济史和西洋经济思想史研究方面取得的显著成就，以及中西淹贯的精深造诣，驰誉中国经济学界，与北大教授马寅初并称为“南任北马”。

抗战初期，长沙屡遭日机轰炸，学校被迫迁徙至湘西辰溪。任凯南临危受命，主持湖大西迁事宜，亲往辰溪龙头垴勘定校址。湖大迁校之初，土匪虎视眈眈，任凯南被迫与当地多种势力巧妙周旋。他用一排士兵充当校警值勤，自己则坐镇学生宿舍区，以策万全。由于他和同仁不辞辛劳，湖大很快复课，于荒山野岭中惊现大学城。

任凯南绝意仕进，往往不留余地。章士钊膺任北洋政府教育总长时，一度邀请任凯南做京师图书馆馆长，暗示他先上“跳板”，后面必有荣升，他却婉谢不肯入京。湖南省府欲委任他为教育厅厅长，这位性格倔强的教授仍然无意就任，并且吐露心声：“办教育不是为了做官，有官瘾的人办不了教育。”抗战期间，任凯南还辞去了湖南省参议员这个虚头巴脑的头衔。

1949年7月16日，任凯南在长沙病逝，享年六十五岁。他两袖清风，一无所蓄，身后萧条，由湖南省政府特拨治丧费用，安葬于岳麓山道乡台左侧，墓碑上书“前湖南大学校长任凯南墓”，墓园占地仅五米见方，极其简朴。

二

抗战之前，省立湖南大学的状况如何？周德伟的追忆可作参考："本极守旧，但非守其精华。老教授均视教授为铁饭碗，毕生不越洞庭，排斥新进甚力。"

1937 年 7 月，南京国民政府教育部将省立湖南大学提升为国立湖南大学，首任校长皮宗石和教务长任凯南革故鼎新，转移风气，延揽杨树达、曾星笠等知名教授，周德伟、吴世英等中青年学者来校任教，岳麓山下的校园里顿时生龙活虎，勤奋求新的学风迥异于往昔的疲沓守旧。

吴世英系伦敦大学政治学硕士毕业，二十几岁年纪，初登讲台，不免拘谨，并且不善板书，学生不满，请求换人。任凯南找到这些联名告状的学生，向他们做耐心的解释：吴老师刚来湖大授课，缺乏经验，得给他适应的时间，大家不要心急。他还讲出了一番令人信服的道理：吴老师不是单纯的教书匠，他是学者，教书匠与学者是不尽相同的。湖大要办成全国著名的大学，就一定要有许多学者，被学界认可的湖大学者。光有教书匠，没有学者，是教不出好学生来的。那些告状的学生听完这番话，如同醍醐灌顶。时隔半个多世纪，亲历者黄粹涵还记得任凯南诚恳的表情。任凯南识才爱才，更能养才储才。

一位老弟子曾撰文回忆："谈到任老师本人的经济思想，我在做学生的时候，当然辨识不清。但我记得有这么一次：这好像是我进三年级的时候，任老师带着新来的朱祖晦教授（教统计学）向我们班上介绍。朱教授在讲话中讲到当时在美国尚未失势的制度学派，并且大为吹嘘。接着任老师很礼貌地带着微笑给他一个软钉子。任老师讲的词句，我现在记不清楚，大意是说，制度学派不过是历史学派的延长，他们至多是经济史的解释者，算不得经济学家。这些话，我当时不懂得它的重要性。现在我从这几句话中认知了任老师经济思想的路数，是承袭 Cannan 教授的心传，植根于以个人尊严为中心的社会哲学基础。第一次世界大战后的经济学界，在欧洲的几乎风靡于各形各色的社会主义，在美国的又以制度学派占上风。任老师在这当儿，固守原则，宁可在‘经济学家’的正路上默默地走，决不趋炎附势，转入左道旁门，这是何等气概！目前各国的所谓经济学界，几乎都是经济工程师当道，真正的经济学家凤毛麟角。怀念吾师，益增惆怅。”

任凯南治学严谨，在著述方面尤其慎重。他的讲义每年都要吸收中西书刊的新知识，反复修订补充，不仅内容翔实，见解精辟，而且文笔优美。朋友和弟子都建议他将讲义正式梓行，可是他为了使书稿更臻于完善，总是期以将来。有趣的是，他却劝弟子们著书立说：“你们在三十岁以前，应该大胆地就你们的知识发表一点东西，好坏没大关系。不然的话，过了三十岁就难得有勇气拿出自己的东西来了。”任凯南在三十岁之后慎于出手，在学术方面精益求精，即使已在学术界拥有崇高的地位，仍不肯公开印行自己的著作，他这话可谓经验之谈。

令人极为痛惜的是，任凯南病逝之后，其讲义和手稿未能及时妥善保管，竟被当作废纸处理了，数十年心血结晶一朝化为乌有，诚为经济学界的重大损失。

三

除了喜欢教学，任凯南还喜欢藏书，他薪资较高，却自奉甚薄，只因兴学、助学和购书三项花销大。他购书，自然少不了经济学方面的中英文书籍。此外，举凡古今珍本善本，只要是他一眼看中的，也会倾囊购入。在近代，湘籍藏书家和版本学家袁芳瑛、叶德辉闻名遐迩，举国皆知，任凯南即向他们看齐。

当年，长沙的旧书铺多半集中在玉泉街。有一次，任凯南偶然看到从郭嵩焘的养知书屋流出了不少珍本善本典籍，便果断出手，花费了一大笔钱，收获到满心的欢喜。

任凯南有一个决定堪称明智，就是将湖南大学长沙办事处设置于玉泉街。平日，他在岳麓山下处理完校务之后，就乘坐渡船过湘江，前往玉泉街湖大办事处落脚，逛书店逛得兴起，公务也不会有丝毫耽搁。历史系教授张舜徽的回忆颇为鲜活："游玉泉街，偶遇先生于书肆，与谈甚洽，即邀余至办事处小坐，见其室内自几案卧榻积书皆满，多精善之本，为心折焉。……以余所见，湘中诸老游学列邦，归而喜读古书又勤博览者，盖以先生及辛树帜先生为最云。"

任凯南在武汉大学的同事朱东润也有一段忆述："这一位很特别，因为学的是经济学，回国以后教的是经济史，那时还没有人写中国经济史，决心自己写一本，这原是很需要的。要写书首先得摘资料，因此大量买书。……在数年之中就成为宋版书收藏家，……他的中国经济史大约是没有完成，但是他的版本目录之学却成了专门，后来我开中国文学批评史这一课时，得到了他不少的帮助，确实是一位益友。"朱东润所说的"这一位"正是任凯南。

1938 年，日寇军机轰炸长沙，湖大图书馆毁于一旦。所幸任凯南早有预见，已将馆藏古籍善本装箱，随同故宫南迁的国宝一道，移置于爱晚亭右侧的防空洞收存，避免了不可估量的损失。任凯南视所藏典籍为天下公物，后人遵其遗嘱，将他的藏书悉数捐赠给了他一生热爱的湖南大学和大麓中学。

任凯南笃于师生之谊。1923 年，湖南商业专门学校的学生刘士奇因为领导学生运动被捕，任凯南于深夜获悉详情，即一跃而起，不待天明，便匆匆赶去城里叩见省长赵恒惕。他恳切地说："家长把学生交给我，我有责任保护学生的安全，我要把学生领回，交给他的家长。我担保刘生立即离校回家。"赵恒惕不看僧面看佛面（他们都曾是同盟会会员），只好下令放人。

任凯南曾在大麓中学弟子吴伯卿的毕业纪念册上题赠一首五言诗：

弟子三千众，巍巍孔道尊。
斯文终古仰，阙里至今存。
风气怜时薄，安危待手援。
临行无所赠，只此一箴言。

何谓"安危待手援"？即天下兴亡，匹夫有责，不可袖手旁观。以箴言赠别，古风犹存，任凯南的谆谆教导自然使弟子永志弗忘。

任凯南的弟子伏嘉谟撰写过一副缅怀老师的挽联，联首嵌其名讳，值得一录，以彰盛德而申景慕：

凯风化作春风，百年树人流教泽；
南国望隆山斗，万方多难忆宗师。

诚然，化雨春风，泰山北斗，教泽长在，宗师卓然！

四

湖南大学有多位知名校长，任凯南是典型，胡庶华和李达也是典型。

胡庶华出生于教育世家，宣统皇帝退位之后，其父胡国瑞整理衣冠，投井自尽，毅然决然地为清朝殉节。其死法未必可取，然其死志可悯。

胡庶华五莅湖大，三任（1932 年、1940 年、1945 年）校长，其感人事迹不可磨灭。《湖南大学校歌》由他作词，由萧友梅谱曲，至今仍在湖大师生间传唱：

麓山巍巍，湘水泱泱。
宏开学府，济济沧沧。
承朱张之绪，取欧美之长，
华与实兮并茂，兰与芷兮齐芳。
楚材蔚起，奋志安攘。
振我民族，扬我国光。

《湖南大学校歌》文采飞扬，气韵生动，旋律优美，彰显了该校师生的文化渊源和胸怀志向。

航船在惊涛激浪中加速行进，有赖于船长的稳定发挥，湖南大学的船长们都拿出了上佳表现。

胡庶华校长本是工科出身，却深具文学素养，调和古典之意蕴和现代之精神，达至水乳交融的程度。

1945 年，胡庶华第三次出任湖南大学校长，不仅恢复了被战争破坏的岳麓山校区，而且克服经费困难，增加院系配置，扩大办学规模，助推湖南大学更上一层楼，成为名副其实的综合性大学。他礼聘罗章龙、李达，还有其他反对国民党专制的进步人士，尤见

⊙ 胡庶华

胆识和魄力。

1947 年 5 月 22 日，长沙反内战运动爆发，胡庶华顾虑学生安全，先是劝阻，劝阻无效之后，他毅然决定随学生渡江入城，勇敢无畏地走在游行队伍最前列。出发前，他致电湖南省政府官员，预警道："湖大学生游行队伍出发了，谁要是杀害一个青年，我就在省政府门前自杀！"湖南大学师生见此情形，精神倍感振奋。在学潮中，由于胡庶华校长挺身保护，湖大师生无一人被捕，更无喋血长沙街头的惨案。

五

李达是中共一大的代表，也是新中国湖南大学的首任校长。

1956 年 3 月，李达撰写自传，回顾他执掌湖大校务的经历，笔墨相当客观："1950 年 2 月，我在湖南大学担任校长。湖南大学在解放以后并入了民国大学、克强学院、南岳国立师范学院和美术专门学校，师生的成份（分）非常复杂，我到校以后，首先抓住了思想改造这一环节，对全校进行思想教育，和湖大的党组织配合，进行一系列的思想改造运动，发动全校师生参加土地改革、'三反'与思想改造大运动等等。同时，又因为主持教务工作和总务工作的人都是一些旧人，我不能不兼管教务和总务多方面的工作。在湖大期间，我几乎'事必躬亲'，因此，我暴露了许多缺点，最主要的缺点是：性情急躁，希望在很短的期间把学校办好；还有，对群众的联系很差。这两个主要的缺点，在思想改造运动期间，我对全校作出了检讨。"

李达治校，善于抓重点。有人总结他做过的三件大事，件件造福后人：

其一，他请毛主席题写"湖南大学"校名。这是李达留给湖大最宝贵的有形资产。新中国成立后，李达曾请毛主席给湖南大学题写校名。1950 年 8 月 20 日，毛主席致函李达，题写了三个校名供湖大选择。1951 年 1 月 1 日，在岳麓书院正门，李达主持了隆重的校匾升悬典礼。这块熠熠生辉的校匾一直护佑湖大度过风风雨雨，它见证了湖大成为名校所跋涉过的每一步，这块校匾至今仍然悬挂于湖大办公楼正门，成为校园中一处醒目的文化地标。

其二，他主持重修了爱晚亭。爱晚亭始构于清朝乾隆五十七年（1792），由当时的岳麓书院山长罗典兴建。清风峡里有此翼然一亭，赏雪，赏月，赏枫，听雨声，听林涛，听蛩鸣，无不心旷神怡，逸兴遄飞。新民学会成立前后，毛泽东经常与蔡和森、萧子升、罗学瓒等友人到此"指点江山，激扬文字，粪土当年万户侯"。由于年

⊙ 李达

深日久，爱晚亭梁柱欹斜，摇摇欲倾，已成濒危建筑，加之周遭杂草丛生，狐兔出没，颇显荒芜，徒步至此也不容易，仅有湖大学习斋旁一条蹊径与之相通。于是，李达拍板重修爱晚亭，省政府拨付专款一亿元，由蔺传新、柳士英两位教授负责设计，魏永辉教授领导施工。新方案力求美化周边环境，方便游客来往，从湖大和平斋前开辟一条公路直达爱晚亭，乃是题中应有之义，又依照亭前地势，凿出三口小水塘，尽行收纳清风峡的潺潺溪水，它们宛如三方纤尘不染的明镜，爱晚亭朝夕映照，英姿更为挺拔。1952 年 9 月 17 日，毛主席欣然为重修的爱晚亭题写了匾额。

其三，提高薪资，扩建校舍。李达为此多方奔走，经过调整之后，湖大教授的待遇基本上达到了武大的标准。湖南省政府拨专款给湖大新建扩建教室、图书阅览室、学生宿舍、印刷厂、大操坪。柳士

⊙ 湖南大学匾

英教授设计的大礼堂可容纳两千师生。李达事必躬亲，试坐座椅以定宽窄，务求尽美尽善。据他回忆，当年，毛泽东还拿出了自己的部分稿费资助大礼堂修建。李达任湖大校长三年，新建校舍三万多平方米，较之以往，面积大为增加。

1953 年，李达调任武汉大学校长，仍对湖大念念不忘。朱凡接掌湖大，几度北上向李达求援，主要是补充师资力量和图书资料。李达动情地说："我是要回湖南，回岳麓山的，你能把湖大恢复起来，我把图书给你。"武大支援的骨干教师，后来多半成为各学科带头人。朱凡也向李达保证："我有毛主席（题写的）这个匾，一定要把湖大办好。条件再差，困难再多，也要把湖大办起来！"

一所大学，仅有美轮美奂的建筑是远远不够的，有乐育英才的名师方可称雄。李达尽心尽力营造美好的校园环境和文化氛围，实是目光深远。

湖南大学好校长很多，他们振兴教育，呵护学生，不遗余力，无负巍巍麓山、泱泱湘水的厚爱富养，令人感铭至今。

直抵圆融之美

站在岳麓山顶，俯瞰湖南大学校园内美轮美奂的建筑群，它们依旧色泽鲜丽，形体刚健婀娜，各具特质，莫不直抵圆融之美。当年柳士英匠心独运，如今我辈不禁由衷地感叹：“就算鲁班重生，也会自愧不如！”

一

在中国建筑界，有个“北梁南柳”的说法：“北梁”指的是梁思成；“南柳”指的是柳士英。近些年，知道梁思成的读者日见其多，在才女林徽因的故事中，他总是扮演着通情达理的好丈夫角色，但也仅此而已，许多读者并不太清楚他在建筑领域的造诣有多深，成就有多高。相比梁思成，柳士英未出过圈，声名更为沉寂，殊不知，他是首位把西方近代建筑学引进中国的建筑家和教育家。在国内，他创建了首个建筑科（相当于建筑系）。网络时代，这种富于开创性成就的大师理应被人铭记才对。

1893年，柳士英出生于江苏吴县，早年失怙，家境贫寒，生计全靠母亲缫丝维持。十四岁时，他前往南京，考入江南陆军学堂，

⊙ 柳士英

成为一名公费生。

十八岁时，适值辛亥年，柳士英返回家乡，参与了光复苏州的革命行动，与兄长柳伯英投笔从戎，担任北伐先遣营营长。

1913 年，二次革命宣告失败，柳氏兄弟逃亡日本，柳士英考入东京高等工业学校建筑科，从此告别了成为将军或烈士的命运，而在成为建筑师的道路上迈出了坚实的步伐，并且愈行愈远。

1920 年，柳士英学成归国，起初在日资建筑师事务所担任技师。

1922 年，他与刘敦桢、王克生、朱士圭等友人共同创办了华海建筑师事务所，他担任设计部主任，设计了杭州武林造纸厂的全部建筑，这是他早期现代工业设计的代表作。

除了矢志于建筑设计，柳士英还矢志于建筑教育，贡献同样显著。

1923 年，他在苏州工业专门学校创办建筑科，自任主任。中国古代根本没有专门的建筑教育，都是师傅带徒弟，手把手地传授

⊙ 民国时期湖南大学图书馆

工艺绝活。苏州工专建筑科的出现，乃是一项开创性事业。苏州工专的师资力量强大，多半是留日的海归，还有毕业于美国康奈尔大学土木专业的人才。一时间，苏州工专强手云集。其建筑科参照东京高等工业学校的学制与课程，目标为“培养全面懂得建筑工程的人才，能担负整个工程设计到施工的全部工作”，课程设置有建筑意匠（今建筑设计）、建筑史、中西营造法（今建筑构造）、都市计划、测量、美术等，注重工程技术训练，兼顾艺术陶冶，这种教学方法特别适合国内的学生。柳士英教授建筑设计、建筑史等课程，强调“学以致用”，以培养高素质建筑师为己任。

1928 年，苏州市政府聘任柳士英为市政工程筹备处总工程师，嗣后又委任他为苏州市工务局局长。

1930 年，柳士英离苏赴沪，重操旧业，恢复华海建筑事务所的业务。

1934 年，柳士英受聘为湖南大学土木系教授兼系主任。初来乍到，他就设计了长沙电灯公司厂房及其配套的基础设施。

1949 年，柳士英积极参加湖南和平解放运动，在《长沙各界为拥护当局主张避免战祸呼吁和平宣言》上签名。

1952 年，中华人民共和国政务院任命柳士英为中南土建学院筹备委员会主任委员，次年他出任院长，主持完成了国内一系列重点工程的建筑设计。

1958 年，中南土建学院改名为湖南工学院，柳士英继任院长。嗣后，湖南大学在湖南工学院的基础上复校，他膺任副校长，主持教学科研工作，从事建筑学的教学和研究，先后担任湖南建筑学会第一任理事长和新组建的湖南大学建筑学专业研究生导师，以及高教部教材编审委员，为中国建筑学的发展与建筑人才的储备殚精竭虑。

柳士英曾编纂出版《建筑设计》《建筑历史》《建筑结构》等教材。他的著作《五柱规范》《西洋建筑史》《建筑营造学》被同行视为圭臬，他撰写的《建筑美》，至今仍是建筑领域的经典范文。

柳士英是新中国第一代建筑学家和教育家，在业界享有盛誉和崇高的地位。他一生致力于建筑教育和建筑设计事业，为扶持新时代的建筑师，推动中南地区的基础建设，做出了不可磨灭的贡献。

二

1934 年，经由好友刘敦桢举荐，柳士英接受湖南大学工学院院长唐艺菁的邀请，来到该校土木系任教。这次举家赴湘，柳士英视之为一趟归心之旅。他回忆道，十几年来时而工，时而教，说明了当时社会的不稳定和个人事业没有一个方向，动荡不安，人无恒心，直到 1934 年来到湖大才安定下来。

柳士英赴湘之后，最为人称道的是，他针对湖大校园三面环山、一面临江的地理特征，以教学区为中心，学生生活区环绕之，教工住宿区在外，依山就势，通盘设计了整个湖大校园的建筑群。他提出的四个同心圆的规划理念很有说服力：核心圆为体育活动区，第二个圆为教学区，第三个圆为学生活动区，第四个圆为教职工生活区，最外层为岳麓山景区。体育区在中心地带，方便师生前往集合，教职工生活区邻近岳麓山，乃是课余的休憩之地。

柳士英的新家在湖大集贤村二号。当初，他亲自选定房址，亲手设计房屋。阳台上方加盖瓦顶，可以避雨，房前空地种植芭蕉数株，橘树几棵，错落有致。柳门弟子邬扬明笔下的描述颇为生动："当我们穿过校园，绕过荷塘，沿着林荫小道爬上山坡，展现在眼前的是一幢土筑墙的小平房。同学们都很惊讶，原来柳先生住的不是校长小楼，也不是教授小院，倒像普普通通一农舍。"

柳士英设计的著名建筑很多，上海同兴纱厂、杭州武林造纸厂、安徽芜湖中国银行、上海中华学艺社、上海大夏大学校舍、上海大夏新村、上海王伯群故居、华中工学院建筑群，但他最为得意的代表作仍属湖南大学建筑群。可以这么说，半个多世纪以来，湖大建筑群一直被视为湖南省公用建筑的最高成就和中国近代建筑史的精华版，其中有九栋建筑物被列入全国重点文物保护单位的红名单。

1948 年，柳士英教授主持加建湖大科学馆，保留了蔡泽奉教授设计的塔楼、女儿墙和檐口，将原有的平屋顶找平作为第三层楼板而加建了琉璃瓦的坡屋顶，很好地延续了西洋古典主义建筑原有的风格和气质，新构旧筑浑然一体。

⊙ 湖南大学大礼堂圆窗

湖大工程馆与运动场仅隔一条马路。1951 年，由柳士英负责设计。它融合了中西之美，博采各派之长，圆弧形的线条与直线线条并存不悖，造型简洁大方，呈现出柳氏现代主义特征。它采用德国表现主义手法，通过夸张、超常、动感的建筑形象表达求新的思想和求变的情绪，具有浓郁的机器美学色彩。

1953 年，由柳士英设计建造的湖南大学大礼堂竣工，这件杰作摆脱了过往建筑师模仿中国古建筑的套路，以现代结构改造大屋顶，为求得经济上最划算的建造办法，大礼堂采取了木屋架与钢筋混凝土断面构件相结合的措施，从雕栏到大台基，从浮雕到檐下彩画，皆点到为止，既不寡淡，也不繁缛。琉璃屋顶，古典斗拱，雕梁画栋，一概齐全，大礼堂内部有圆柱和圆形框饰，楼梯处有八边形大圆窗。栏板上的浮雕，门板上的花饰，圆环形的构图各得其所，

⊙ 湖南大学科学馆奠基纪念

亦各得其宜。考虑到实用，大礼堂西面左右各设一个麻石拱门，拱形门洞内设有三个出入口，将人流均匀地分往各排座席。湖南大学大礼堂是湖大校园的地标建筑，折衷主义、西洋古典主义、早期现代主义等中国近代建筑史上典型的建筑风格，都在湖南大学大礼堂中集合，令人惊讶的是，它们十分协调，毫无违和感。

在回忆录中，柳士英留下这样一段话，可见其原始创意："学校建筑在美观方向不应考虑过多，但这个建筑物（指大礼堂）与其他的校舍相比，似应有不同。当时大家主张采用自己的民族形式，我仅仅在轮廓上着眼，在细部上是有自己的手法的。……天幔、楼梯、门窗以及台口装饰都是有显著的不同风格，很难说是中国传统的形式，也很难说是西方的样式。……总的讲来，这个设计意图是革新的,式样是不够熟练的。不入于杨,不入于墨,这里有我的个性,亦中亦外，亦古亦今，这里是我的全貌。”

有人以颇为感性的笔触写道：“红墙，碧瓦，彩檐，蓝天之下，绿树之中，庄重而秀丽，古朴而儒雅，湖南大学大礼堂静静伫立其中，与老图书馆比肩而立，与岳麓书院相对而望。……大礼堂的圆窗：从外看，圆窗精致而美丽；从里向外看，打开的那半扇窗户框住了一幅半圆的美景，与周遭朦胧的圆弧形玻璃相映成趣。这一个个的圆圈，不仅展现了表现主义的手法，更代表着设计师柳士英赋予建筑的旋转与流动……”大美就在面前，用眼用心去发现它，还会很难吗?

在湖大的建筑群中，圆圈是出现频率最高的符号，柳士英的建筑设计，可谓有圆才有方，有圆才有谱，老湖大人对“柳氏圆圈”赞不绝口。他曾向学生强调，建筑上所有的线条都应有所交代，从哪里进来，往哪里出去，必须一一取得呼应，既然有起始，就要有归宿。当一根流动的线条最后围绕着一个圆圈结束的时候，它就仿佛进入了无限的循环，代表着流动的韵律。

大礼堂东北角有一栋古韵十足的建筑物，红砖墙体，圆弧形的拱门，碧绿的琉璃瓦，传统中式的歇山屋顶，上有四个用于通风的老虎窗，它竟然是一所公厕。这所公厕如今已与湖南大学诸多风格相近的建筑构成了一个极具建筑史学意义和美学价值的群落，称之为“最豪华最炫目的厕所”也不为过。

当年，限于经济条件，柳士英设计学生宿舍，必须首重实用功能，即便如此，仍难掩其美学上的追求。这些宿舍通常为三层的砖木结构，建筑空间上如出一辙，内部设有庭院，形成日字形回廊，有利于采光、绿化。柳士英将传统江南民居的布局形式巧妙地运用到宿舍建筑中，依据西面靠山的地形整合出四个庭院——三个四合院和一个三合院，所有房间都围绕这四个院落布置，庭院里种上花草树木，别有一番风味。

男生宿舍采用简洁厚实的墙面，体现“男子汉的阳刚之美”；女生宿舍用庭院将大门与寝室隔开，外面的行人隐约能看见院子里的树木花草，却看不到寝室内部，给女性的“温柔羞涩”预留了足够的隐私空间，女生宿舍的窗户朝向院内，这样就避免了或有意或无意的“偷窥”。

湖大七舍是一个例外，柳士英设计它时，运用了中心对称的古典主义手法，这栋三层砖混小楼背倚凤凰山，面朝牌楼路，隐匿于闹市与住宅楼之中，红砖清水墙，木结构门窗的沉静笃厚气息扑面而来。一字形的狭长建筑，呈现出对称的审美效果与简洁的构图风格，不同的色彩、材质与线条交汇，南立面有极富表现形式的牌楼，悦目的曲线勾勒出拱门的浮雕及顶部的三扇圆窗，将七舍中部贯通长窗的直线与圆弧屋顶交汇融合的特征表现俱足。

2013 年，昔日的七舍（后改为行政楼）跻身于第七批全国重点文物保护单位，可见柳士英信手拈来的建筑设计功力之深。

站在岳麓山顶，俯瞰湖南大学校园内美轮美奂的建筑群，它们依旧色泽鲜丽，形体刚健婀娜，各具特质，莫不直抵圆融之美。当年柳士英匠心独运，如今我辈不禁由衷地赞叹：“就算鲁班重生，也会自愧不如！”

三

在日本留学期间，柳士英冷静地观察过早期现代思潮，例如折中主义、新艺术运动、分离派、表现派等，受其影响，他非常强调功能布局的合理性、形体的协调性和比例尺度的严谨性。二十世纪三十年代，一些同行倡导“中国固有形式”和“国粹主义”，他不无共鸣，但也持有保留意见。柳士英崇尚现代观念，其早期作品注重结构逻辑，主张建筑设计应通过简洁手法与现实结合，以适应钢筋水泥材料的特性。其设计风格倾向于自然主义，风格清新雅致。尽管他信奉“功能至上，以真为美”，但他的作品中仍适度地纳入了装饰元素，尤其注重装饰与细节的内在平衡。

柳士英早年有过革命经历，从事教育事业之初，仍不乏革命者的豪情。1924 年 2 月，他公开批判中国建筑的某些价值取向：

“盖一国之建筑物，实表现一国之国民性，希腊主优秀，罗马好雄壮，个性之不可消灭，在示人以特长。回顾吾，暮气沉沉，一种颓靡不振之精神，时映现于建筑。画阁雕楼，失诸软弱；金碧辉煌，反形嘈杂，欲求其工，反失其神；只图其表，已忘其实。民性多铺张，而官衙式之住宅生焉；民心多龌龊，而便厕式之弄堂尚焉。余者监狱式之围墙，戏馆式之官厅，道德之卑陋，知识之缺乏，暴露殆尽。”

在课堂上，柳士英经常提醒那些未来的建筑师们：“凡自己之设计，乃自己精神所寄托，当穷其智能，尽其心血。若敷衍了事，是欺人也，亦所以自欺也。”这一见解直截了当，指明了建筑师应当具备的精神追求。一个人从事建筑设计，止于敬业是不够的，应当进而探求建筑艺术的精髓。

改良派常以“中西合用，观其会通”的理念鸣锣开道，却又总喜欢祭出“中体西用”的“武士之盾”，柳士英主张平等地对待中西文化。他的建筑设计善于运用各种元素，常常在作品中融入独特的创新精神和灵活的处理方式，使之别具一格。其晚期的建筑设计有许多值得后人借鉴之处，比如注重细节、善用曲线、突出入口、精致处理收头、巧妙利用光影，处处都显现出细腻和变通。

当年，柳士英的设计常被视为小题大做，但其作品揭示了传统构图原则的持久价值。他的“变通”体现在敢于突破传统法式，赋予作品更具现代感的浪漫元素。他的“涵忍”凸显了朴素的建筑艺术观，设计风格洗练而内敛。

有人说：“柳士英的教育理念强调设计者应具备高尚品德，他以建筑的社会性为出发点，认为设计者首先要做到清廉完善。他推崇朱熹的学术态度，倡导循序渐进、深思熟虑的学习方法，认为在建筑学习中，应按照学问、思考和辨析的顺序，系统化整理实践经验，以此推动学术创新和个人品行的磨砺。在教学上，柳士英特别重视历史与技术的结合。他认为，历史是设计的源泉，深入理解历史背景是区分内行与外行的关键。柳士英对于中西学术渊源有深入研究，他在教学中强调学生必须精通历史本源及其发展。同时，他强调技术构造的重要性，亲自计算和设计，如湖大礼堂舞台结构，他强调实践中的观察和修改，而非一蹴而就。”

柳士英治学严谨，始终坚持理论教学与实践教学相结合。他谆谆教诲弟子：应将实地事业归纳之于书本，将书本之事理收藏之于脑海，再将脑海之收藏披露之于纸面。转移愈繁，头脑愈清，而手腕愈敏。如此不断之工作，即养成建筑师唯一之方法。

他还说过：学习建筑需要在构造、美术、施工管理、人事接洽等多方面均具备丰富的常识。这种不易得之性格和多角形之才能，不能期之于人人，然已志为建筑师，则不可不备。

柳士英涵养性灵，淡泊名利；其作品清新雅朴，融汇中西。他既是建筑设计的高能实践者，也是教育改革的大力推动者，佳作累累而贡献多多。

跋

从 2023 年夏天至今，耗时一年零两个月，这部书稿终于杀青了。

应该说，整个写作过程环环相扣，步步为营，初始阶段讨论选题，中间阶段调整篇目，末尾阶段增删内容，几度整合，反复打磨，最终定型。

妍乎？媸乎？理应交给读者评判。

如果一部书稿的题材范围宽、历史跨度大、人物线索多，作者欲一气呵成，几乎没有可能，倒是要不断做好愈挫愈奋的心理建设。所幸我受过这类高强度的训练，所积累的大部分经验也能够适时地救场。

面对某些全新的挑战，我不曾慌张、怯葸，也不曾举白旗、打退堂鼓。

有些事，注定是命中该做的；有些事，铁定是心中想做的；有些事，注定是手中必须奋力做成的。我写这本书，既是命中该做的，也是心中想做的，手中还奋力做成了它。说句“事在人为，功不唐捐”，应该不算高调吹牛。

“黄绢幼妇，外孙齑臼”，如此深奥的哑谜，世间亦有高人慧解。作者写书，就根本不用犯愁“谁解其中味”。真正的难点在于：将笔下的历史人物一一写活，再现其形貌、性情、才智和灵魂，这样的纸面“魔术”固然能够起死回生，但作者所保证的高还原度仍将令读者信疑参半。二律背反，无计可消除，若能收到仁者见仁、智者见智的效果，就相当不赖了。

笔墨生涯，耕耘至累，一书付梓，足慰平生。总之，我已付出十二分努力，究竟能否兑现读者的期待？我很忐忑，也很好奇。

一本书的问世，必须集结多方面的助力方可完成。在此，我谨向长沙市岳麓山风景名胜区管理局和岳麓书社的精良团队致谢！感谢他们，在紧迫的期限内，不惜投入人力（心力和脑力），将装帧精美的图书奉献给众多对岳麓山心向神往的读者。

是为跋。

2024年9月29日于松果书房

图书在版编目(CIP)数据

百年群英/王开林著. --长沙:岳麓书社, 2025. 5. --ISBN 978-7-5538-2289-1

Ⅰ. I267

中国国家版本馆 CIP 数据核字第 2025SB1143 号

BAINIAN QUNYING

百年群英

著　　者:王开林
主　　编:杨淑岚
执行主编:黄友爱
出 版 人:崔　灿
出版统筹:马美著
策划编辑:李业鹏
责任编辑:胡宝亮　李业鹏
责任校对:舒　舍
书籍设计:周　晨

岳麓书社出版发行
地址:湖南省长沙市爱民路 47 号
直销电话:0731-88804152　0731-88885616
邮编:410006

版次:2025 年 5 月第 1 版
印次:2025 年 5 月第 1 次印刷
开本:880mm×1230mm　1/32
印张:12.375
字数:299 千字
书号:ISBN 978-7-5538-2289-1
定价:96.00 元

承印:湖南天闻新华印务有限公司

如有印装质量问题,请与本社印务部联系
电话:0731-88884129